S. Platman

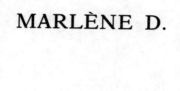

MARLÈNE D.

MARLENE D.

MARLÈNE DIETRICH

MARLÈNE D.

traduit de l'américain par
BORIS MATTEWS
avec la collaboration de
FRANÇOISE DUCOUT

BERNARD GRASSET
PARIS

AVERTISSEMENT

Ce livre n'est dédié à personne en particulier.
Il n'y a pas de « Pierre, Paul et Jean » pour moi.
J'ai écrit ce livre pour ceux qui m'ont appréciée, tant à l'écran que sur scène, pour ceux qui m'ont permis de travailler, de gagner de l'argent, de payer mes impôts, et de goûter aux plaisirs futiles que la vie peut offrir.
Peut-être liront-ils ce livre.
Peut-être riront-ils un peu avec moi.

Avant-propos

J'ai décidé d'écrire ce livre afin de dissiper de nombreux malentendus me concernant.

En effet, trop de bêtises ont été proférées à mon sujet par des individus dont le but était de gagner de l'argent en se servant de mon nom. Comment aurais-je pu les arrêter ? J'étais toujours avertie trop tard de leurs projets, de la parution de leurs ouvrages, j'ignorais que les lois des pays d'origine de ces messieurs protégeaient ceux qui osent pratiquer la diffamation, s'emparer de la vie privée d'un être. Aucun de mes prétendus biographes, faut-il le préciser, n'a jamais eu la courtoisie de me consulter, ce qui en dit long sur leur compte.

Ces gens n'ont ni honneur, ni dignité, ils appartiennent à la race de ceux qu'Ernest Hemingway qualifiait de « parasites ». Ma seule parade — piètre défense, vraiment ! — contre ces faussaires a toujours été d'ignorer leurs « œuvres ». Quand quelqu'un, à la sortie d'un théâtre, aux États-Unis ou à l'étranger, me tendait l'un de ces volumes, je refusais de le dédicacer.

Parler de ma vie ne m'intéresse pas. Mais puisque ma carrière, ce que j'ai représenté, paraît susciter l'intérêt général, je me suis résignée à rédiger ces Mémoires afin qu'à l'avenir on ne s'interroge plus pour savoir où est la vérité, où est le mensonge. Les faits ne comptent pas. Je désire surtout ne pas déformer les quelques épisodes de ma vie. Et d'abord pour ceux qui m'aiment ou se souviendront de moi. Je n'ai jamais tenu de journal. Je ne me suis jamais suffisamment prise au sérieux pour noter les menus événements quotidiens. Je n'étais pas assez contente de moi. L'illumination de la gloire m'a toujours laissée indifférente ; alors que tous la reconnaissaient, je la trouvais ennuyeuse, paralysante et dange-

9

reuse. Je l'ai détestée. Contrairement à la plupart des acteurs et des actrices, je déteste jouer « les vedettes », être, dans une rue, un aéroport, la proie des curieux. Je suis insensible à l'admiration des inconnus. La célébrité, qui peut modifier du tout au tout la personnalité d'un être, n'a pas de prise sur moi. Pourquoi ? C'est ainsi, en moi.

Je possédais une sorte de « laisser-aller » sans doute assez rare chez une fille aussi jeune que je l'étais à mes débuts. Quoique l'affirment mes « biographes », je ne me suis jamais battue pour qu'on parle de moi, ou pour que ma photo paraisse à la une des journaux. En dépit de la désapprobation des studios pour lesquels je travaillais, je ne me suis jamais occupée de mes dossiers de presse, de mes photos, ni des articles écrits sur moi. Si je me soumettais au calendrier des interviews, c'était uniquement afin d'honorer mes contrats.

Comme chacun sait, il est difficile de retrouver la mémoire des premiers moments de sa vie. Nous avons tous des impressions, des souvenirs qui ne correspondent pas forcément à la réalité ou qui sont déformés par le temps. Ma mère n'est plus là pour me raconter mes souvenirs. Elle est morte pendant la guerre. Son cercueil, nous l'avons fabriqué avec des bancs d'école et nous sommes restés dehors, sous la pluie, parce que la chapelle avait été bombardée. C'était en 1945 et j'étais encore dans l'armée américaine, mais mes supérieurs m'autorisèrent à m'occuper de toutes les formalités ; je pris un avion qui essuya en vol un si violent orage qu'il faillit rater l'atterrissage à Berlin, mais je pus quand même enterrer ma mère. Avec elle se dénouait le dernier lien me rattachant à la terre natale. Nous perdons tous notre mère, nos amis, nos enfants, nous ne cessons d'être arrachés à ceux que nous aimons. Comment échapper à notre sort, à nos regrets, à notre destruction prochaine ? Peut-être en songeant, pour nos enfants et nos familles, que notre existence n'aura pas été inutile et que nous aurons pu adoucir leurs regrets et leur douleur.

Mon nom est bien Marlène Dietrich, tant pis pour mes « biographes » qui prétendent que c'est un pseudonyme de scène ; mes camarades d'école en témoigneront facilement. Enfant, j'étais mince, pâle, avec de longs cheveux blond-roux ; j'avais le teint diaphane, la peau blanche des rouquines, et, toujours à cause de ces longs cheveux blond-roux, un air maladif. Mes parents étant très aisés, je reçus la meilleure éducation qui soit. Il y eut autour de moi des gouvernantes et des répétiteurs qui m'enseignèrent le haut allemand — Hoch Deutsch —, cette langue pure, vierge de tout dia-

lecte régional. Je lui suis restée fidèle et frémis des altérations qu'il subit régulièrement aujourd'hui, de la désinvolture avec laquelle le traitent la plupart des écrivains contemporains. Cette fidélité, c'est aussi ma façon à moi de ne pas oublier mon enfance.

PREMIÈRE PARTIE

Enfance

I

Tout le monde disait que j'étais trop jeune pour aller à l'école. De bon matin, en hiver, je plissais les yeux et mes petites larmes transformaient les pâles réverbères des rues en longs pinceaux de lumière scintillants. Chaque matin, je jouais à ce jeu, et mes pleurs coulaient facilement. En fait, je n'avais pas besoin de pleurer : le vent et le froid suffisaient amplement. Je connaissais tous les volets fermés de toutes les boutiques, toutes les pierres saillantes sur lesquelles sauter — à cloche-pied, talons joints, en croisant les jambes — ou glisser quand il avait neigé pendant la nuit. Mes émotions m'étaient tout aussi familières : certitude d'avoir perdu ma précieuse liberté, peur des maîtres et des punitions, peur de la solitude.

La porte de l'école était lourde. Je devais m'y adosser et pousser de toutes mes forces pour l'ouvrir. Une bande de cuir étouffait le choc bruyant du fer heurtant le fer, et je me retrouvais prisonnière comme chaque matin. On me mit à l'école avec un an d'avance, et, comme je savais déjà lire, écrire et compter, j'entrai directement en dixième. J'étais donc plus jeune que mes camarades d'école, et même que les petites filles qui y venaient pour la première fois. Telle fut la raison de ma solitude.

Plus tard et alors que bon nombre de mes compagnes copiaient mes compositions françaises, j'étais toujours seule, toujours exclue de leurs secrets chuchotés, de leurs confidences et de leurs fous rires. Pourtant, je ne désirais pas apprendre ce que les autres me cachaient. A l'intérieur de la prison de l'école, une rangée de

15

barreaux supplémentaires m'était réservée parce que j'étais trop jeune. Je ne doutais pas une seconde que l'âge était d'une importance cruciale. Tous les adultes demandent à un enfant son nom, puis son âge ; mais c'est l'âge, et jamais le nom, qui provoque les hochements de tête approbateurs. La satisfaction des adultes paraissant proportionnelle au nombre des années, je préférais me vieillir.

Mon sort à l'école était particulier, et immérité selon moi. Je savais que, les années auraient beau passer, je resterais toujours trop jeune ; je devais trouver quelqu'un pour me soutenir, une personne intelligente qui ne tiendrait pas compte de mon âge. Ce fut alors que Mlle Breguand, Marguerite Breguand, entra dans ma vie.

Elle avait des yeux marron foncé, elle nouait ses cheveux noirs dans un chignon souple et portait toujours un corsage blanc, une jupe noire et une étroite ceinture de cuir souple à la taille. A l'école, elle était le seul professeur de français d'origine française — tous les autres enseignants, tant de français que d'anglais, s'étant contentés d'aller étudier ces langues sur place. Mlle Breguand parlait couramment l'allemand avec un accent français. Elle enseignait dans les classes supérieures, les élèves connaissant déjà les bases de la grammaire française.

Elle m'adressa la parole pour la première fois un jour où, pendant la récréation, j'essayais d'avaler mon sandwich. J'étais toute seule, près d'une des hautes fenêtres du couloir de l'école, et plus triste que la pluie tombant au-dehors. Elle s'arrêta devant la fenêtre, regarda à l'extérieur, puis me demanda : « Tu as une bonne raison d'être triste ? » Je serrai fortement les lèvres sur mon indigeste bouchée de sandwich et secouai la tête. Elle me dit : « Alors, si tu n'as pas de bonne raison, c'est un péché d'être triste. » (Elle s'exprimait en allemand ; mais prononça le mot « péché » en français.) A ce moment, la cloche de la fin de la récréation résonna et elle s'en alla.

Le lendemain elle revint me trouver à la même heure ; je répondis à toutes ses questions. Elle revint tous les jours à la même heure et au même endroit. Elle ne paraissait pas se soucier de mon âge : apparemment, seuls lui importaient le fait que j'étais là et les mots que nous échangions. Elle était tellement heureuse de pouvoir converser en français avec moi. Quand la cloche sonnait, je la suivais en portant ses livres. Elle tournait la tête pour s'adresser à moi et s'arrêtait parfois en poussant un petit cri de surprise devant l'étendue de mon vocabulaire. Enfin, elle entrait

16

dans sa classe et fermait la porte en me regardant. Rayonnante de bonheur, je courais alors vers ma salle de classe à travers les couloirs vides, avant la dernière sonnerie.

Elle bannissait ma solitude, mes soucis enfantins, ma tristesse. Elle incarnait le désir et l'accomplissement. Je passais tout mon temps libre à imaginer les cadeaux que je pourrais lui faire : des rubans bleu, blanc, rouge que ma mère avait portés dans ses cheveux au bal français ; des paysages de France découpés dans de vieux magazines qu'elle avait lus ; un bouquet de muguet au Premier Mai ; un bleuet, une pâquerette et un coquelicot que je lui envoyais au Quatorze Juillet. J'achetais des cartes de Noël et du Nouvel An fabriquées en France, et rêvais de lui offrir un parfum français, mais ma mère me dit que des cadeaux trop coûteux gêneraient Mlle Breguand, et que je devais attendre patiemment d'être un peu plus âgée. Mlle Breguand restait souvent avec moi devant l'école quand ma gouvernante était en retard, et parfois elle nous accompagnait un moment, le temps de finir l'histoire qu'elle avait commencé à me raconter.

Avant chaque congé, le dernier jour d'école, elle ne manquait jamais de me donner son adresse, écrite sur une page arrachée à son carnet. Elle avait deviné mes espoirs les plus secrets et savait comment me guérir de mes chagrins.

Enfin arriva le moment où je devins l'une de ses élèves. Enfin je faisais partie de sa classe. Mais elle ne m'accordait pas plus d'attention qu'aux autres enfants. Elle jetait parfois un coup d'œil dans ma direction, peut-être pour s'assurer de ma complicité. Notre intimité planait comme un pâle ruban bleu suspendu dans l'air immobile de la classe, emplissant mon cœur de ce délire que célèbrent les poètes et qui ne touche pas les humains.

Après l'école, je rentrais en courant à la maison pour travailler à mes compositions françaises, trouver les expressions magnifiques qui l'étonneraient, essayer de tirer le meilleur d'une langue dont elle vantait toutes les richesses. Ses annotations, calligraphiées à l'encre rouge, contenaient des éloges mesurés rédigés en un style télégraphique, qui me valaient les regards pleins de tendresse de ma mère. Grâce à Mlle Breguand, l'école n'était plus une prison, mais une sorte de grande ville où je savais retrouver ma passion secrète. Durant tout cet hiver et ce printemps, je me rendis chaque matin à l'école l'âme légère à la pensée d'entamer une nouvelle journée de bonheur.

Mais à la rentrée de l'automne 1914, on réunit toutes les élèves et leurs professeurs dans la salle d'assemblée.

Il y eut des discours tonitruants auxquels nous ne comprîmes pas un mot. Je me dressai sur la pointe des pieds pour apercevoir le visage de Mlle Breguand. Je ne le vis pas. Les professeurs d'anglais et de français se tenaient à côté de ceux de latin et de grec. Elle n'était pas parmi eux. Je scrutai les rangs des professeurs de sciences et de mathématiques. Elle n'y était pas. Elle avait certainement entendu la grosse cloche de l'école sonnant le rappel. Où était-elle ? Alors, la vérité, glaçante, horrible, commençait à poindre en moi. Marguerite Breguand ! La France ! Français ! Vous êtes française ! Vous, Marguerite Breguand, vous êtes française ! L'Allemagne est en guerre contre la France ! Voilà pourquoi vous n'êtes pas ici. Nous sommes l'ennemi. A cette pensée, je m'évanouis.

On me fit boire de l'eau, on déclara que l'air de la salle d'assemblée était étouffant. Les discours se terminèrent, nous retournâmes dans nos salles, bavardant comme des pies. Nous allions tricoter pour les soldats pendant les heures de cours. Des mitaines pour les plus jeunes, des tricots pour les plus âgés. Des cache-nez aussi, travail facile. De la laine fut entreposée dans la salle de gymnastique. Les cours de langues mortes ne seraient pas supprimés, mais qu'en serait-il de l'anglais et du français ? De nouveaux professeurs allaient remplacer ceux qui étaient partis au front. Avec un peu de chance, ils seraient vieux et endormis. Et nous avions eu de la chance : le règlement de l'école s'assouplit. Chaque matin, de huit à neuf heures, les classes de la huitième à la sixième et de la quatrième à la première remplaceraient leurs cours par des séances de tricot ; il faudrait aller chercher la laine dans la salle de gymnastique.

Les soldats défilaient dans les rues, la fleur au fusil, ils riaient, chantaient, embrassaient les femmes, les drapeaux flottaient aux fenêtres : on fêtait la guerre contre la France. *La fête de la Guerre.* Des barbares fêtant la déclaration de guerre. La fleur au fusil.

Personne n'aurait pu m'obliger à entrer en guerre contre la France. J'aimais Marguerite Breguand et j'aimais la France ; j'aimais la langue française, douce et familière. Je pris le deuil la première : j'avais perdu Marguerite Breguand, j'avais perdu la langue française, j'avais perdu une promesse qu'on n'avait pas tenue, une promesse sincère et pure que je tenais de mes maîtres — eux qui nous avaient dit : « Une promesse dure éternellement. »

On nous avait juré une enfance paisible, l'école, les congés et les pique-niques, des grandes vacances avec hamac, plage, seau, pelle et une étoile de mer à ramener à la maison. On nous avait promis des projets. Des projets à concevoir, à entreprendre, à réaliser, des rêves à rêver et à concrétiser. Un avenir stable — à nous d'en faire quelque chose. Et maintenant ? Plus de projets, plus d'avenir stable, et aucune connaissance adaptée à la guerre. Comme nous étions incapables de faire un pansement, nous tricotions. Assises, la lumière du jour éclairant à peine la salle de classe, nous tricotions afin de réchauffer les soldats qui creusaient des tranchées en terre étrangère. On nous faisait tricoter pour que nous nous sentions utiles, pour combler le vide béant provoqué par la guerre. La laine était couleur « gris champ », rêche et collante. Gris champ. Pour moi, les champs n'étaient pas gris, mais peut-être, là où on se battait, l'étaient-ils.

L'école fut donc à nouveau plongée dans la grisaille, redevint ce qu'elle était avant le passage de Mlle Breguand : une prison. Mais je ne l'oubliais pas. Chaque fois que je versais mon amende de dix pfennigs à la caisse de l'école pour avoir prononcé des mots français — ceux qu'employaient nos ennemis —, c'était en son nom.

Mon amour passionné de la France survécut au premier choc : il prit le maquis et surmonta toutes les interdictions. Je n'en parlais à personne. Je ne me sentais pas coupable. La tête haute, je portais mon secret au plus profond de mon cœur.

Les premiers membres de ma famille à être tués furent des oncles et des cousins éloignés dont la disparition ne provoqua aucun vide dans le petit cercle de la maison. Ma mère n'en manifesta aucune douleur. Veiller à la santé des jeunes demeura toujours son principal souci. Mon père était en manœuvres quand la guerre éclata ; il partit pour le front sans même revenir à la maison pour nous dire au revoir. Il me semblait que, là-bas, il passait tout son temps à nous écrire, que toutes ses lettres lui évitaient certainement de se battre. Il ne parlait jamais de la guerre, mais de la campagne, des villages, des forêts qu'il traversait, des saisons qu'il voyait naître et disparaître.

Les grandes vacances arrivèrent, et avec elles les montagnes et l'odeur des pins au soleil couchant. Certains professeurs demeurant sur place organisèrent des cours d'été. On m'y envoya. J'aimais ces classes en plein air, l'impression de liberté, les professeurs joyeux et bronzés par le soleil. Personne n'évoquait la guerre. Pourtant, tout près, il y avait un camp de prisonniers. Mais nous n'avions pas le droit de nous en approcher.

Un jour, je me trouvais sur la véranda, occupée à faire mes devoirs. Les derniers rayons jaunissaient mes feuilles de papier. Brusquement, je m'aperçus que j'étais en train d'écrire sur mon cahier la date du 14 juillet. La Bastille! Le jour de gloire de la France! Le jour de fête entre les jours de fête. « Allons enfants de la patrie. » Quand le crépuscule fut tombé, j'avais cueilli toutes les roses blanches du jardin que je pouvais tenir dans mes bras. Je courus vers l'orée de la forêt. Les épines me piquaient à travers ma robe d'été, je pleurais de douleur et de peur, mais j'étais bien décidée à poursuivre mes aventures — advienne que pourrait.

Je m'arrêtai net devant les fils de fer barbelés.

Au-delà de la barrière, quelques silhouettes. Trop tard pour reculer. Ils m'avaient vue. J'étais petite, mais je portais une robe blanche et une gerbe de roses de la même couleur. Les hommes avaient des barbes noires, des yeux noirs; ils se tenaient immobiles. Des cloches sonnaient au village. La paix, l'heure du dîner — et, de nouveau, la crainte d'être découverte, d'échouer, d'être incapable de leur transmettre mon message. Longtemps, je restai sans bouger. Les cloches s'étaient tues.

« Avance, tu es fille de soldat, songeai-je, avance. »

Je tirai une rose de ma gerbe et la tendis. En face, je ne discernais aucun mouvement. Ils restaient figés comme des soldats en chocolat. Puis je m'approchai encore et dis dans mon meilleur français, avec ma voix d'enfant : « C'est le 14 juillet, j'ai pensé que des roses vous feraient plaisir. » Je passai la rose à travers un trou dans le fil de fer barbelé; une main bougea, s'en saisit, puis d'autres mains s'avancèrent. Le souffle court, je tendis rapidement toutes mes roses, comme quelque chose de glorieux et d'interdit. Pas un mot ne fut prononcé.

Je courus, et j'entendais mon cœur battre la chamade quand je me glissai furtivement dans la maison par la porte de la cave. Le jour de la prise de la Bastille se termina sans anicroche; personne n'avait remarqué mon absence.

Le lendemain, en début de matinée, un professeur se présenta devant ma mère. On m'avait vue. Les maîtres étaient disposés à me pardonner, à oublier cet « enfantillage »; mais les mères de mes camarades de classe avaient exigé qu'on me renvoie de l'école d'été.

Ma mère ne se départit pas de son calme. Aucune colère, aucune inquiétude. J'eus honte à cause d'elle et fondis en larmes. Je ne l'entendis pas prononcer la phrase tellement familière : « Une fille de soldat ne doit pas pleurer. » Quand je levai les yeux, elle était là, immobile, elle me regardait et elle pleurait.

Désormais livrée à moi-même pour le reste de l'été, je réfléchis beaucoup à la justice; des pensées confuses, des questions sans réponses se bousculaient dans mon esprit. La guerre était injuste. Le bien et le mal, des termes mal définis, ils ne possédaient un sens que dans le monde des enfants. Là, ils ressemblaient à une loi antique : immuables, toujours explicables, inflexibles et puissants ; tandis que, hors du monde de l'enfance, le bien et le mal paraissaient changeants, trompeurs, fabriqués de toutes pièces par l'homme.

Allongée dans l'herbe, je pensais à Dieu et à Mlle Breguand.

Tous deux étaient quelque part, loin de moi. Après la guerre, Dieu reviendrait, j'en étais aussi certaine que de Son absence. Mais dans le cas de Mlle Breguand, je n'étais sûre de rien : d'abord parce que c'était une jeune femme ; ensuite, parce que je la connaissais moins bien que je ne connaissais Dieu. Je prévoyais assez facilement ce qu'allait faire Dieu. L'image de Mlle Breguand était vague et fascinante, pleine de surprises, surgissant brusquement, nimbée de lumière, pour disparaître tout aussitôt. Pourquoi serait-elle revenue après la guerre ? La paix ne réconcilierait peut-être pas Français et Allemands et je risquais d'être alors trop âgée pour continuer à fréquenter l'école. En revanche, Dieu devait revenir, parce qu'Il est responsable de nous et que, contrairement à nous, Il ne compte pas en années. Il allait revenir parmi nous et récompenser ceux qui avaient souffert dans un conflit qu'Il avait permis. Mais aucune de ces raisons n'était suffisante pour favoriser le retour de Mlle Breguand.

Dans le fond, songeais-je, il était bien que Dieu et Mlle Breguand eussent pris quelques distances pendant que les hommes s'entre-tuaient et bafouaient les lois humaines et divines. L'été s'acheva et je m'installai tristement dans le train qui nous ramenait vers la ville.

Dans la vaste cour de l'école, je chantais *Deutschland, Deutschland über alles* au milieu de mes amies. Mais je gardais la bouche hermétiquement close quand la phrase « Dieu punisse l'Angleterre » résonnait contre les murs. Encore des fêtes en l'honneur des victoires, encore des jours sans école, qu'on échangeait contre les pièces d'or qu'il nous était demandé d'arracher à nos mères et nos grand-mères. Des jours sans école à cause des morts de nos familles. Encore des filles qui s'absentaient de l'école, encore des filles en noir. Cartes de rationnement, listes des blessés, listes des disparus, des morts. Réunions de famille à mots couverts, phrases entendues à travers les portes fermées : « Les enfants ne doivent pas savoir. Attention, parlez doucement, il y a des enfants dans la maison. »

Tristesse des adultes. Service à l'église pour les disparus. Bourrasques froides et vent estival soulevant les voiles de deuil, incrustés de larmes comme des perles d'argent. L'espoir de ne jamais connaître la guerre quand on aura atteint l'âge adulte.

Nos mères. Comment supportent-elles cette épreuve ? Comment ont-elles encore le courage de cuisiner, coudre, aider leurs enfants à faire leurs devoirs, les surveiller, écouter les mélodies qu'ils rabâchent au piano, de se promener avec eux le dimanche ? Toutes ces femmes privées de leurs maris ! Elles nous serrent contre elles, nous les étreignons dans nos bras d'enfants, et les hommes dont elles se languissent seront bientôt des cadavres. Quelle tristesse !... Si seulement nous pouvions pleurer. Mais nous ne pouvons pas. Nous avons nos propres soucis d'enfants : nos déceptions quotidiennes, notre monde où les choses vont de travers, se brisent sans la moindre raison, résistent à tous nos efforts, à nos efforts désespérés pour effacer nos bêtises, ne pas montrer nos mémoires défaillantes, cacher l'ignorance, l'oubli, les négligences, effacer nos péchés — sur le papier et dans nos esprits —, dissimuler un mensonge avec toujours et toujours d'autres mensonges ! Et puis, cette peur terrible et insurmontable, que seule la maladie peut vaincre, la maladie, la fièvre, les médecins et le lit, ballet monotone — le lit, la forteresse résistant aux assauts des professeurs et des proviseurs qui attirent les parents dans leur camp, le rempart, le havre — les bras soyeux des anges qui nous bercent comme des bébés, bien au chaud, en sécurité, à l'abri.

Les enfants sont par avance condamnés au silence et à la solitude. Ils n'ont pas le droit de dire que leurs propres angoisses les rapprochent de ceux qui souffrent chaque jour au front, redoutent les embuscades, les blessures. Si les adultes nous écoutaient, cesseraient-ils de se déchirer ? Mais nous ne sommes que les témoins passifs des bouleversements de l'histoire, nous poursuivons normalement nos activités, matin, midi et soir, comme si Dieu était avec nous et que des pommiers en fleur couvraient la terre entière. Pourquoi nous envoyer en classe, si nous devons perdre la guerre ? Mais, non ! Nous n'allons pas la perdre, la guerre, et il faut aller en classe. Dieu est avec nous, ne le savez-vous pas ? Dieu, savez-vous que vous êtes avec nous ? Nous, les Allemands ? Comment faites-vous pour choisir un camp ? Soutenez-vous les meilleurs ? Les meilleurs élèves ? N'êtes-vous que d'un côté ? Alors vous ne pouvez pas être Dieu, n'est-ce pas ? Car vous étreignez à la fois le juste et le pécheur. Qui sommes-nous ? Sommes-nous les justes ? Nous sommes vainqueurs. Cela implique-t-il que nous soyons les justes ? Ne pose pas de questions. Fais tes devoirs. Accomplis ton travail quotidien. Et n'oublie pas la musique en fin de journée.

Ma mère m'aidait à apprendre une valse de Chopin, qu'on me permettait de jouer pour me récompenser de m'être appliquée à Bach et à Haendel. Parfois nous échangions nos places, et elle jouait, ses ongles frappant les touches avec un petit claquement délicat. Je connaissais ce son depuis ma plus tendre enfance. Il rimait avec une maison pleine de fleurs, le parfum de ma mère, sa robe du soir, sa belle coiffure, l'odeur de la cigarette paternelle dérivant par la porte ouverte de la bibliothèque, où je le voyais marcher de long en large sur l'épais tapis, en écoutant ma mère au piano. Tout était prêt pour les invités.

Les ongles cessèrent de frapper les touches. Je repris ma place sur la banquette placée devant le piano, et je vis ma mère quitter la pièce. La cloche de la porte sonna. J'entendis ma mère courir. Ce ne pouvait être le facteur, mais elle courut ; l'attente la faisait courir : toute la journée, elle attendait les lettres en provenance du front, autre chose. A la façon dont elle dressait la tête, on sentait que la moitié de son être était sur le qui-vive, que l'autre se contentait d'assumer les tâches quotidiennes. « Mon sort est celui de millions de femmes », disait-elle. Pour elle, ce n'était ni un bien, ni un mal. Elle inclinait la tête très bas pour lire une lettre envoyée par la famille, puis elle m'annonçait un décès, comme si elle s'y était attendue depuis longtemps.

Elle était toujours vêtue de noir. On avait glissé un brassard noir à ma manche gauche, signe de deuil permanent pour tous les morts de la famille. La plupart du temps, je portais des robes et des manteaux bleu marine. Le gris était aussi une couleur de deuil, mais on ne pouvait l'adopter qu'au bout de plusieurs années de noir. Poignets et cols blancs constituaient la seule entorse à cette tenue. Dans les nattes serrées qui me tombaient sur les épaules, j'avais entrelacé des rubans noirs. Avant guerre, j'avais le droit de dénouer mes cheveux, avec un simple ruban autour de la tête — faveur désormais réservée aux dimanches et aux vacances. Il n'y eut pas de jours de fête pendant la guerre : je rêvais d'armistice et de paix, je rêvais aussi à la chaude cascade vivante et odorante de mes cheveux tombant sur mon visage, dans mon cou.

Vers la fin de la guerre, quand je fus vaccinée contre la variole, mon bras s'agrémenta d'un brassard rouge. Noir et rouge : le drapeau allemand. J'imaginai une histoire à propos de mon pays rouge et noir. Harmonie, harmonicas, accordéons, violons. Pas de maître, pas de soldats. Le crépuscule au lieu des nuits obscures. Campagnes et rivières, maisons aux toits de chaume, enfants dans de grands lits de plume, une vache pour chacun, champs de blé dorant au soleil, lupins jaunes à l'odeur sucrée, la terre humide et sombre, le trèfle vert et acide, les cônes de lavande exhalant l'odeur du miel. Hamacs pour les après-midi d'été, insouciance du temps qui file. On se balance dans le hamac, le dos de la main effleure l'herbe, tantôt dans un sens, tantôt dans l'autre. D'avant en arrière, éternellement. Personne ne vous appelle. Vous prenez vos repas quand vous le désirez. Pas de voix tonnantes, pas de combat, pas de guerre. Silencieusement, je prêtai un vœu d'allégeance à mon drapeau, quand le moment arriva d'enlever le brassard rouge. Mais le brassard noir demeura sur ma manche.

En fin d'après-midi, nous allions voir les listes des « portés disparus ». Ma mère marchait moins vite quand nous approchions de l'hôtel de ville. Je n'osais jamais lui demander pourquoi, mais je réglais mon allure sur la sienne. Jamais elle ne lâchait ma main, quand elle s'immobilisait et que seule sa tête bougeait, de haut en bas, en parcourant la colonne des noms. Je l'observais, essayant de deviner le moment où elle accomplirait deux pas de côté pour entamer la lecture de la liste suivante, la tête bien droite. De nombreuses femmes et jeunes filles étaient là. Mais ce n'était plus la bousculade habituelle devant les boutiques, les interminables files aux portes des boulangeries. Ceux qui déchiffraient la liste des morts et des blessés étaient polis, attentifs à leurs voisins.

Pourquoi, pensais-je, ne pas garder cette attitude, même en temps de paix ? Nous conduire comme si nous étions toujours en guerre ? Je ne fis pas part de ces réflexions à ma mère, car j'étais certaine qu'elle avait pensé la même chose, jugé le problème insoluble, et décidé de mener une existence aussi utile que possible. Mais ce n'est pas la guerre qui enseigna à ma mère les valeurs fondamentales de la vie. Elle les connaissait depuis toujours. Quand elle m'apprit à lire, elle ne se servit pas d'un tableau noir ; elle m'expliqua la prononciation, les syllabes et la ponctuation en utilisant un poème écrit en superbes lettres de couleur, accroché sous verre dans le salon.

O amour, il est encore temps d'aimer !
O amour, il est encore temps d'aimer !
O amour, puisses-tu garder encore l'être aimé !
Car l'heure viendra, l'heure viendra,
Où debout auprès des tombes, tu pleureras !

Elle tenait ses convictions les plus profondes non de son expérience, mais de son instinct. Elle les tenait pour certaines, comme si elle les eût elle-même façonnées. Quand elle citait philosophes et poètes pour appuyer ses propos, on aurait dit qu'elle leur permettait obligeamment de partager son point de vue personnel. D'un autre côté, elle était beaucoup trop jeune pour avoir elle-même de l'expérience dans tous les domaines qu'elle semblait si bien connaître. Elle avait vécu une enfance protégée, son mariage précoce avait choqué la bonne société de la ville. Elle avait été mère à dix-sept ans.

Et elle était là, devant les listes des « portés disparus », cherchant des yeux un nom qu'elle ne voulait pas trouver, tenant une enfant par la main, dans l'obscurité tombante, alors que les lumières s'allumaient une à une. Encore deux listes, espoir ne me quitte pas, « son » nom n'y sera pas, je ne le veux pas... Voici les derniers... Son doigt suit les caractères noirs sous la vitre maculée par d'innombrables doigts. La pression de sa main se relâche, elle baisse la tête, ses yeux sont humides, mais brillent d'un soulagement et d'une joie que je suis seule à voir. « Nous rentrons, Paul, nous allons ouvrir des " conserves " que j'avais mises de côté pour un jour très spécial comme celui-ci et nous allons passer une soirée tranquille. Si tu veux, je ferai même tes devoirs. » Il y avait cette voyelle française dans « Paul », le nom dont elle m'appelait quand elle était heureuse, il y avait sa façon de prononcer à la française le mot *Konserven*, les conserves, pour éviter les dures sonorités allemandes. Comme il était facile de l'aimer.

Je n'avais besoin d'aucune assurance, d'aucune preuve pour être convaincue de son amour. Je ne me rappelle pas quand je sus pour la première fois qu'elle m'aimait. Sûrement avant ma naissance. J'étais sa fille, cela me suffisait. Elle ne m'embrassait pas, ne m'étreignait pas comme elle le faisait quand j'étais toute petite. Plus je grandissais, moins elle me manifestait de tendresse démonstrative, moins elle m'embrassait. Elle me donnait un baiser sur le front ou sur les joues, toujours légèrement, parfois elle me réprimandait pour quelque péché véniel, puis elle s'éloignait. Ses sentiments envers moi furent sans doute identiques à ceux que je lui portais, elle ne désirait pas savoir si je l'aimais ou non, elle en était persuadée. Elle tenait simplement à ce que je me sentisse en sécurité avec elle.

Il était de son devoir d'effacer en moi l'incertitude et la peur engendrées par la guerre. Chaque jour, elle me faisait répéter une douzaine de fois : « Quand je suis avec ma mère, rien ne peut m'arriver. » Avec elle, je traversais sans crainte la cité obscure ; et, ma main serrée dans la sienne, j'aurais volontiers affronté les lignes ennemies, la peste, les gaz toxiques ou la cage aux lions. Rien n'entamait ses projets, son espérance, elle restait toujours identique à elle-même. Elle était digne de confiance. Avec elle, tout était clair. Peut-être n'aimait-elle pas. Peut-être était-elle simplement digne de confiance. Peu importe. Elle était là, forte, courageuse, pleine de compassion, volontairement détachée de ses émotions et de ses désirs. Elle n'était jamais malade, jamais inaccessible. Quand elle s'isolait dans sa chambre et que personne n'était autorisé à la suivre, elle annonçait combien de temps elle demeurerait seule. Et ce n'est pas elle qui aurait dépassé ce délai. Son apparence physique était à la hauteur de ses qualités morales. Elle était d'une exceptionnelle beauté.

J'éprouvais pour ma mère un profond respect qui ne s'éteignit qu'avec elle. Il y avait chez elle une authentique noblesse : celle des gens de sa race. Ses manières, son autorité, son esprit étaient ceux d'une aristocrate. En l'observant, il était facile de la respecter, d'obéir aux règles strictes du quotidien, à celles encore plus drastiques de ma jeunesse de guerre. Elles étaient si intangibles qu'elles semblaient familières et amicales. Immuables, inaltérables, incontestables, plus protectrices que menaçantes, elles n'étaient soumises à aucune humeur, à aucun caprice. Pour en être l'auteur et en avoir tiré une discipline aussi adéquate, ma mère avait dû saisir tous les mystères splendides des émotions enfantines. Elle-même ressemblait à un bon général. Elle se soumettait aux règles qu'elle édictait, elle donnait l'exemple, elle fournissait la preuve que c'était possible. Aucune vanité dans la réussite, pas de tapes dans le dos, simplement l'humble soumission au devoir, au but.

D'abord et avant tout, le devoir, les contraintes journalières.

Et l'amour du devoir quand on s'y soumet. L'amour du travail quand on l'exécute, l'amour des responsabilités inébranlables, l'amour de la routine l'emportant dans la bataille quotidienne avec l'attrait de la nouveauté. Elle savait rendre une activité familière si excitante, à cause de sa familiarité même, que celle-ci paraissait aussi palpitante qu'une aventure inédite. « Retrouver » mettait une lueur dans ses yeux et rendait ses gestes prompts, sa voix s'élevait alors, incontrôlable et sauvage : « Voilà ! Exactement comme je te l'avais dit, tu vois ! Oh, regarde, regarde ! Je le savais bien ! » Elle était là, rayonnante de joie, du plaisir de savoir ce qui est utile et ce qui ne l'est pas. J'avais le sentiment d'être à l'église, et je pensais : « Qui suis-je avec mes idées étriquées, mes soucis mesquins, alors qu'elle est là, devant moi, m'offrant un tel exemple, dans cette maison où nos deux vies s'enracinent côte à côte ? »

« Retrouver », l' « amour-du-connu »..., qu'aurait été cela pour ma mère sans cette autre exigence, qui la dominait tout entière, mais qu'elle ne m'enseigna pas, n'exalta pas : la fidélité ? Elle ne me sermonna jamais sur ce sujet, il me suffisait de contempler sa stupéfaction presque enfantine au moment où elle découvrait qu'on avait abusé d'elle pour comprendre l'intensité de ses sentiments. En matière de fidélité, ma mère se révélait une fanatique — « fanatique », oui, car il ne s'agissait pas ici de gentillesse ou de compassion —, un croisé impitoyable brandissant la bannière de la fidélité.

Procureur exalté, elle énonçait des verdicts sans appel, tranchants et définitifs. Elle se montrait indulgente et prenait le temps de réfléchir quand on avait péché contre une règle qu'elle jugeait surfaite, mais elle changeait de ton, étendards au vent, quand on se laissait emporter par son émotion. Elle interdisait de parler de culpabilité ou de circonstances atténuantes. « Lorsqu'on est énervé, disait-elle, il est si facile de perdre la tête, de laisser ses émotions s'emballer ! »

Tenir fermes les rênes de mes émotions était devenu chez moi une seconde nature avant que ma mère ne décidât d'allonger mes jupes pour couvrir mes genoux.

Je savais aussi qu'une des premières règles de conduite, élémentaire, facile à comprendre sinon à mettre en œuvre, était : « Supporte l'inévitable avec dignité. »

La dignité excluait plaintes et lamentations ; par conséquent, la règle jumelle était : « Les larmes qu'on verse à cause de l'inévitable doivent demeurer des larmes secrètes. » « Conséquence logique », autre acquisition précoce destinée à faciliter l'apprentissage, à aider un cerveau non encore formé à mémoriser et à se souvenir, mais aussi lumière éclairant la voie vers l'élucidation des problèmes. Logique, pendant que j'apprenais à t'aimer, ma mère souriait. Elle me souriait, à moi qui grandissais pendant une guerre qu'elle ne pouvait empêcher.

Telle était la fidélité de ma mère ; fidélité dans l'acceptation, fidélité dans l'espoir, fidélité dans sa conviction que son ventre avait été assez fort pour donner au nouvel-être des réserves qui dureraient tout le temps de la guerre. « Elles sont parfaites, tes dents », disait-elle lorsque je les brossais. « Elles tiendront le coup. Tu le dois à tes origines », ajoutait-elle comme pour se rassurer. Elle croyait dur comme fer aux origines, ou plutôt à l' « écurie », comme elle disait. Et elle continuait à me supprimer les maigres rations de lait, de fromage et de viande disponibles pour les donner à sa propre mère.

Ma merveilleuse et frêle grand-mère recevait la part du lion de toutes les rations familiales. Elle était non seulement la plus belle des femmes, mais aussi la personne la plus élégante, la plus charmante et la plus parfaite qui fût. Ses cheveux étaient d'un roux sombre, et ses yeux d'un violet changeant. Elle était grande et mince, brillante et gaie. Mariée à dix-sept ans, on lui donna toujours l'âge qu'elle désirait afficher. Elle portait des vêtements luxueux ; même ses gants étaient taillés sur mesure. Elle était élégante sans affectation et ne se préoccupait pas de la mode. Elle adorait les chevaux, montait de bonne heure chaque matin, passant parfois devant notre maison avant mon départ pour l'école, m'embrassant à travers un voile où se mêlaient l'air frais du matin et son parfum. Ma mère ne contestait jamais ses décisions, même au risque de bousculer le programme strict de mes journées. Ma grand-mère me submergea d'amour, de tendresse et de bonté. Elle fit naître en moi le désir des belles choses, de la peinture, des boîtes de chez Fabergé, des chevaux, des voitures, des perles chaudes et rosées, qui soulignaient la blancheur de son cou, et des rubis, qui scintillaient à ses doigts.

Elle me laissait poser ses chaussures en équilibre sur mon petit doigt, en disant : « Elles doivent être aussi légères que cela. » Avant la guerre, j'attendais impatiemment le bottier français qui venait chaque saison pour prendre commande de ses nouvelles chaussures et en livrer d'autres, mais elle ne m'autorisait pas à le voir : « L'école est plus importante, disait-elle, et puis les chaussures sont une affaire sérieuse. » Ma grand-mère était à la fois bien réelle et nimbée de mystère, un mirage, parfaite, désirable, distante et fascinante. Mais son amour, lui, était *là*, présent. Les soucis que lui créaient les êtres qu'elle aimait étaient tout aussi passionnés que son amour pour eux.

Avant que je sonne à la porte de la maison de ma grand-mère, ma mère pinçait mes joues pâles, et je poussais un cri de douleur. Alors ma grand-mère descendait le large escalier en courant, sa robe voletant autour d'elle. Elle répétait inlassablement mon nom, s'accroupissait à ma hauteur et se balançait d'avant en arrière avec moi, rayonnante. Nous n'évoquions que les événements heureux, jamais nous ne parlions des lettres arrivant du front, jamais de la guerre ni de la tristesse. Ma mère programmait ses visites pour que ma grand-mère ne puisse pas voir mes joues pâlir. Elle voulait épargner à sa mère toute peine, tout désagrément. Sur le chemin du retour, préoccupée, elle restait toujours silencieuse. Parfois, elle posait la main sur ma joue, serrait ma tête contre elle et ajustait son pas sur le mien.

Le jour où le télégramme arriva et où ma mère partit pour le front, deux cousines plus âgées que moi ainsi qu'une tante vinrent s'installer chez nous. Je m'occupai de la maison comme on m'avait dit de le faire, me comportant en hôtesse prévenante, sans négliger mes devoirs habituels.

Ma mère obtint un laissez-passer du haut commandement pour rejoindre le front russe afin de « réconforter son mari », ainsi que le disait le télégramme. Grièvement blessé, mon père était intransportable. Quand ma mère revint, il avait succombé à ses blessures. A sa robe noire, elle ajouta une toque de veuve et des voiles dissimulant son visage.

L'hiver venu, elle repartit pour ramener le corps de son époux. Après l'avoir identifié, elle accompagna la dépouille mortelle jusqu'à la ville de sa belle-mère. Elle avait toujours considéré l'amour maternel comme plus important que l'amour conjugal : il était donc normal que la mère de son mari enterrât son fils là où il avait vu le jour.

Ainsi, à cette époque, la plupart des hommes de notre grande famille étaient morts au combat. Des femmes en grand deuil se réunissaient souvent à la maison. Ma mère soignait leurs corps et leurs esprits avec courage et tendresse. Elle croyait aux vertus d'une alimentation saine et copieuse, elle passait de chambre en chambre avec des bols de bouillon et des tasses de tisane. Elle réunissait les rations de viande pour faire un ragoût, qui contenait parfois un œuf. Les tisanes étaient fades, destinées à calmer les nerfs et à endormir. Lors du nettoyage de printemps, ma mère donna du travail à chacune. Mes tantes, grand-tantes et cousines, noires contre les murs blancs, se tenaient sur des échelles, nettoyant, récurant, remontant les rideaux qui laissaient passer le soleil d'avril. Les repas du soir étaient moins silencieux. On bavardait, on se laissait même aller à rire.

Bien que la routine quotidienne persistât, le rythme et l'atmosphère avaient changé. Ma mère se déplaçait désormais un peu moins vite ; même la sonnerie de la porte ne parvenait pas à accélérer son pas. Elle allait doucement, paresseusement ; son port de tête était celui des gens fatigués. Elle n'écoutait plus, n'attendait plus comme avant. Elle se comportait comme si quelqu'un avait été en train de dormir dans la pièce voisine.

Je me réveillais parfois en pleine nuit pour découvrir ma mère allongée tout habillée sur mon lit, endormie. J'étais heureuse de la voir à mes côtés. Mais je ne savais pas très bien pourquoi cela me rendait si joyeuse. J'avais entendu ma mère dire : « Si seulement je pouvais dormir » et ma tante répondre : « La guerre a pris notre sommeil. »

Cette guerre n'en finissait plus. La paix était un rêve depuis longtemps oublié : nous avions cessé de faire des projets pour un espoir si lointain. Nos victoires se faisaient rares. Voilà pourquoi la guerre s'éternisait. Seule notre victoire complète y mettrait fin. Prions pour la victoire, prions pour la paix, prions pour les morts, ces morts oubliés. Ils étaient partis depuis tellement longtemps ; nous ne les avions même pas revus avant leur disparition. Si l'on ne nous avait rien dit, personne ne les aurait pleurés. Dire la vérité est plus facile que prendre soin du cœur des femmes. Naturellement, tout ce que j'imaginais pour soulager la souffrance n'était pas pratique, mais je commençais à douter de maintes choses que j'avais jadis acceptées avec respect, les yeux fermés.

Malgré tout, je n'avais pas le temps de réfléchir à ces troublantes découvertes. L'école était mon unique préoccupation, elle m'accaparait et mobilisait tous mes soins. Je pâlissais, j'étais fatiguée. On m'ordonna de dormir après le déjeuner ; j'appréciais cette sieste une fois au lit, mais elle semait le désordre dans mes activités ingénieusement organisées pour l'après-midi, période qui était courte, commençant à une heure et se terminant à sept — heure à laquelle je me couchais : pendant toute ma scolarité, ce fut ainsi. Dormir avant minuit : un remède miracle d'après ma mère. Elle lui était aussi fidèle qu'elle l'était à la fidélité elle-même. Ce principe et la dévotion dont elle l'entourait n'étaient pas liés, je crois, au fait que, comme tous les enfants de mon âge, j'étais sous-alimentée. Pendant toute sa jeunesse, et jusqu'à son mariage, elle avait connu la même discipline : à sept heures tapantes, on l'envoyait au lit. Elle racontait cela avec beaucoup de fierté — elle était donc fière de quelque chose la concernant ? — et y attachait visiblement une très grande importance.

Je devais me lever de bonne heure pour terminer mes devoirs inachevés. Les grasses matinées étaient du temps perdu. Durant de longs mois, je fus debout avant l'aube, tremblant de froid et de fatigue à la lumière d'une lampe à pétrole ; il fallait économiser l'électricité, le carburant, sauver notre patrie. Malgré ma pâleur et ma minceur, j'étais solide et en bonne santé. Nous mangions des navets matin, midi et soir... de la confiture de navets, du gâteau de navets, de la soupe aux navets, les racines et les pousses de navets accommodées de mille façons...

Personne ne se plaignait de ces repas insipides, les enfants moins que les autres. Il y avait des pommes de terre à midi et le soir, ainsi que dans l'après-midi, si j'avais faim. Pommes de terre, véritables amies de l'enfance. Elles étaient là, blanches, tendres et farineuses, faciles à manger et à digérer, elles ne causaient jamais de maux d'estomac, elles restaient chaudes dans l'assiette quand tous les autres aliments avaient refroidi depuis longtemps, provoquant la colère des mères, des gouvernantes, des tantes.

Nous n'avions pas de lait, mais cela ne me manquait pas, et je ne connaissais pas une fille à qui il manquât. Quand, l'été, nous avions soif, nous buvions des limonades additionnées de saccharine. Le matin, on nous donnait du cacao avec de l'eau, et, à la maison, nous buvions de l'eau quand nous le désirions. Mais en dehors de la maison, il était impoli de demander à boire.

La discipline du corps était difficile à acquérir, mais personne, alors, n'aurait songé à rechigner ; chacun aidait son voisin, tirait quelque enseignement de cette épreuve. Les adultes s'y soumettaient avec calme et assurance, et étaient pour nous, les enfants, des exemples extraordinaires. Nous les imitions sans demander de récompense en contrepartie : aucun applaudissement, aucun honneur ne venaient sanctionner nos succès. La négligence était synonyme de péché : négligence du corps, négligence du sentiment, négligence des émotions, négligence de compassion. Pour tout ce qui regardait le corps, elle se nommait stupidité ; pour les émotions, elle était indécence. Et lorsque nous ne péchions ni par stupidité ni par indécence tombait le verdict : « Ça ne se fait pas ! », prononcé d'un ton définitif.

Chaque fois que ma mère désirait mettre fin à une discussion, elle affirmait : « Plus tard, tu m'en sauras gré. » Moi, je continuais d'argumenter en silence, car j'avais atteint l'âge où l'on ne peut s'empêcher de contester ceux qui édictent les règles. Je ne discutais pas les principes fondamentaux, naturellement, mais les ordres désagréables et les devoirs quotidiens qui me semblaient superflus ou démodés.

La guerre avait rendu caduques de nombreuses règles et habitudes. Le pays était soumis à des mesures d'urgence. Que notre éducation se poursuivît comme si nous eussions été encore en paix nous faisait douter de la raison de nos aînés ; perplexes, nous hochions la tête, nous nous sentions mûres et sages, mais aussi impuissantes et ignares.

Par exemple, l'importance que ma mère accordait au laçage de mes chaussures avait quelque chose de vraiment excessif. Même quand je les laçais très serré jusqu'en haut, ma mère, d'un doigt énergique, resserrait chaque maillon jusqu'au nœud, qu'elle refaisait pour assurer la tension du lacet. « Quand tu seras grande, tu devras avoir des chevilles fines ; pour l'instant, il faut les maintenir pour qu'elles n'épaississent pas. » Je ne partageais nullement son intérêt pour mes chevilles. Je n'aimais ni la sensation, ni la vue de mes bottines lacées. Je considérais mes chevilles comme la propriété de ma mère, et tout ce que je faisais pour elles comme une faveur que je lui accordais. La minceur des chevilles, tout comme celle des poignets, avait quelque chose à voir avec l'« écurie », et cela paraissait important. J'aimais cette qualité enfantine chez ma mère ; cela la rapprochait un peu de moi, maintenant que, ayant perdu son rire, elle paraissait tellement calme et lointaine. Je regrettais de ressembler à mon père. Pour moi, c'était une malchance.

Les enfants qui ressemblent à leur père sont des enfants heureux, jurait ma mère. Mon père : une haute stature imposante, l'odeur du cuir, des bottes brillantes, une cravache, des chevaux. Ma mémoire était floue, imprécise, obscurcie par une puissance qui m'interdisait de me le représenter clairement quand je pensais à lui. Sans doute cette puissance était-elle la mort.

Ce fut sans la moindre résistance que j'acceptai cette silhouette floue qu'était mon père, chaque fois qu'on évoquait sa mémoire. La plupart de mes camarades de classe n'avaient plus de pères, ils ne nous manquaient pas, nous comprenions à peine qu'ils étaient partis à tout jamais.

Nous vivions dans un monde de femmes ; les rares hommes que nous pouvions fréquenter étaient des vieillards ou bien des malades, qui n'étaient pas tout à fait des hommes : les vrais hommes étaient au front, ils se battaient ; ils se battaient jusqu'au moment où ils tombaient, et après la guerre de nombreuses années s'écouleraient avant qu'il y ait de nouveau des hommes. Notre vie au milieu des femmes était devenue une habitude si confortable que nous nous inquiétions parfois de l'éventualité de voir revenir des hommes parmi nous, des hommes qui reprendraient le sceptre, redeviendraient maîtres en leur demeure.

Les femmes semblaient ne pas souffrir de vivre dans un monde sans hommes, elles étaient calmes. La visite du cousin d'une de mes tantes, qui allait être muté de l'Est à l'Ouest, prouva que j'avais raison : la fébrilité s'empara alors de la maisonnée, les pieds montaient et descendaient vivement l'escalier — les voix vibraient, changeaient, l'impatience et les reproches transpiraient dans les paroles et les gestes ; bien avant l'heure du dîner, la vaisselle cliqueta et la maison parut bouleversée par un tremblement de terre.

Le cousin arriva presque en catimini. Il me jeta un regard, me souleva et me plaqua un long baiser appuyé sur les joues, puis me reposa au sol. La croix de fer épinglée à sa poitrine s'accrocha à ma robe, emporta un fil qui se tendit entre nous, tandis que le militaire ne cessait de me contempler. Brusquement et sans qu'il se fût douté de sa présence, ma mère fut sur lui. Au moment où le cousin se retournait pour dire : « Alors, il n'y a donc personne pour accueillir un guerrier épuisé ? », le fil se rompit. Je découvris une expression inhabituelle sur le visage de ma mère. « Elle grandit, cousin Jean », dit-elle. « Oui, je vois », répliqua-t-il.

Ce dialogue me sembla stupide. Ma mère annonçant tout à trac que je grandissais ! Ce n'était pas la colère qui assombrissait sa voix, mais quelque chose que je n'avais jamais entendu auparavant. Elle glissa son bras sous celui du cousin Jean et s'éloigna à ses côtés. Elle lui parlait, mais je ne pouvais rien saisir de ses paroles qui se perdaient dans l'immense couloir menant à l'autre aile de la maison.

Pendant qu'ils prenaient le thé dans le jardin, je me mis à mes devoirs, et entendis le rire du cousin Jean ; sa voix tonnait si fort — du moins me le semblait-il — que je dus fermer ma fenêtre. Avant d'aller me coucher, je fis la révérence devant tous les gens réunis dans la pièce, sauf devant cousin Jean : je sentis brusquement que je ne pouvais pas m'incliner devant lui, et me contentai de lui tendre la main. Il la saisit, me tapota la joue, puis se tourna pour reprendre sa conversation avec ma mère. Tout le monde dut être soulagé par son départ.

Les cendriers regorgeaient de mégots de cigarettes, et des cendres jonchaient le sol. Dans une cuvette à la buanderie, deux chemises « gris champ » trempaient dans une eau laiteuse pleine de paillettes de savon vert ; les dos et une manche, gonflés d'air, émergeaient de l'eau. J'enfonçai un doigt dans la manche, mais elle se regonfla aussitôt. Je compris soudain qu'on allait laver les chemises de cousin Jean avant de les lui envoyer au front. Cette idée me parut grotesque, idiote, risible, au point que je montai quatre à quatre au grenier pour me recroqueviller, désespérée, dans ma cachette préférée, une malle en osier, et fondis en larmes à cause de cousin Jean, des chemises « gris champ », des tranchées, des paquets préparés par des femmes aux cerveaux embrumés par l'espoir, et d'une souffrance désespérée, brusquement confrontée après tant de rêveries à la guerre.

Les guerres des livres d'histoire, toutes ces guerres que j'avais étudiées, dont j'avais appris par cœur les dates et les raisons de leur déclaration et de leur arrêt, ne m'ont jamais beaucoup intéressée. Je n'ai jamais rien compris aux guerres de religion. Tuer pour des motifs religieux dépassait mon entendement ; j'esquivais toute pensée relative à ce sujet, comme on éloigne de la main une abeille furieuse.

Il me fallut vivre cette soirée exceptionnelle pour comprendre vraiment le sens de la guerre que nous vivions. Le soldat dans notre maison, l'ambiance qu'il apporta avec lui et laissa chez nous, ses pas résonnant dans les couloirs, son corps massif, les dangers qu'il avait affrontés et ceux qui l'attendaient après son départ, le baiser qu'il m'avait donné, ses chemises « gris champ », la certitude qu'il ne reviendrait jamais, tout cela me fit voir la guerre clairement pour la première fois. Il semblait que, jusqu'à cette heure, j'avais vécu dans une sorte de brouillard. Je restai à pleurer dans ma malle d'osier, et mes larmes tombaient sur mes genoux.

« Je pleure à cause de la guerre », répondis-je à ma mère quand elle se pencha au-dessus de moi dans l'obscurité, me souleva puis me serra dans ses bras. « Maintenant que les Américains se battent contre nous, la guerre sera bientôt terminée », dit-elle.

« S'ils se battent, nous devons prier pour eux. »

Elle me reposa doucement à terre. « Fais comme tu veux. » Elle tendit la main. « Et si nous allions sécher tes larmes ? » Je distinguais mal son visage dans les ténèbres, mais à sa voix je compris qu'elle souriait.

II

Le facteur se mit à nous apporter des petits paquets en provenance du front.

« La guerre tourne mal pour nous, écrivait cousin Jean. Les hommes des tranchées d'en face doivent nous prendre en pitié : la nuit, pendant les accalmies, ils nous lancent des boîtes de conserve. » Le goût de ce *corned-beef* prit des dimensions de conte de fées ; il resta à jamais gravé en nous. Il constituait aussi une réalité rassurante, la preuve que des gens continuaient à penser, à réfléchir par eux-mêmes, au risque de contredire la politique de leur pays, l'opinion de la foule. A mon amour secret, la France, j'ajoutai un héros : le soldat américain. Je priai pour tous les soldats américains venus de si loin pour arrêter la guerre.

Je priais depuis longtemps déjà. Je ne croyais pas que Dieu m'entendît ou qu'Il désirât m'entendre. Car, plus que jamais, j'étais convaincue qu'Il se désintéressait complètement de l'humanité. Mais j'étais malheureuse de ne pouvoir confier à personne mes soucis et mes angoisses qui embrassaient l'univers tout entier. Maintenant que Sa colère était peut-être retombée, Dieu n'allait-Il pas daigner me prêter quelque attention ? Aucune colère ne dure éternellement, songeai-je, je vais donc tenter ma chance et, puisque les choses pour lesquelles je prie sont importantes, Dieu n'aura rien à y redire, s'Il m'écoute. Je priais pour les Américains le matin, et à midi, au lieu de remercier Dieu, je remerciais les Américains, sachant que Dieu saurait que je faisais allusion au *corned-beef* et que, si ce n'était pas Lui qui leur avait dit d'en apporter, ils avaient pris cette décision tout seuls, et devaient être remerciés. Mais ma sympathie ne tenait pas au fait que les Américains fussent venus aider les Français. J'aurais dû leur en savoir gré, mais cette raison n'était pas suffisante. En réfléchissant, j'arrivai à cette conclusion que l'Italie, qui avait agi de même, ne méritait que le mépris. Car la trahison était un péché. Même si cette félonie aidait ma France bien-aimée.

L'un des morceaux que je préférais jouer au violon était la *Sérénade* de Toselli. Je la jouais avant et après mes cours ; c'était ma berceuse à moi. Chaque fois que je la jouais, ma mère s'arrêtait devant ma porte ouverte, et il lui arrivait d'entrer pour s'asseoir au piano et m'accompagner. Mais ce fut surtout moi-même que je punis quand je décidai de ne plus jamais interpréter cette pièce, tant que la guerre durerait. Je la remplaçai par la *Berceuse* de Gounod. Plus la mélodie était douce, plus je l'aimais. Comme mon professeur de violon détestait les mélodies douces, je les travaillais seule, et comme personne ne les interprétait jamais, je les jouais à ma guise en les enveloppant d'une mélancolie sucrée. On fit remarquer que j'avais un rare talent pour le violon. Cette appréciation causa beaucoup de bonheur à ma mère, qui me félicitait pour ma moindre réussite en ce domaine. J'aimais la tendresse plaintive des cordes, mais je n'aimais pas les exercices fastidieux qui constituaient les seuls morceaux que l'on m'autorisât. Avec le piano, c'était différent. Mon professeur de piano adorait Chopin, Brahms et les mélodies des grands compositeurs romantiques... et des moins grands. Mais les plus grands d'entre eux suffisaient à remplir les heures de cours. Le reste du temps, je faisais mes gammes, exercices infiniment plus faciles à exécuter qu'au violon. Au clavier, les notes sont là, il n'y a pas à les créer, il suffit de frapper les touches, sans même se demander si elles sont justes. En revanche, au violon, on doute constamment de la pureté de la note, même quand le professeur hoche la tête pour vous signifier son approbation.

Si j'avais commencé par étudier le piano à la place du violon, je serais peut-être devenue une concertiste appréciée. En travaillant le violon, en discernant tous ses écueils, je ne me faisais guère d'illusions. Les préjugés sociaux de l'époque m'interdisaient de devenir une professionnelle. Ce qui n'était pas l'avis de mon professeur ; peut-être pour me stimuler, cette femme pâle, mince, élancée, aux belles mains de musicienne, mais au nez exagérément long (quand elle jouait du violon, sa tête n'était qu'un interminable appendice nasal incliné sur la gauche au-dessus de l'instrument), ne cessait de me prédire une grande gloire sur scène, dans le monde de la musique. Une gloire qui ne s'achetait pas, qu'on n'obtenait qu'à force de travail, de travail, de travail. Elle répétait toujours ce mot trois fois.

Elle me disait en me regardant : « Vois-tu, quand on n'est pas belle, la vie n'est pas un champ de roses. Mais si l'on éprouve pour le royaume de la Musique de l'amour, si on lui consacre talent et persévérance, la vie devient un champ de roses, et l'apparence physique ne compte plus. »

J'étais certaine qu'en parlant ainsi elle ne pensait pas seulement à elle, mais aussi à moi. Je n'étais pas jolie, je le savais, et j'aimais cette femme qui osait me parler ainsi.

Elle s'appelait Bertha. Elle ressemblait à une Bertha, ou à un oiseau nommé Bertha. Elle aurait aussi pu passer pour un renard appelé Bertha. Ses cheveux châtain-roux étaient ce qu'elle possédait de plus beau. Bien qu'elle m'ait donné des cours de violon pendant des années (par la suite j'aurai des professeurs masculins), je n'ai jamais su si elle perdit pendant la guerre des frères, des amis ou des cousins, comme tout un chacun. Elle ne parlait jamais d'elle. L'hiver, dès qu'elle arrivait, elle se réchauffait les mains en les frottant, en soufflant dessus, en les posant autour de la tasse de thé que j'apportais dans la salle de musique.

L'été, elle nous donnait des fleurs qu'elle cultivait dans des bacs sur son balcon, ou une tomate dont elle était particulièrement fière. Pour Noël, elle nous offrait un verre rose, bleu pâle ou vert, joliment enveloppé dans du papier de couleur. Elle me le tendait en disant : « Bon, mets cela sous le sapin pour ta mère, nous verrons bien si elle devine qui lui a fait ce cadeau. » Chaque année, elle s'accordait ce petit bonheur. Son nom de famille était Glass (verre, en allemand) et elle se demandait toujours si ma mère ferait le rapprochement. Je n'ai jamais osé lui demander si elle proposait cette devinette à toutes ses élèves.

Elle fut la première à suggérer à ma mère que je devais devenir violoniste.

Au physique, mon professeur de piano était une femme inspirant la confiance, aux formes et au visage ronds. Elle souriait et gloussait pour un rien. Quand nous jouions des valses à quatre mains, son plaisir lui faisait rejeter la tête en arrière. Elle était jolie, mais n'évoquait jamais tout ce que la beauté signifie pour une femme. Elle avait des filles, dont aucune n'était mariée, et uniquement des cousines, pas de cousins. Elle était la seule personne que je connaissais à ne pas avoir d'homme à la guerre. J'étais persuadée que cela expliquait son entrain et sa jovialité. Ma mère disait : « Non, elle est née ainsi, et elle l'est restée parce qu'elle n'a pas d'homme à la guerre. » Elle offrait à ma mère des écharpes en taffetas qu'elle fabriquait et peignait elle-même, les décorant de saules duveteux et des premières mesures des valses de Chopin. Le tissu était raide, la peinture s'écaillait d'un Noël à l'autre, effaçant de nombreuses notes de la mélodie.

Ma mère éprouvait un immense respect pour mes professeurs ; elle ne critiquait aucune de leurs décisions, de leurs méthodes, de leurs habitudes, ni aucun de leurs cadeaux. Elle roulait les écharpes dans du papier crépon, plaçait les verres de couleur dans la première rangée du vaisselier, et se tenait perpétuellement prête en vue du moment où elle pourrait montrer ces cadeaux sans être gênée, faire croire à leur grande utilité, à leur importance fondamentale.

Mon professeur de gymnastique ne venait jamais à la maison, ne nous faisait jamais de cadeaux, mais recevait les nôtres à chaque fête. Elle plaçait ma tête dans un col de cuir muni d'une mentonnière, puis me hissait jusqu'au plafond de la salle, m'abandonnant là-haut pendant ce qui me semblait une éternité. Une fois redescendue, on m'allongeait sur une table pour me masser avec un savon qui me recouvrait d'une sorte d'écume. Toutes les élèves se soumettaient à ces exercices destinés à affermir nos cous et nos colonnes vertébrales, ou, en d'autres termes, à supprimer les défauts de nos tendons et de nos articulations déformés par nos mauvaises positions quotidiennes.

Mon professeur portait un gros macaron de cheveux noirs sur la nuque, une tenue de jersey noir avec une jupe plissée, et prenait une voix perçante pour compter : un-deux-trois, un-deux-trois, un-deux-trois. Elle nous traitait toutes de la même façon : nous n'étions pour elle qu'une succession de corps pendus au plafond, comme autant de saucisses dans un fumoir.

La posture était un élément très important parmi les soins à donner à son corps. Nous en étions toutes persuadées, mais nous détestions rester ainsi au plafond. Cependant, sur le chemin de la maison, nous nous sentions en pleine forme, et oubliions bien vite nos souffrances passées.

Pour en terminer avec mes professeurs, il y avait aussi une petite femme timide qui m'enseignait le tricot et le crochet, deux fois par semaine. Elle ressortait toujours de chez nous avec son sac rouge en laine tricotée au crochet, plein de cadeaux offerts par ma mère. Où celle-ci trouvait-elle ces choses ? Mystère. Elle devait garder une cachette pour ce genre d'objets. Cette petite femme timide se nommait Martha. Quand elle partait sans ses cadeaux, ma mère l'appelait : « Martha, Martha, vous avez disparu » — les premières paroles de l'aria de l'opéra *Martha*, de Flotow. Mon professeur ne souriait qu'en cette occasion. Elle gravissait les marches du perron jusqu'à la porte d'entrée, et l'on apercevait ses dents pointues qui paraissaient tout usées.

Quand ma mère m'acheta enfin un luth, un nouveau professeur se joignit aux autres. Mais c'était une femme très différente de ses collègues. Beaucoup plus jeune, elle avait des cheveux blond paille et des joues rouges. Elle portait des nattes autour de la tête, des corsages et des jupes paysannes, avec des petits gilets de laine noire pour lui tenir chaud. Elle parlait avec un fort accent bavarois. Elle s'occupait d'une sœur malade, mariée à un médecin de notre ville qui était au front.

Cette joueuse de luth s'appelait Marianne, et semblait ne rien savoir de la guerre. Des douzaines de rubans de soie multicolores pendaient à son instrument, aussi gais que la musicienne. Elle chantait des airs folkloriques et des chansons montagnardes. J'aimais beaucoup sa voix claire et forte. Je collectionnais des rubans pour mon propre luth avec une joie passionnée. Certains étaient peints, d'autres brodés, décorés de textes, de chansons et de poèmes. On aurait dit un bouquet de fleurs des champs oscillant au gré d'une légère brise, suivant le rythme de la mélodie.

Je commençai à chanter de courtes chansons bavaroises et autrichiennes, soutenant ma voix haletante et faible de puissants accords. Je consacrais beaucoup de temps à mon luth, tout en rêvant. « Tant que tu rêves, tout va bien, disait ma mère, mais ne te ramollis pas le cerveau. »

Mon luth, couvert d'une laque marron foncé, portait une étroite bande noire incrustée autour de la caisse de résonance ovale. J'adorais cet instrument et le serrais contre moi tous les soirs avant d'aller me coucher. Je me sentais légèrement coupable de ne pas éprouver la même tendresse envers mon violon ; peut-être est-ce que, moins volumineux, il en suscitait moins en moi.

Malgré la guerre, je réussis à conserver un bon moral pendant toute mon adolescence, ma mère me protégeant constamment, affrontant les orages qui se déchaînaient contre elle et ses principes — toujours seule et surmontant toutes les épreuves.

La guerre prit fin. Je ne savais pas grand-chose des événements et de la politique de l'époque. Nous allions à l'école, aux répétitions, aux concerts, aux cours de littérature, rien ne devait nuire à notre éducation.

J'ai eu une enfance merveilleuse. Et beaucoup de chance. Malgré mes défauts, la mort de mon père, ma jeunesse marquée par la guerre, mon enfance fut agréable; j'appris, on m'enseigna à vivre en me passant de certaines « bonnes choses ». Résultat : à la fin de mon adolescence, « j'avais les pieds sur terre ». A cette époque, on n'informait pas les jeunes gens des bouleversements historiques ; ce fut peut-être une des raisons de mon bonheur d'adolescente. Cet écran protecteur nous empêchait d'émettre avec naïveté des opinions stupides sur la politique du gouvernement. Il est toujours facile de critiquer, beaucoup plus difficile de gouverner. C'est ce qu'on nous apprenait alors. Et aussi : « N'ouvre pas la bouche si tu n'as rien d'intéressant à dire, ne te contente jamais de détruire ce que tu n'aimes pas. La Vie n'est pas un champ de roses, elle n'est ni tout miel ni tout sucre, mais la Vie est bonne si tu luttes pour qu'elle le soit. »

Jeunesse

Grâce à ma mère, la vie était réellement douce.

Vint le jour où le mot *pension* résonna à mes oreilles anxieuses... C'était un soir, ma mère et des tantes en visite à la maison discutaient du projet.

Pourtant, rien ne semblait bouger dans mon existence. Ainsi, je me rendais à pied chez mon nouveau professeur de violon, l'étui de l'instrument sous un bras, mais toujours étroitement chaperonnée par ma gouvernante.

Elle était anglaise, et j'apprenais, non sans quelques réticences, sa langue natale pour couper à l'enseignement de l'école, jugé insuffisant. Ma gouvernante était une brave femme, mais je ne l'aimais guère. Je n'appréciais pas ses airs de chien de garde, mais ne lui reprochais nullement de faire son devoir. Une fois arrivée à la maison de mon professeur, elle s'asseyait dans le salon et restait là à siroter la tasse de thé que lui offrait l'épouse de mon maître.

Je travaillais maintenant d'arrache-pied le violon. Mes exercices empiétaient énormément sur mes autres activités, occupaient tout mon temps libre. Et il y avait aussi les cours de piano, de gymnastique, quelques promenades quand je ne me rendais pas chez mon professeur de violon.

A sept heures, j'étais au lit. Les journées étaient courtes, bien remplies avec mes heures passées au lycée. Heureusement, certains soirs faisaient exception à la règle : les concerts et les sorties au théâtre étaient comme des arcs-en-ciel après la pluie.

Je vis tous les classiques, Shakespeare, les tragédies grecques, tout ce qui convenait à un jeune esprit, on m'emmena aussi parfois à l'opéra.

Apparemment, la vie était retournée à la normale — expression dépourvue de sens à mes yeux, car j'ignorais ce que signifiait « la normale ». Tout était plus calme à la maison, ma mère s'habillait toujours en noir, mais, ainsi que mes tantes, elle avait abandonné ses voiles de deuil. Les veuves commençaient à s'habituer à leur sort, les lamentations avaient cessé. On percevait toujours une douleur résignée, mais ténue. La souffrance est une affaire privée, je le savais déjà.

Ayant assisté à de nombreux enterrements, tous protestants, j'avais appris à ne pas pleurer en public. Plus tard, il me fut donné de suivre des funérailles juives, d'observer leurs rituels. J'arrivai à cette conclusion que, peut-être, les coutumes juives sont meilleures que les nôtres. Les juifs peuvent exprimer leur peine, pleurer, se lamenter sur le cadavre qu'on enterre. Dans notre monde chrétien, on nous apprend à dissimuler nos sentiments. Héritière de ce principe ancestral, je suis devenue une femme qui ne révèle jamais ses émotions les plus profondes, une femme distante et seule, prisonnière du sanctuaire de ses croyances.

La pension, qui n'était jusqu'alors qu'une menace chuchotée, devint une réalité, et j'allai à Weimar, la ville de Goethe, mon idole.

Pendant les dernières années que je passai à l'école, je me pris d'une véritable adoration pour Goethe, et il n'est pas étonnant que, toute ma vie durant, j'aie religieusement respecté sa pensée. Ses principes m'ont guidée, ainsi que toutes mes camarades d'école, pendant l'adolescence ; mais ils m'ont probablement marquée davantage parce que, n'ayant pas de père, j'avais besoin de me référer à un modèle masculin. Et je me passionnai pour tout ce qui concernait Goethe.

Quand on m'annonça que j'entrerais dans une pension de Weimar, j'en fus heureuse, bien que la pensée de quitter la maison m'attristât profondément.

Comme toujours, j'obéis.

La pension était froide, rébarbative, les rues inconnues, l'odeur de l'air différente de celle que je connaissais dans ma grande ville natale ; pas de mère, pas de gens connus, pas de saint des saints où se réfugier, nulle part où pleurer en cachette, aucune chaleur.

Nous dormions à six par chambre. C'était plus dur pour moi que pour les autres élèves. J'étais habituée à ma vie privée. (Maintenant, je le sais, c'était comme à l'armée.) Il y a certainement une intention cachée dans ce genre d'éducation. Mais bien sûr, quand vous la subissez, vous en souffrez. Vous vous morfondez, vous passez des nuits entières éveillée, pleurant pour retrouver votre maman, votre maison. Mais le collège finit par vous avoir. Vous cessez de pleurer après « maman », vous apprenez à vivre toute seule. Vous apprenez à faire votre devoir, sans y mêler vos sentiments ou vos rancœurs.

Vous êtes enrégimentée, vous marchez deux par deux dans la rue, guidant les autres pensionnaires, en tête des autres (je me demande pourquoi j'étais toujours devant), et vous croisez des gens libres qui font leurs courses ou papotent au coin de la rue, vous vous sentez désespérée, rejetée, exclue. Nous lisions *les Souffrances du jeune Werther* de Goethe, et nous versions beaucoup de larmes. Nous aurions même hurlé de plaisir, comme on le fait maintenant, en découvrant qu'un écrivain aussi célèbre connaissait nos jeunes âmes. Tous les jeunes se croient incompris. C'est une maladie de jeunesse, banale, vieille comme le monde. Pourtant, quand on traverse les affres de la solitude, cela aide de se laisser guider d'une façon poétique, ou sentimentale, par des violons qui jouent au fond de votre cœur, par des rêves qui vous animent sans apporter de solution à vos problèmes. Voilà donc ce que je ressentais alors. Mais, durant mon séjour à Weimar, j'ai connu un amour si délicieux qu'il remplit tout mon être, mon *jeune* être, d'une exaltation et d'un délire qui guidèrent ma vie vers une divine lumière, m'épargnant toutes les expériences mauvaises et viles.

Cela est peut-être difficile à comprendre, mais Goethe était devenu mon dieu. Je lisais tous ses livres et suivais ses préceptes. Rien ne pouvait m'atteindre, me blesser. Sa ville devint un havre, ses maisons devinrent mes maisons. Les femmes qu'il aima devinrent des rivales, que je jalousais farouchement.

Nombre de mes « biographes » font de Weimar ma ville natale. Les faits contredisent cette affirmation. Mais il est vrai que cette ville devint mon lieu de naissance électif.

Ce fut facile, car presque tous les habitants de Weimar vivent sous le charme de Goethe.

Sa maison en ville, sa maison de campagne, la maison de sa grande amie, Mme von Stein, étaient pour nous autant de Lourdes — nous y allions chaque jour, pour purifier nos âmes.

Cet engouement pour un grand poète et philosophe fut constructif. C'était un garde-fou contre toutes les tentations qui menaçaient le cœur, le corps et l'âme d'une jeune fille. Avec mon éducation, cette passion unique formait un cercle parfait et me donna des valeurs morales solides, que je conservai toute ma vie.

Et puis, il y avait aussi Emmanuel Kant! Ses lois étaient mes lois, je les savais par cœur.

« Agis en sorte que la maxime de ta volonté puisse toujours valoir en même temps comme principe d'une législation universelle. »

« Le principe directement opposé à la moralité consiste à faire du principe de son bonheur personnel le principe déterminant de la volonté. »

« La loi morale, qui en elle-même ne requiert aucune justification, non seulement prouve la possibilité de la liberté, mais prouve que la liberté appartient réellement à ceux qui reconnaissent cette loi et choisissent de s'y soumettre. »

Je fus élevée sous la haute autorité d'Emmanuel Kant, de l'impératif catégorique, et de ses enseignements. On réclamait de la logique à chaque instant. Si mes déductions étaient illogiques, on m'écartait de la conversation. Jusqu'à ce jour, je n'ai pu me soustraire à cette règle stricte et l'ai exigée de mon entourage.

Les pensionnaires, qui, comme moi, étudiaient la musique, étaient autorisées à sortir trois soirs par semaine pour aller à l'opéra. Nous étions subjuguées par les merveilles, la magie, les lumières, les trompe-l'œil de la salle, fascinées par le doux son des violons, la musique.

Cette période de ma jeunesse fut parfaite, mais la jeunesse nous paraissant alors l'état le plus naturel du monde, nous ignorions que ce bonheur n'aurait qu'un temps. Pourtant, je considérais comme de mon devoir d'en savourer le moindre instant.

Ma mère venait me rendre visite toutes les trois semaines, pour « ranger » ma chambre, qui était, bien sûr, parfaitement ordonnée, et me laver les cheveux. Comme il n'y avait pas de douches, elle utilisait des brocs pour rincer le savon maintes et maintes fois, jusqu'à ce que l'eau fût parfaitement limpide.

Qu'une mère se déplace simplement pour laver les cheveux de sa fille semblera peut-être extraordinaire. Mais ma mère, qui était très fière de mes cheveux, tenait à ce qu'ils restent beaux. Sur ce chapitre, elle ne me faisait pas confiance. Mes cheveux sont toujours restés magnifiques, et je suis certaine que je le dois à la main de ma mère. Elle les séchait avec une serviette, puis elle m'abandonnait sur une chaise, dans le salon, le visage rougi par toutes les frictions qui accompagnaient ce traitement capillaire, mes cheveux tout emmêlés et humides, les larmes ruisselant sur mon visage pendant que je lui disais au revoir.

Je n'étais pas la seule à subir ce traitement. Nous attendions toutes ce jour en nous lavant. Mais notre toilette n'était rien, comparée au « récurage » maternel.

La maison familiale avait beau me manquer, grâce à la musique, j'étais très heureuse. Les autres cours m'ennuyaient, me pesaient. J'étais mauvaise en mathématiques, et le suis restée. Mais j'étais bonne en histoire et en langues. Dans l'ensemble, je garde un bon souvenir de ces années.

Puis vint le jour fatal : celui de la fin de mon séjour en pension. Il fallait décider si je continuais mes études à Weimar ou non. Ma mère arriva, et, mes professeurs de violon et de piano ayant loué mes « prouesses », j'entrai dans un « pensionnat » de Weimar où j'habiterais tout en poursuivant mes études musicales. Là, ma vie fut encore plus agréable qu'auparavant. Je pouvais jouer aussi longtemps que je le voulais ou le devais. J'étais plus libre, je décidais de mes horaires.

Naturellement, j'allais souvent aux concerts, à l'opéra et au théâtre, je fréquentais assidûment mes lieux favoris, les bibliothèques, et j'écrivais régulièrement à ma mère, qui me répondait tout aussi ponctuellement.

Mais une catastrophe ne tarda pas à s'abattre sur moi.

Ma mère se présenta à l'improviste à Weimar pour me retirer du pensionnat et me ramener à Berlin à la maison. Avait-elle redouté ma liberté nouvelle ? En tout cas, elle paraissait inquiète. Elle ne répondit qu'à demi-mot à mes questions anxieuses.

Elle me laissa cependant le temps de me séparer de mes amies et de mes professeurs. Tristement, j'allai pour la dernière fois à la maison de campagne de Goethe. Mais j'avais l'habitude d'obéir. Je ne discutai pas. Pendant tout le trajet de retour, je restai silencieuse. A Berlin, j'eus un nouveau professeur de violon, le professeur Flesh de l'Académie de musique, qui ne m'agréa qu'au bout de nombreuses et interminables auditions.

Tout était différent pour moi, à présent. Bach, Bach, Bach, encore et toujours Bach. Huit heures d'exercices par jour. Ma mère et moi faillîmes en perdre la raison.

La première, je déclarai forfait. Des médecins m'examinèrent et déclarèrent que la douleur que je ressentais à l'annulaire gauche était due à l'inflammation d'un ligament ; ils me plâtrèrent toute la main. Les solo-sonates de Bach étaient responsables de ma blessure. Ce coup du sort m'abattit complètement. Je ne deviendrais jamais une violoniste digne de ce que le monde de la musique appelait une « concertiste ». La déception de ma mère fut encore plus vive que la mienne. Le violon ancien qu'elle m'avait acheté reposa désormais dans son étui noir, enveloppé dans un tissu de soie. Pour ma mère, c'était un autre rêve qui tournait court. Je me retrouvai oisive pour la première fois depuis bien longtemps.

Je continuai ma scolarité, mais à la maison. Les cours ne me semblaient plus aussi sérieux que ceux du pensionnat. Je relus Goethe, pour mieux préserver le lien qui m'unissait à lui. Puis, un beau jour, je découvris Rainer Maria Rilke — je dis « découvris », parce que aucun maître ne nous en avait parlé à l'école. Dès lors, j'eus un autre dieu.

Je trouvais sa poésie tellement belle que j'appris par cœur de longs poèmes, que je mourais d'envie de réciter à haute voix.

Ma mère se consolait lentement de sa déception, elle espérait encore que ma main guérirait. Elle approuvait mes lectures, parce que, selon elle, il fallait toujours « faire quelque chose ». Elle répétait inlassablement : « Fais quelque chose », quand elle me surprenait à rêvasser. Aujourd'hui encore, j'entends sa voix et, à chaque instant, je « fais quelque chose ».

Le moment arriva d'enlever le plâtre. Ma main gonflée reposait, inerte, sur mes cuisses. Je la regardais, stupéfaite. On retéléphona aux médecins, mais leur verdict fut peu encourageant : elle resterait à jamais fragile. A cette époque, mon père me manqua énormément, et je suis certaine que ma mère aurait aimé avoir un homme à ses côtés, un homme qui nous aurait aidées à prendre une décision.

Aussi étonnant que cela puisse paraître, ce fut *moi* qui me substituai à mon père — contre l'avis même de ma mère.

Je décidai de devenir actrice de théâtre, car le théâtre était le seul endroit où l'on pût réciter de beaux textes et de beaux vers, comme ceux de Rilke, qui me brisaient le cœur et me redonnaient en même temps du courage.

J'abandonnai définitivement le violon et essayai de m'introduire dans le monde du théâtre. Une simple tentative, déclarai-je à ma mère.

A Berlin, existait alors une école de théâtre nommée l'école Max-Reinhardt. Je m'y rendis pour passer une « audition ».

J'avais choisi le rôle de la fille dans la pièce d'Hofmannsthal, *le Fou et la Mort*, parce qu'on m'avait assuré que Rilke n'était pas un « auteur de théâtre ». J'allai à l'audition avec mon innocence coutumière.

De leurs fauteuils, un nombre impressionnant d'hommes nous examinèrent pendant ce qui me parut des heures et des heures.

Puis on nous demanda de jouer un extrait de *Faust* : la prière de Marguerite.

Quand mon tour arriva, on me dit de m'agenouiller. J'étais gênée à l'idée de me mettre à genoux dans cette salle, et j'hésitai. J'hésitai juste assez pour qu'un des professeurs lançât un coussin à mes pieds. Je ne compris pas pourquoi, le regardai et lui demandai : « Pourquoi me jetez-vous ce coussin ? » « Pour que vous vous agenouilliez dessus », répondit-il. Cela me déconcerta encore plus, car dans mon esprit il était ridicule d'utiliser un coussin pour cette scène. Néanmoins, je récitai mes vers, à la suite de quoi on me dit de revenir le lendemain matin.

Lorsque je retournai à l'école Max-Reinhardt, il y avait tant de filles que j'eus l'impression de me retrouver à l'école primaire. L'une d'entre elles s'appelait Grete Mosheim, et nous échangeâmes quelques timides propos. Plus tard, Grete Mosheim devint une actrice célèbre, mais ce jour-là, dans cette école, elle essayait, comme nous toutes, de se faire remarquer des professeurs.

En tout cas, le fait qu'on nous permît de suivre les cours de l'école Max-Reinhardt constituait déjà un signe encourageant pour l'avenir.

L'emploi du temps de l'école était très chargé, et il fallait y ajouter les exercices à faire chez soi. Nous avions choisi « une carrière périlleuse », nous prévint-on. Mais nous étions décidées à relever le défi. Périlleuse ou non, cette carrière m'enthousiasmait. Nous ne regrettâmes jamais notre travail, nous ne regrettâmes jamais les heures passées à tenter de comprendre les indications de nos professeurs. Nous étudiions. C'est déjà très important de s'être découvert un but, aussi lointain et nébuleux soit-il.

Chaque jour, je rentrais à la maison pour raconter à ma mère ce que nous croyions avoir réussi, ou essayé de réussir, et ma mère m'écoutait patiemment.

Comme toutes les jeunes filles d'alors, j'étais mal informée des événements sortant du cadre étroit de mon petit monde. Aujourd'hui, cela peut paraître étrange, mais nous nous désintéressions totalement de la politique et des événements politiques. Notre attitude était alors diamétralement opposée à celle de la majorité de la jeunesse actuelle.

Ma génération, particulièrement les jeunes filles, était uniquement concernée par les événements de la vie quotidienne, le foyer, les efforts personnels, les mariages, les enfants. Lorsque nous fûmes plus âgées et que l'inflation frappa le pays de plein fouet, notre attitude ne changea pas. Je savais que les prix étaient sujets

47

à des fluctuations ahurissantes, mais comme toutes les jeunes filles et les femmes de ma génération, je me bornais à constater le fait sans m'en inquiéter outre mesure. Avec l'inconscience de la jeunesse, nous pensions que tous ces bouleversements seraient temporaires, qu'ils disparaîtraient bientôt. Nos propres problèmes nous paraissaient autrement importants, et nous n'avions pas le moindre désir de nous interroger sur les causes de l'instabilité qui s'empara de l'Allemagne dans les années 20. Beaucoup plus tard, quand je fus vraiment adulte et que je me renseignai sur cette période, je me rendis compte que ces événements ne m'avaient aucunement marquée. Aujourd'hui, je me demande si ce ne fut pas un bien.

Max Reinhardt possédait quatre théâtres à Berlin. Les locaux de son école se trouvaient au dernier étage de l'un d'eux. Nous ne rencontrâmes jamais notre directeur, mais sa réputation terrifiait toutes les élèves. Il avait renoncé à l'enseignement, se contentant de choisir les professeurs qui nous faisaient travailler.

Je comprends pourquoi, lorsque je devins célèbre, Max Reinhardt se plut à dire qu'il m'avait « découverte », mais, hélas ! c'est faux. Je n'avais aucun talent particulier, et je le savais. Tout le monde le savait. Grete Mosheim et moi — ainsi que toutes nos autres camarades — nous contentions de suivre sagement les cours, jouant toutes sortes de petits rôles ici et là. Grete Mosheim sortit du lot la première, et nous laissa toutes loin, loin derrière elle.

Rudolf Sieber, l'assistant de Joe May qui, à Berlin, tournait *Die Tragödie der Liebe (la Tragédie de l'amour)*, eut l'idée, originale pour l'époque, de faire appel, non à des professionnels, mais à des inconnus pour jouer les rôles des spectateurs, des passants, etc. Il contacta l'école Max-Reinhardt, demanda si des élèves accepteraient de représenter « le visage de la foule », et reçut un accueil enthousiaste. Voilà pourquoi, un beau jour, Grete Mosheim et moi-même nous présentâmes au studio.

Rudolf Sieber nous dit qu'il cherchait des « demi-mondaines » ayant de la classe. Il décida que mon amie Grete Mosheim avait l'air « trop sérieuse » pour le rôle, mais me dit de me présenter au travail dès le lendemain, ce qui vous donne une idée de la façon dont il me jugea.

J'étais fière qu'il m'eût choisie pour être « un visage dans la foule », fière d'avoir réussi, fière de ne pas avoir paru trop jeune, trop innocente, trop — tout ce que j'étais en réalité.

Grete Mosheim fut plus tard choisie pour le premier rôle dans la pièce *Alt Heidelberg*, un mélodrame terriblement sentimental où nous espérions toutes décrocher un rôle. Mais, contrairement à moi, elle avait le type « grande dame ». Avec plusieurs de mes camarades, je l'accompagnai à sa première répétition, pleurai à chaudes larmes, et lui souhaitai bonne chance.

Elle nous manqua, et nous continuâmes notre petit bonhomme de chemin un peu partout. Je jouais, par exemple, le rôle d'une servante dans le premier acte d'une pièce, puis je prenais le métro ou le bus vers un autre théâtre, où j'étais une amazone dans le deuxième acte d'une autre pièce, avant de finir la soirée en putain dans le troisième acte d'une troisième pièce. Chaque soirée différait de la précédente, nous nous déplacions toutes sans arrêt et faisions ce qu'on nous commandait. Bien sûr, nous n'étions pas payées. La figuration faisait partie de notre apprentissage.

La plupart des théâtres étaient relativement petits, comparés à ceux d'aujourd'hui, mais quand on m'envoya au théâtre Schumann où Max Reinhardt montait *la Mégère apprivoisée*, je fus stupéfaite par la taille de la salle, qui avait autrefois été un cirque. Je devais passer une audition pour le rôle de la veuve, dans le cinquième acte. Je n'avais que trois phrases à prononcer, mais jusqu'ici, c'était tout ce qu'on m'avait jamais accordé. La vedette masculine me dit qu'on ne m'entendait pas du premier rang. J'attendis le verdict définitif. Elisabeth Bergner jouait la mégère. Autrichienne de naissance, elle avait quitté la Suisse pour s'installer à Berlin. Indulgente avec les débutantes, elle parvint à persuader le metteur en scène de nous intégrer dans la distribution. Naturellement, il n'y avait pas la moindre sonorisation dans cette salle gigantesque, et nous essayions toutes de « projeter », comme on nous l'avait enseigné à l'école : « Bouchez-vous le nez », « Placez votre voix dans votre tête, et dites ning, nang, neuf, neuf, neuf. »

Le Dr Joseph travaillait inlassablement avec nous, sans discontinuer. Il passait une corde autour de ses épaules, nous saisissions l'autre extrémité, et il nous tirait à travers la salle de répétitions, pendant que nous ânonnions ning, nang, neuf, neuf en résistant à la traction. Sa méthode fut couronnée de succès ; nous devînmes toutes actrices. Dans *la Mégère apprivoisée*, mes trois phrases étaient :

« Ne me fais jamais confiance si je dois avoir peur. »

« L'étourdi croit que le monde tourne en rond. »

« Que jamais je n'aie raison de soupirer avant de traverser aussi mauvaise passe. »

Dans le texte original de Shakespeare, le rôle de la veuve comporte d'autres répliques, mais elles furent supprimées pour je ne sais quelle raison. Tout au long des répétitions, je m'initiai aux règles du théâtre, et quand mon tour arrivait, je prononçais mes trois phrases. Je ne vis jamais Max Reinhardt. Nous espérions toutes l'entrevoir, même furtivement, mais il était aussi fuyant qu'à l'ordinaire.

Je continuai à déclamer mes phrases avec toute la « résonance » dont j'étais capable, disant ensuite bonsoir et bonne nuit à Elisabeth Bergner, sans me douter qu'elle deviendrait un jour mon amie.

J'avais aussi rencontré une actrice nommée Anni Meves qui me téléphonait souvent pendant la semaine. Elle me disait : « Pourrais-tu me remplacer dans une pièce ? Je n'ai qu'une seule réplique. Ma robe t'ira très bien. Surtout, n'en parle à personne. Tu y vas, tu fais ton entrée après tel et tel dialogue. Prends un crayon et note. »

J'adorais rendre service. Beaucoup de théâtres bizarres, beaucoup de répliques bizarres, mais pas beaucoup de dialogues. Les rôles étaient quasiment inexistants, mais il fallait malgré tout quelqu'un pour les tenir.

Pendant que je jouais les utilités à sa place, Anni Meves devait, elle, danser et s'amuser dans quelque « boîte ». Ces rôles étaient si minces que personne ne s'aperçut jamais du subterfuge. Parfois, les choses étaient moins simples et Anni Meves était obligée de me préciser certains détails particuliers. Ce qui fut le cas pour *le Grand Baryton*, avec Albert Bassermann.

Je devais aller me préparer dans sa loge, qu'elle partageait avec d'autres acteurs, puis monter en scène pour lancer une seule et unique réplique : « Vous êtes formidable. » Anni Meves m'avait expliqué qu'il était extrêmement important que je porte ses gants en laissant le dernier bouton ouvert, et que je présente ma main à mon partenaire après qu'il m'eut embrassée, pour lui permettre de baiser l'intérieur de mon bras. J'appliquai scrupuleusement ses directives.

Mon seul rôle digne de ce nom, je le jouai dans la pièce de Bernard Shaw, *Parents et Enfants*. J'avais quelques phrases à prononcer, et le premier rire que je provoquai pendant ma prétendue carrière théâtrale suivit cette réplique : « Tu parles, papa. »

Je me rappelle aussi un incident comique datant de la même époque. La pièce en question était produite par Max Reinhardt au Kammerspiele Theater, avec Elisabeth Bergner en vedette.

Elle apparaissait sur scène en descendant un imposant escalier décrivant une courbe, sous laquelle se trouvait une table occupée par quatre personnes jouant au bridge. J'étais l'une d'entre elles et je lançais (c'était tout) : « Je passe. »

Je portais une robe gris pâle taillée sur mesure, comme cela se faisait alors. Quand je l'essayai, je découvris, à ma grande stupéfaction, qu'elle était déjà décorée de perles et de diamants, mais uniquement dans le dos. Quand j'en demandai la raison, on me répondit que, puisque je ne me retournais à aucun moment de la scène, il était superflu d'orner le devant de la robe.

Je compris et me tus.

Je raconte cette anecdote pour montrer à quel point mes rôles étaient dépourvus d'importance. Néanmoins, ma position « dos au public » me permettait d'assister à la superbe apparition d'Elisabeth Bergner en haut de l'escalier.

Son premier mot était « Zut » *(Verdammt)*; j'étais tellement fascinée de l'entendre prononcer ce mot que j'oubliais souvent de dire : « Je passe », mais cela ne se remarquait pas. Les autres acteurs poursuivaient comme si de rien n'était, personne ne relevait mon silence. J'étais une petite figurante, comme on dit aujourd'hui. Ainsi, quand je lis les chapitres que mes « biographes » consacrent à cette période, et où ils prétendent que j'étais une « actrice célèbre », je ne peux m'empêcher de rire. J'étais totalement inconnue, rien qu'une débutante, une actrice amateur parmi cent autres, une petite élève de l'école Max-Reinhardt.

Mais je n'étais pas mécontente de mon sort. J'étais très heureuse de côtoyer de grands acteurs et de grandes actrices. J'obéissais à la règle, ainsi que je l'ai toujours fait dans ma vie et mon travail.

Je continuais à me produire dans de nombreuses pièces, dans des rôles le plus souvent muets, mais où j'apparaissais magnifiquement maquillée. D'ordinaire, je passais davantage de temps à me préparer qu'à jouer. Les premiers rôles ne nous adressaient jamais la parole, et nous les redoutions beaucoup. Mais nous n'avions aucun « culte de la vedette ». C'est seulement parce que nous admirions leur jeu que nous les observions si attentivement. Apprendre, apprendre, apprendre, telle était notre devise.

Dans *la Boîte de Pandore*, de Wedekind, j'étais l'une des « observatrices silencieuses ». Incroyable ou non, je ne connaissais rien à cette pièce, car je n'entrais en scène qu'au troisième acte. Aujourd'hui, j'en ignore encore le sujet.

Je m'efforçais de me vieillir, de me donner des airs de femme, je répétais à la maison vêtue d'une robe de ma mère, je marchais et ondulais comme une habituée de la vie nocturne et, chaque jour, je travaillais avec Rudolf Sieber, dont j'étais tombée follement amoureuse — et je devais le rester longtemps.

Je continuais à prendre des leçons de chant, à fréquenter l'école Max-Reinhardt, à assimiler une quantité de rôles classiques que je ne jouerais jamais, je le savais. J'étudiais tous les personnages d'ingénues, le répertoire moderne, sans convaincre toutefois. A la fin de l'audition, mes examinateurs faisaient la moue : les monologues sentimentaux ne convenaient pas à mon registre. Je dus donc adopter un style différent, me glisser, péniblement, dans la peau d'une femme différente. Cette femme-là, je ne l'aimais pas. Mais j'appris docilement toutes ses détestables répliques.

Il y eut d'autres examens : j'étais prête à conquérir le public avec mon interprétation de « femme fatale ».

Une fois encore, j'échouai. Mes professeurs déclarèrent que ma jeunesse ne convenait pas à ce genre. Nouvelle déconvenue, qui n'entama pourtant pas mon ardeur au travail.

Quand je restais à la maison pour travailler ou lire, ma mère était soulagée. Peu lui importait ce que j'étudiais pourvu que j'eusse le nez dans un livre.

Elle n'aimait pas « le théâtre ». Elle n'aimait pas « les films ». Mais elle fit contre mauvaise fortune bon cœur, espérant probablement que je rencontrerais quelqu'un capable de me décourager une bonne fois pour toutes.

Pourtant, je m'accrochais.

Rudolf Sieber m'avait également suggéré, pour me donner un air plus provocant, de porter un monocle. A l'époque, le monocle était le comble du « macabre ».

Ma mère accepta de me donner le monocle de mon père, qu'elle conservait depuis des années.

Vêtue d'une de ses robes, le monocle de mon père vissé à un œil, les cheveux coiffés en centaines de boucles et mèches, maquillée par quelque maquilleur fatigué et qui ne s'intéressait nullement aux pauvres débutantes de notre espèce, j'entrai en scène pour affronter mon futur époux. J'étais aveugle comme une chauve-souris, mais le monocle tint en place. Rudolf Sieber dut éclater de rire intérieurement en me voyant costumée de la sorte, mais il n'en montra rien.

Il réussit même à obtenir pour moi un petit rôle — une seule réplique — dans un film. Je l'aimais, mais pas pour l'aide qu'il m'apportait. Parce qu'il était beau, blond, grand, brillant — tout ce qu'une jeune fille peut désirer. Mais le problème était qu'il n'était guère attiré par les jeunes filles.

Il avait alors une liaison tumultueuse — c'était du moins le bruit qui courait — avec la fille du metteur en scène du film, une très belle actrice de cinéma.

Je souffrais donc. Heureusement pour moi, il fallut recommencer plusieurs fois les scènes dans la maison de jeu et, comme je faisais partie de la foule, on me rappela souvent au studio. Je le voyais, mais il ne m'adressait jamais la parole.

Chez moi, il n'était pas question d'aborder ce sujet. Ma mère était renfermée sur elle-même, elle n'émettait aucun commentaire, elle ne discutait jamais de mes aventures dans le « Monde du cinéma », une expression qui blessait ses oreilles. Pour elle, cinéma et cirque ne faisaient qu'un. Et le cirque était aux antipodes de la vie qu'elle avait tracée pour moi, elle jugeait ce milieu néfaste pour une jeune fille de mon âge.

Elle était si inquiète que son sommeil était troublé par de terribles cauchemars. Elle craignait que je ne fusse emportée dans une existence de péché, que je ne me perdisse à jamais.

Elle ne comprenait pas que j'étais à l'abri de tous ces écueils. Elle avait su m'en préserver, mais ne croyait pas avoir si bien réussi.

Pour en revenir à mon accoutrement ridicule, on m'emmenait près de la table de jeu, puis Rudolf Sieber et ses assistants me disaient quoi faire, comment me déplacer. Parfois, il arrivait en courant sur moi pour me donner un conseil. Désespérément amoureuse, j'attendais ces brèves rencontres avec anxiété.

De retour à la maison après trois jours de tournage sous sa direction, j'annonçai à ma mère : « J'ai rencontré un homme que je veux épouser. » Ma mère ne s'évanouit pas, elle ne perdit pas son sang-froid et me dit : « Si telle est ta volonté, nous allons voir ce que nous pouvons faire. » Mais elle ne me permit jamais de fréquenter Rudolf Sieber en dehors du studio, malgré tous ses appels téléphoniques, ses invitations à dîner au restaurant ou à sortir pour nous promener.

Il ne renonça jamais. Il vint parler à ma mère (après avoir pris rendez-vous, naturellement), mais cette rencontre ne la rendit pas plus heureuse que lorsque je me contentais de parler de lui.

Il ne pouvait savoir que dans l'intimité je n'étais pas la fille qu'il avait vue au studio, monocle à l'œil, jouant la plus dépravée des putains. Mais je suis certaine qu'il comprit que ce n'était là qu'un rôle. Sinon, il ne m'aurait pas courtisée comme il le fit. Il avait deviné que je bluffais. Il était gentil, il était doux, il me donnait le sentiment que je pouvais lui faire confiance, et ce sentiment demeura intact pendant toutes les années de notre mariage. Notre confiance fut réciproque, totale.

Nous étions jeunes, et cette confiance était extrêmement rare à l'époque. Rare dans ce monde décadent de l'Allemagne des années 20. Rudolf était tout pour moi.

Nous nous mariâmes au bout d'un an de fiançailles, période pendant laquelle nous ne fûmes jamais seuls. Il y avait toujours une gouvernante avec nous, toujours un « espion » pour nous surveiller. Rudolf Sieber dut avoir la patience de Job pour accepter ces restrictions. Il ne s'en plaignit jamais.

Le jour de notre mariage, ma mère posa la couronne de myrte sur ma tête ; les membres de la famille, en uniformes ou en vêtements civils, se pressaient dans l'église. Quant à moi, toujours sentimentale et poétique, je pleurais en regardant Rudolf qui paraissait si tranquille.

Il m'aimait de tout son être, mais sans partager mon sentimentalisme. Il détestait la sensiblerie, préférait le sentiment et il s'ingénia à m'apprendre la différence existant entre les deux. Et il y réussit, comme il réussit dans toutes les entreprises qui lui tenaient à cœur.

Une fois marié, il n'eut pas la vie facile. Nous respections les traditions, mais il se sentait encore un peu rejeté par ma famille.

Je ne fus pas assez intelligente, pas assez sage, pour lui faire franchir l'abîme qui le séparait des miens. Je continuais de rêver, de prendre les choses du bon côté —, me disant que, puisque je l'aimais, tout le monde ne pourrait que m'imiter.

Par bonheur, je fus bientôt enceinte, ainsi que je l'avais voulu, ce qui rapprocha Rudolf des miens.

Les films dont il s'occupait l'obligeaient à beaucoup voyager. J'étais seule. Chaque fois qu'il partait, il avait la délicatesse de me conduire chez ma mère pour qu'elle prît soin de moi, pour que la jeune femme au gros ventre que j'étais se reposât dans le salon de sa mère plutôt que dans le sien.

Cela ne me dérangeait pas. J'étais porteuse de tant de miracles — la vie se développait en moi, un autre cœur battait à côté du mien, tout ce qui m'arrivait me semblait merveilleux, comme tiré d'un roman qui n'avait plus rien de terrestre et qui n'était destiné qu'à moi, l'élue. J'avais réellement la sensation d'être la seule à porter un enfant sous son cœur.

54

Quand mon mari rentrait de voyage, il m'embrassait, baisait mon ventre où grandissait l'enfant, ma fille. Nous nous mîmes à chercher un prénom, un prénom pour « elle », et nous trouvâmes celui qui devait devenir l'objet de toutes mes espérances et de tous mes rêves : Maria.

Elle naquit. Je criai et souffris comme souffraient toutes les femmes de ce temps. Je criai et souffris, et je mis au monde une petite fille.

Rien de vraiment extraordinaire, pourtant. Je l'allaitai pendant neuf mois. Les mères qui n'allaitent pas leur enfant ignorent ce qu'elles perdent : bonheur intime, bien sûr, mais aussi santé pour le nouveau-né. Les enfants nourris au sein ne pleurent pas et ne gémissent pas comme ceux nourris au biberon. Entre deux tétées, la maison est paisible, le lait gonfle les seins de la mère, confortant l'enfant, et assurant la tranquillité des lieux. Tout est calme et silence, toute l'attention se concentre sur la mère et l'enfant...

Ce fut ainsi que cela se passa pour notre enfant, Maria. Elle devint notre seul bonheur, en dehors du nôtre.

Une maison sans enfant n'est pas une maison. J'en étais convaincue avant même d'avoir un enfant. Cela fait partie des connaissances mystérieuses que possède une jeune âme dépourvue d'expérience et de toute source de savoir. Brusquement, l'univers entier bascule et tout se réduit à un seul et unique facteur : un enfant dans un berceau.

Ce berceau devient le centre du monde.

Mon premier jour de tristesse arriva lorsque je dus cesser d'allaiter. Malgré les litres de thé et de bière que je buvais, en dépit de tous les conseils que je suivis scrupuleusement, je ne pus la nourrir que neuf mois.

Peu à peu, je repris mon travail — Maria était une enfant facile, qui dormait d'une traite, ne réclamait pas son biberon au milieu de la nuit, mais les films où j'apparus alors n'avaient vraiment rien de mémorable.

En entreprenant ce livre, j'ai sciemment décidé de n'y rapporter que les faits essentiels de ma vie et de ma carrière. Mes soi-disant « biographes » se plaisent à publier une longue liste des films tournés par moi en ces années-là, et dont, paraît-il, j'aurais été la vedette. C'est faux. Quand Josef von Sternberg me choisit pour *l'Ange Bleu*, il engagea une inconnue. Il me fallut attendre 1930, Hollywood et *Morocco (Cœurs brûlés)* pour accéder réellement au vedettariat. Ce genre de détails me semblent inutiles, superficiels, n'en déplaise à tous ceux — sans doute fanatiques d'une certaine méthode typiquement américaine — qui estiment que la carrière d'un acteur se joue sur la position qu'il occupe sur l'affiche, au-dessus ou en dessous du titre.

J'ai toujours pensé qu'être au-dessus du titre n'est pas un cadeau, que cela entraîne beaucoup trop de responsabilités... Mieux vaut, pour sa propre tranquillité, être placé en dessous. Mais dans *l'Ange Bleu*, il n'était pas question pour moi de pareils problèmes : le nom de Marlène Dietrich ne figure que parmi les silhouettes de cette œuvre.

J'avais déjà connu cette expérience au théâtre. Mon nom sur les programmes était minuscule. Il eût fallu une loupe pour le déchiffrer. Max Reinhardt, ainsi que je l'ai déjà raconté, ne m'accorda jamais le moindre regard... et il eut raison, car il avait assurément d'autres chats à fouetter que de « découvrir » le talent caché de jeunes actrices de mon acabit. Mon passage sur les scènes de Berlin ne fut donc pas déterminant pour moi, sauf en une occasion...

On m'avait dit de me présenter à un certain Forster-Larrinaga, au Komoedie, un ravissant petit théâtre du Kurfürstendamm appartenant à la chaîne Reinhardt.

On y faisait des auditions en vue d'un prochain spectacle, une variante de la comédie musicale (aussi baptisée « revue littéraire ») montée dans un style tout à fait original. On m'avait demandé si je savais chanter et j'avais répondu d'une voix timide : « Oui, un peu. »

Quand j'arrivai, le théâtre était complètement éclairé. Cela était inhabituel pour une audition ; d'ordinaire, une seule ampoule électrique éclairait les visages effrayés des candidates.

Pourtant, je mentirais en affirmant que je l'étais. J'appréhendais seulement de chanter. Dans les coulisses, on me remit la partition d'une mélodie. Ma formation musicale me sauva. Les paroles étaient simples, faciles à retenir et spirituelles. La revue, *C'est dans l'air*, qui avait pour cadre un grand magasin, avait été écrite par Marcellus Schiffer et Mischa Spolianski, tous deux déjà fort célèbres à Berlin. Enfin, mon tour arriva. Ma chanson (une jeune femme perdue dans le grand magasin n'a qu'une pensée, acheter tous les articles en solde. Qu'importe si elle en a ou non besoin. C'est une « affaire » !) ouvrait le spectacle. Autant dire — mais je n'en fus pas vraiment surprise — que mon rôle était insignifiant.

C'était la première fois qu'on montait une comédie musicale au théâtre Komoedie, et les cinq musiciens, plus un mince jeune homme assis devant un piano, s'étaient installés dans un petit renfoncement de la salle, au niveau des sièges de l'orchestre.

Le pianiste me donna le ton. Un mince filet de voix enfantine sortit de mes lèvres — le registre était bien trop élevé pour moi —, un frémissement haut perché qui n'avait rien à voir avec le chant.

« Arrêtez ! Suivante ! » cria le metteur en scène.

Mischa Spolianski se leva alors et dit : « Qu'elle essaie encore, mais cette fois, une octave plus basse. »

La suivante battit en retraite dans l'ombre tandis que je restais là, figée sur place, terrorisée. Et si j'allais décevoir le compositeur ? Nous reprîmes sur un registre plus bas. En vain. Mischa Spolianski changea plusieurs fois de clef jusqu'au moment où, brusquement et à mon immense surprise, des sons enfin harmonieux résonnèrent dans le théâtre.

Spolianski nota la clef, les musiciens et le compositeur s'étaient mis à chuchoter entre eux, les autres candidates gagnaient la sortie. J'avais le rôle.

J'allai à la fosse d'orchestre remercier le compositeur, puis je me dirigeai vers le metteur en scène, mais je m'arrêtai net en voyant toutes les têtes se tourner vers l'entrée principale du théâtre. Margo Lion, la vedette du spectacle, descendait la travée centrale vers le metteur en scène. A ses côtés se tenait Marcellus Schiffer, l'auteur de la revue, qui était aussi son mari.

Quelqu'un dut lui dire quelques mots à mon sujet, car elle fixa son regard sur moi. Il me sembla qu'elle n'émit aucun commentaire. Étrange femme dont la beauté ne répondait pas aux canons alors en vogue. Un corps mince comme une flèche. Pas de ces formes plantureuses tant prisées par les Allemands. Elle était française et s'exprimait impeccablement en allemand. Elle chantait d'une façon « satirique et ultra-moderne », pour citer un critique célèbre. Style qu'elle a gardé. Pendant les répétitions, elle était inflexible, surveillant toujours de l'œil Marcellus Schiffer. Mais elle connaissait son métier dans le moindre détail, c'était une artiste consommée. Au bout d'une semaine de répétitions, elle me convoqua dans sa loge, m'examina de son regard bleu pâle. Autour d'elle se pressaient l'auteur, le compositeur, le metteur en scène, l'assistant du metteur en scène. Que me voulait-elle ? Simplement ceci : nous allions chanter en duo une nouvelle chanson, *Ma meilleure amie*. Je n'en crus pas mes oreilles !

Quand je repris mes esprits, on m'expliqua qu'il s'agissait d'une parodie des Dolly Sisters ; vêtues de robes identiques, nous devions arpenter la scène, l'une derrière l'autre, en chantant (elle dans les aigus, moi dans les graves, pour des raisons évidentes), et finir notre numéro au beau milieu de la scène.

En toute hâte, nous nous attaquâmes à notre chanson. Les ateliers de couture nous taillèrent de nouvelles robes et je fus ravie qu'on acceptât mon humble requête de paraître en noir. Noirs aussi étaient nos chapeaux. L'accord parfait.

Pourtant, quand nos robes furent prêtes, je fixai de gros bouquets de violettes à nos épaules pour égayer nos tenues que je jugeai trop sinistres. J'ignorais que, depuis la pièce d'Édouard Bourdet, *la Prisonnière*, les milieux théâtraux berlinois attachaient un sens très particulier à ces fleurs. Moi, je les aimais tout simplement.

Au lendemain de la première, lorsque je lus cet article évoquant le clou du spectacle, cette « chanson androgyne » dont le caractère un peu spécial était encore accentué par les violettes portées à l'épaule par les deux actrices (« Margo Lion, la vedette, et sa compagne, une débutante moyennement douée », signalait le journaliste), je fus stupéfaite. Mais je n'osai pas demander des explications à Margo Lion. Elle aurait peut-être ri de ma stupidité et de mon innocence...

« Androgyne » ! Je ne comprenais pas. Le critique n'avait-il pas remarqué, au dernier chorus, la présence d'Oscar Karlweis ? Et que faisait-il du numéro où nous dansions tous trois enlacés ?

Le spectacle était très en avance sur son temps, et sur tout ce que j'avais appris jusqu'alors. Ainsi, en remplaçant le décor par des rideaux et en concentrant l'éclairage sur les acteurs, le metteur en scène pariait uniquement sur l'imagination des spectateurs.

Tout au long des représentations (je n'en manquai pas une), je ne me fis aucun ami parmi la troupe. J'étais fascinée, et épouvantée, par Margo Lion. Je n'aurais pas raté pour un empire ses grands moments, quand, en robe de mariée, elle chantait *l'Heure bleue* et disait toute sa nostalgie de la période d'avant ses noces.

Faisant partie du spectacle, j'avais l'autorisation de me tenir dans les coulisses. Mais je ne suis jamais allée au-delà. Je n'ai jamais cherché à frayer avec les vedettes, avec les seconds rôles ou avec l'équipe des machinistes. Mon éducation m'interdisait ce genre de rapports. Une petite inconnue comme moi osant aborder un artiste dont le nom brillait sur l'affiche ? Impensable ! Mais la vie vous réserve parfois des surprises. Qui aurait dit que quelques années plus tard, en plein régime nazi, je deviendrais l'amie intime de Mischa Spolianski et de sa famille, que je le retrouverais en Angleterre ? Que je contribuerais à arracher Oscar Karl-

58

weis aux nazis, à le faire passer via l'Espagne aux États-Unis, où il reprendrait sa carrière avant de mourir, encore trop jeune ?

A la mort de son mari, Margo Lion rentra en France, son pays natal, et s'illustra au cinéma et, plus tard, à la télévision. Avec elle aussi je liai une profonde et sincère amitié. Rien de tel que certains événements tragiques pour rapprocher les êtres.

C'est dans l'air remporta un vif succès et s'arrêta sans tambour ni trompette. Pas de fête, pas de soirée d'adieu, comme cela se fait aujourd'hui. Un beau soir, le rideau tomba et nous quittâmes tout simplement le théâtre. J'étais à nouveau condamnée à mes « petits » rôles.

Ma performance dans *C'est dans l'air* ne me valut de la part des sévères professeurs de l'école Max-Reinhardt aucun satisfecit particulier. Je repris ma course contre la montre, mes trajets en tramway et en bus, on me revit dans d'innombrables pièces où je n'avais toujours que quelques répliques.

Pourtant, un jour, la chance tourna. Je venais d'être engagée dans l'œuvre de Georg Kaiser, *Zwei Kravatten* (*Deux Cravates* avec en vedette Hans Albers), dont la musique était signée Mischa Spolianski... un double gage de succès. J'y incarnais une Américaine, et n'avais qu'une phrase à dire : « Allez, dînez donc avec moi ! » Et ce fut là, alors que je répétais pour la énième fois ma réplique, que Josef von Sternberg me vit.

L'espace d'un instant, son œil d'aigle plus perçant que jamais, le « Léonard de Vinci de la caméra » loucha vers le programme pour y chercher mon nom, se leva et quitta la salle.

Il est inexact qu'il ait filé, une fois la représentation terminée, dans les coulisses pour me rencontrer. Faux encore de prétendre qu'il m'ait choisie sans autre forme de procès pour être la vedette féminine de *l'Ange Bleu*. Non, mais il est vrai que dès lors il n'eut plus qu'une idée en tête : m'arracher au théâtre, faire de moi une actrice de cinéma, me « pygmalioniser ».

Je suivis toutes les étapes habituelles, en dépit des appréhensions de mon mari, qui ne m'autorisa à me rendre au studio pour effectuer un test que lorsqu'il fut persuadé de l'honnêteté de la proposition de von Sternberg. Ma rencontre avec ce dernier a naturellement inspiré à mes « biographes » beaucoup d'erreurs. Le lendemain de la représentation des *Deux Cravates*, von Sternberg avait organisé un rendez-vous avec les patrons de la UFA [1].

---

1. *Universum Film Aktiengesellschaft* : la plus importante société allemande de production et de distribution, qui dominait le cinéma allemand depuis 1917 (NdT).

L'accueil fut glacial. « On » ne m'aimait pas, on ne croyait pas en moi, ce qui provoqua la colère de von Sternberg. Puisqu'il en était ainsi, il allait retourner aux États-Unis !

Mais, on le sait, il finit par avoir gain de cause.

Ma première rencontre avec von Sternberg ne m'impressionna pas. Quand on est jeune et stupide (ce qui va souvent ensemble), on n'est guère sensible aux êtres exceptionnels. Je lui fis remarquer que je n'étais pas photogénique, et lui suggérai de s'intéresser à une autre actrice. Mes quelques rôles au cinéma m'en avaient convaincue.

Il me fit quand même tourner un bout d'essai, le même jour que l'actrice la mieux placée pour obtenir le rôle, Lucie Mannheim. Cette actrice connue tenait à obtenir un rôle qui ne lui convenait absolument pas. Mais elle avait un postérieur large et proéminent. Ajoutez qu'en plus de son talent d'actrice, elle avait eu celui de se gagner les faveurs du comédien Emil Jannings.

Celui-ci avait un faible pour les postérieurs d'amazones. En dépit de la graisse de bébé qui m'enveloppait encore, moi, je n'ai jamais eu la fesse avantageuse. J'étais potelée de partout, sauf à cet endroit précis de mon anatomie. Mon postérieur me semblait pourtant agréablement arrondi. Pas assez pour Emil Jannings.

Afin de prouver sa bonne volonté, von Sternberg fit tourner un bout d'essai à la protégée de Jannings, en cadrant la partie la plus rebondie de son être. Enfin, ce fut à moi.

Je n'étais pas malheureuse, puisque obtenir ou non le rôle m'était indifférent. Mais quand j'enfilai une robe à paillettes bien trop étroite pour moi, quand on me frisa les cheveux avec des fers qui envoyaient des nuages de vapeur vers le plafond de la pièce, je me sentis profondément désarmée et désespérée.

Heureusement, je finis par me ressaisir, et j'entrai sur le plateau quand on m'appela.

Il était là, l'inconnu, celui qui allait devenir l'homme que je verrais le plus souvent derrière la caméra, l'irremplaçable, l'inoubliable Josef von Sternberg. Un pianiste était assis derrière un piano droit. On me demanda de grimper sur le piano, de rouler un de mes bas sur ma cheville, et de chanter un air que j'étais censée avoir avec moi. Je n'en avais apporté aucun. Je n'aurais pas le rôle, alors à quoi bon m'encombrer d'une chanson ? Pourquoi étais-je venue ? La seule réponse est : parce qu'on me l'avait demandé.

Von Sternberg était patient. « Puisque vous n'avez pas avec vous de chanson, chantez ce que vous voulez, me dit-il.

— J'aime les chansons américaines, répondis-je, embarrassée.

— Alors chantez une chanson américaine. »

Quelque peu soulagée, je me mis à expliquer au pianiste quelle chanson je voulais chanter. Naturellement, il ne la connaissait pas.

Von Sternberg m'interrompit d'un ton sans réplique : « Voilà la scène que je veux. C'est parfait. Je vais la filmer tout de suite. Refaites exactement ce que vous venez de faire avec le pianiste : vous lui expliquez ce qu'il doit jouer et vous lui chantez votre chanson. »

A mon grand regret, je n'ai jamais vu ce bout d'essai.

Les semaines suivantes, je n'entendis plus parler du projet. Mais je ne m'en inquiétais pas. Ma fille faisait ses premiers pas, mon mari était enfin de retour de l'un de ses voyages. Tout allait pour le mieux à la maison.

A quelque temps de là, le téléphone sonna chez nous. C'était von Sternberg. Il désirait s'entretenir avec mon mari. Ce coup de téléphone marqua le début d'une amitié qui ne s'éteignit qu'à la mort du cinéaste. Mon mari écouta attentivement son interlocuteur. Il entendait bien défendre les intérêts de sa femme ; il était décidé, comme un imprésario l'aurait fait, à discuter pied à pied les clauses du contrat qu'allait me proposer la UFA. Tout ce qu'il obtint au terme d'incessants efforts, ce fut un forfait de cinq mille dollars. Emil Jannings fut payé, lui, deux cent mille dollars. Un chiffre qui se passe de commentaires. Mais Jannings était une vedette confirmée ; moi, je n'étais qu'une inconnue. Inconnue et inexpérimentée. Bref, pas de quoi se réjouir.

Les huiles de la UFA — autre détail accablant pour moi — ne partageaient nullement la confiance que m'accordait von Sternberg. Lorsqu'il leur projeta mes tests, tous furent unanimes pour dire qu'ils me préféraient Lucie Mannheim. Von Sternberg laissa alors tomber ces mots désormais légendaires : « Vous venez de confirmer que j'ai raison. Marlène Dietrich est faite pour ce rôle. » Il menaça à nouveau de retourner définitivement aux États-Unis, d'abandonner le film si je n'étais pas choisie, ce qui consterna les gens de la société de production.

Après le coup de téléphone de von Sternberg, mon mari rencontra les patrons de la UFA et signa le contrat par lequel je m'engageais, pour la somme ridicule (il le savait) de cinq mille dollars, à jouer les deux versions, anglaise et allemande, de *l'Ange Bleu*. Mon mari me conseilla de faire une folie avec cet argent : je m'achetai mon premier vison.

Les autres acteurs de la distribution de *l'Ange Bleu* n'étaient pas du genre commode. Rien à voir, cependant, avec Emil Jannings, qui détestait la création entière, lui compris. Nous devions parfois attendre deux heures dans nos loges que Jannings fût enfin « prêt à travailler », et pendant ces deux heures, von Sternberg déployait des trésors d'imagination pour amener cet acteur psychopathe sur le plateau... acceptant même, lorsqu'il le lui demandait, de le fouetter. L'atmosphère une fois détendue, on nous appelait enfin sur le plateau. C'est ce même Jannings, qui me haïssait de toutes ses forces, qui osa me déclarer que je n'arriverais jamais à rien si je m'obstinais à suivre les conseils de ce « cinglé de von Sternberg », que je ne deviendrais jamais une grande actrice. Ce à quoi, et dans mon meilleur allemand de jeune fille bien élevée, je répliquai : « Allez vous faire voir. » Ce qui signifiait aussi : « Je continuerai à travailler, à obéir avec, et aux ordres de M. von Sternberg, ainsi qu'on me le commande, et ce jusqu'au dernier tour de manivelle. Vous n'avez aucun droit de parler sur ce ton. Vous dénoncer me répugnerait, mais ce n'est certainement pas vous qui me ferez changer d'avis. Je ne suis qu'une débutante, et vous êtes célèbre, mais je sais que je vaux mieux que vous, pas professionnellement, bien sûr, mais humainement. » Fin de citation.

Une fois ma participation au tournage décidée, je me mis au travail sous la direction de Josef von Sternberg, et la légende de notre travail en commun commença. On ne sait jamais si l'on travaille sur un film qui deviendra un « classique », car seule la postérité en décide. On ne peut pas connaître *a priori* l'importance que tel ou tel film aura par la suite. En tout cas, cela se passait alors ainsi. Aujourd'hui, les stars investissent leur fortune personnelle dans un film, en spéculant par avance sur les bénéfices qui vont venir grossir un peu plus leurs poches.

L'Ange Bleu, présenté comme le premier grand film parlant de l'après-guerre, fut réalisé avec toutes les imperfections de l'époque ; son succès tient uniquement au fait que von Sternberg en assura la mise en scène.

Les difficultés techniques furent innombrables. Impossible, par exemple, de couper le son, ce qui allongea considérablement la durée du tournage et obligea quatre caméras à filmer chaque scène simultanément, en vue du montage définitif.

Je trouvais tout cela très excitant ; observer le grand maître dans ses œuvres était un plaisir sans fin.

J'étais prête chaque fois qu'on m'appelait ; je restais un peu à l'écart pour ne pas gêner, ne pas contrarier les mouvements des autres acteurs, mais j'étais à l'affût du moindre signe de M. von Sternberg m'intimant l'ordre d'entrer en scène.

En plus de Jannings, la distribution comportait de nombreux noms célèbres. Tous furent très gentils avec moi. Pauvre Marlène, devaient-ils penser, si elle pouvait savoir ce qui l'attend après ce tournage...

Je ne soupçonnais aucune de ces réflexions désobligeantes. J'étais toujours la bonne fille qui obéissait aux ordres du seul maître qu'elle connût. Il ne m'abandonna jamais. J'étais là pour lui — et il était là pour moi, du moins, je le croyais.

Et je ne me trompais pas. Il tourna le film en deux versions simultanées — l'une en allemand, l'autre en anglais.

Le doublage n'existant pas encore, von Sternberg me présenta à sa femme, une Américaine, et me dit qu'elle s'exprimerait à ma place si j'éprouvais quelques défaillances en anglais. Je n'aurais qu'à remuer les lèvres.

Sa proposition me choqua, car elle sous-entendait que je pouvais échouer. Et je détestais l'échec. A moi, donc, de faire mes preuves.

Nous commençâmes le tournage : à la première scène en allemand succédait la même prise, mais cette fois en anglais. J'égalai mes meilleures performances réalisées à l'école Max-Reinhardt — je fis peut-être mieux — grâce à l'anglais appris à la maison.

Mais Josef von Sternberg ne voulait que de l'américain. Panique à bord. L'américain, je ne le connaissais pas, moi. Sternberg se chargea de combler cette lacune et n'eut pas à faire appel à sa femme. Je crois que personne ne trouva à redire à ma prononciation. Seul comptait mon personnage.

Contrairement à la méthode pratiquée à l'école Max-Reinhardt, von Sternberg s'opposait à ce que je parle avec ma voix grave, il la voulait haut perchée, nasillarde. Cela afin de renforcer les aspérités de l'accent berlinois, qui ressemble beaucoup au cockney britannique.

Von Sternberg le magicien réussit ce miracle et renvoya sa femme chez elle. Il n'eut, je pense, aucune difficulté, puisque le couple venait de divorcer. Von Sternberg ne révélait jamais rien de sa vie privée. Ce ne fut qu'en arrivant à Hollywood, bien plus tard, que je sus que son ex-femme ne lui pardonnait pas leur séparation et qu'il comprenait son ressentiment.

Von Sternberg avait une image extrêmement précise de la Lola de l'Ange Bleu. Il connaissait tout de sa voix, de sa démarche, de ses gestes, de son allure. Il influença le choix de mes vêtements, m'encouragea à en inventer d'autres, ce que je fis avec un rare enthousiasme. Je soulignai mes costumes de scène par des hauts-de-forme, des casquettes d'ouvrier, remplaçai les bijoux par de la passementerie, tout ce qui était, selon moi, accessible financièrement à l'entraîneuse d'un cabaret minable dans un port.

Un jour, von Sternberg me dit : « Je veux que de face vous évoquiez un tableau de Félicien Rops, et, de dos, un Toulouse-Lautrec. » Voilà qui me donnait une idée directrice. J'ai toujours adoré qu'on me dirige. Rien de plus agréable que de savoir ce qu'on espère de vous, dans la vie, dans le travail, et en amour.

« Je n'ai pas découvert Dietrich, remarquait souvent von Sternberg. Je suis un professeur et ce professeur a été frappé par une jolie femme, a soigné sa présentation, exalté ses charmes, masqué ses imperfections, l'a façonnée pour cristalliser en elle une représentation aphrodisiaque. »

Rien de plus horrible qu'une direction d'acteurs nébuleuse, qu'un metteur en scène qui se repose entièrement sur ses acteurs. Quand je tournai l'Ange Bleu, il n'était pas fréquent qu'une jeune actrice pût concevoir ou créer ses costumes. On ne lui faisait pas assez confiance. Mais sous l'œil perspicace de M. von Sternberg, je m'en tirai assez bien. Les costumes que je porte dans l'Ange Bleu sont devenus le symbole de mon personnage et de la décennie qui influença ce film. A sa sortie, le scénario était pourtant « rétro », comme on dit, car, bien que le film ait été tourné en 1929 et 1930, l'action est censée se dérouler au tout début des années 20, sinon avant. Pouvoir confectionner les costumes nous aida à recréer l'atmosphère. Plus on remonte dans le passé, plus c'est facile.

La mode était un terme péjoratif dans le vocabulaire de von Sternberg. Il avait dessiné le décor du cabaret nommé « l'Ange Bleu », avait écrit le scénario en collaboration avec plusieurs écrivains allemands, et d'après le livre de Heinrich Mann, et c'était lui qui avait le dernier mot en toutes choses... distribution, éclairage, accessoires... L'étendue de sa culture me fascinait. Il connaissait toutes les réponses. Aucun argument ne le démontait jamais.

Cette expérience fit naître en moi un intérêt, toujours plus intact, pour tout ce qui se passe derrière la caméra aussi bien que devant. « Le monde de derrière la caméra » devint pour moi une véritable source d'inspiration. Von Sternberg me lâchait la bride et me dispensait généreusement, comme à tous ses collaborateurs, non seulement son savoir, mais aussi les secrets de son art.

Il fut le plus grand chef opérateur que le monde ait jamais

rlène avec son père et sa mère en 1906

Le père de Marlène Dietrich en 1907

L'Ange bleu *(19*

Arrivée à New York

Avec Von Sternberg en 19

A Hollywood en 19

Shangaï Express *(1932)*
(photo Cecil Beaton)

Dans les années trente

Les jambes de Marlène
(photo Avedon)

L'Impératrice rouge *(1934)*

Avec Gary Coope[...]
dans Désir *(193[...]*

La Femme et le pantin *(193[...]*

Avec Charles Boyer dans les Jardins d'Alla

A l'époque de Désir
(photo Johnny Engstead)

engendré. J'exagère ? Allons donc ! Comparés aux films contemporains, les siens coûtaient le prix d'un paquet de cacahuètes (excusez l'expression). Ses budgets étaient bas, même pour une production de première catégorie, et le temps de tournage court. L'un de ses plus grands talents était de faire paraître toute chose superbe, luxueuse, brillante, alors qu'en réalité il travaillait avec des bouts de ficelle. Il bouillonnait de tant d'idées qu'une réprimande de la production, qui aurait effrayé tout metteur en scène moins génial, le laissait de marbre. Il trouvait toujours le moyen de réaliser le même effet à moindre coût, et il ne perdait jamais son temps en querelles avec les autorités en place.

C'était aussi un monteur prestigieux, capable de travailler sur une table de montage plusieurs nuits d'affilée. Il m'apprit à couper et à coller deux morceaux de film. Entièrement formée par lui, je ne me doutais pas qu'il existât certains metteurs en scène incapables d'accomplir ce travail, qui eussent besoin de faire appel à des monteurs. Von Sternberg partagea cette expérience avec moi, l'étudiante zélée, me permit d'entrevoir les sombres chimères qu'abritait son esprit, et dont je faisais désormais partie.

Mais cette étroite collaboration ne commença que beaucoup plus tard, à Hollywood. A Berlin, pendant *l'Ange Bleu*, je n'avais même pas le droit de visionner les « rushes », privilège des vedettes ! Mais je m'en moquais. J'étais si pleine de joie, le lendemain matin, en entendant von Sternberg commenter le travail de la veille.

Je n'avais en effet aucune ambition ; d'ailleurs, je n'en ai jamais eu, et c'est peut-être ce qui m'a permis de survivre durant toutes ces années à Hollywood. C'était le cadet de mes soucis. Je faisais ce que j'étais censée faire, j'obéissais et je me sentais bien dans ma peau. Mon éducation allemande m'aida à affronter cette gloire soudaine. Je continuais à faire mon devoir, sans réclamer la plus petite faveur. C'est aussi une des limites que je me suis imposées. Je n'ai jamais sollicité, et j'espère ne jamais le faire, la moindre faveur à quiconque. En bonne fille que j'ai toujours essayé d'être, j'ai vécu seule, de mes mérites, et j'ai traversé le malheur et l'enfer pour en émerger, rayonnante.

« Rayonner... » Voilà qui me ramène tout naturellement à M. von Sternberg. Von Sternberg, c'était le créateur, le manipulateur suprême de la lumière, le technicien inégalable, le général en chef du film, et, sur le plateau d'un immense studio, le rempart contre tous les enquiquineurs, des journalistes aux saute-ruisseau, le dieu omnipotent, adoré et obéi.

Il le savait, et l'acceptait.

Quand on connaît son travail sur le bout des doigts, on en tire une sorte de vanité très justifiée. « On devrait vous laisser tranquille », répétait-il souvent à Hollywood. Il était le *director* (metteur en scène) au sens propre du terme. Il dirigeait tout et tous, l'éclairagiste, les machinistes, les maquilleurs, qu'il détestait, les figurants, qu'il aimait, et nous, qui étions à ses ordres.

Mon « bon sens », comme il disait, le surprenait. Il me jugeait belle (ce qui était loin d'être le cas), et donc stupide. En dehors du travail, il ne m'accordait aucune attention particulière. Il était aimable, compréhensif et, n'ignorant rien des pièges dans lesquels je risquais de tomber, il me conseillait autant qu'il le pouvait — ce qui, étant donné ma jeunesse, n'était pas une mince affaire.

Je croyais que *l'Ange Bleu* serait un échec. Car je trouvais le film très commun et vulgaire, deux notions fort différentes, selon moi, mais qui ici se complétaient parfaitement.

Sur le plateau, quatre caméras tournant en même temps étaient braquées, du moins l'imaginais-je, sur mon entrejambe (je ne dis cela qu'avec le plus profond dégoût). Pourtant, c'était bien le cas ! Chaque fois que c'était à moi, je devais lever la jambe, la gauche ou la droite, et les caméras ne cessaient d'être sur moi.

Le soir, chacun retournait chez soi pour s'occuper de ses enfants, mener sa vie et le lendemain, on reprenait le travail. Nous étions sur le plateau de *l'Ange Bleu* et cela ne nous faisait ni chaud ni froid. En fin de compte, cette attitude s'avéra excellente. Quand on prend son travail trop au sérieux, on devient critique, ce qu'aucun metteur en scène (et von Sternberg fut de ceux-là) n'a jamais apprécié. Von Sternberg se contenta de m'utiliser comme un tremplin, un dictionnaire vivant, une experte (croyait-il) de l'argot berlinois, qu'il connaissait mal, étant né en Autriche.

Comment une jeune fille issue d'une « bonne famille » (en allemand, on dit « bonne maison ») pouvait-elle être familière d'un idiome aussi trivial que l'argot berlinois ? Je m'intéressais beaucoup à ce langage coloré, imagé, utilisé par les petites gens des quartiers populaires de Berlin. J'adorais aussi leur forme d'humour. L'humour, pourtant, n'est pas une caractéristique typiquement allemande. Notre nature nous incite plutôt au sérieux. Mais les Berlinois, eux, font exception à la règle, leur humour est unique ; ce n'est pas l'humour noir, qui lui ressemble légèrement. Il est simplement « macabre ». Un qualificatif qu'Ernest Hemingway fit sien.

A priori, mes origines m'interdisaient de posséder ce fameux humour « macabre », mais j'ai quand même appris à le pratiquer, à me regarder ironiquement, à prendre quelques distances avec moi-même et les soucis quotidiens.

Von Sternberg, qui avait passé presque toute sa vie en Amérique, raffolait de « ce sens de l'humour typiquement berlinois ». Entre les prises de vues, il m'écoutait des heures durant manier des expressions et des tournures qu'il souhaitait mettre dans son film.

Comme von Sternberg était un homme logique, à mon plus grand plaisir, il filma la version anglaise de l'Ange Bleu logiquement. Il me transforma en souillon américaine, et demanda aux autres acteurs de s'adresser à moi en anglais. Aucun d'entre eux ne parlait anglais. Il leur apprit à prononcer leurs répliques, insistant pour qu'ils conservent leur accent allemand autant qu'il tenait à ce que le mien fût « américain ».

La version anglaise circule toujours dans le monde entier ; moins parfaite que la version allemande, elle s'avéra pourtant satisfaisante parce qu'elle était authentique, non truquée. Aujourd'hui, les acteurs, y compris les vedettes, s'expriment au cinéma dans des langues qu'ils ignorent. C'est à cela qu'on habitue le public, ou, mieux, « c'est comme cela qu'on se galvaude », selon *mon* interprétation.

Le public accepte de gober n'importe quoi. On décerne même des oscars à des comédiens qui ont toujours été doublés et qui n'ont pas prononcé le moindre mot original dans le film pour lequel ils reçoivent le titre de « meilleur acteur de l'année ». Tout cela est comique. Mais seuls les gens du métier le savent.

Le public ignore la « cuisine » intérieure d'un film. Assis dans l'obscurité, il avale les pires couleuvres. Tant mieux pour les grands manitous qui lancent ce type de produit. Ils s'enrichissent. Moi, je suis toujours la spectatrice solitaire qui sait que tous, oui *tous* les films italiens sont doublés, *même en italien*, et que les acteurs sont partis depuis belle lurette tourner ailleurs d'autres films quand leurs voix sont doublées dans des salles de synchronisation. C'est ça jouer ? Je ne suis pas de cet avis. Mais bien sûr, mon avis ne compte pas.

Pour être une vraie professionnelle, il faut se donner du mal. Mais cela en vaut la peine. On apprend le métier. On apprend le montage, moment capital de la fabrication d'un film. Les metteurs en scène contemporains tournent chaque scène sous *tous* les angles, misant ainsi sur la sécurité. Quand arrive le tour du monteur, il a entre les mains tous les éléments nécessaires pour construire une séquence. Les grands cinéastes de jadis ne procédaient jamais ainsi. Ils savaient ce qu'ils voulaient et criaient « Coupez ! » au bon moment, ce qui économisait du temps et de l'argent. Ils ne tournaient pas inutilement pendant des heures, à gauche, à droite, de face..., pour donner au monteur un métrage effarant de « rushes », afin qu'il en tire un film.

Je fus initiée au « Coupez ! » d'abord par Josef von Sternberg, ensuite par Lubitsch et Borzage. Tous mes autres metteurs en scène jouaient la sécurité. Pour se plier aux règlements imposés par le studio, ils faisaient des prises interminables, dont la plupart, ils ne l'ignoraient pas, finissaient au panier. Les grands créateurs n'ont pas besoin de cela.

Prenons par exemple le plan général d'une pièce. Au fond, une porte, qui s'ouvre. Entrée du personnage. On ne distingue pas ses traits, puisqu'il est encore loin. Il ferme la porte, s'avance vers la caméra et dit : « Excusez-moi de vous déranger, mais... »

Un réalisateur expérimenté s'arrêtera ici, sachant qu'il aura besoin d'un plan rapproché de l'acteur en train de parler. En revanche, le metteur en scène peu sûr de ses moyens filmera toute la scène suivant cette première phrase, jusqu'au bout, et telle qu'elle figure dans le découpage. Conclusion : beaucoup de pellicule gâchée, impropre au montage. J'ai toujours eu une sainte horreur du gaspillage : je supportais donc très mal — mais sans protester — ces méthodes.

Von Sternberg avait de nombreux élèves, originaires de tous les pays, désireux d'étudier son art. Ils allaient jusqu'à mesurer la distance séparant mon nez du projecteur principal, afin de découvrir les secrets de sa magie.

Je voudrais aussi expliquer en quoi consiste l'utilisation du « projecteur principal ». C'est la source de lumière utilisée pour les gros plans, celle qui compose ou détruit un visage.

Dans mon cas, elle le *créa*.

On a raconté des histoires à dormir debout : que je me serais fait arracher les molaires pour accuser le creux de mes joues, que des jeunes filles et des actrices pouvaient rentrer leurs joues en utilisant leurs muscles faciaux afin d'obtenir l'effet de mystère discernable à l'écran. Aucune de ces histoires n'est vraie. Pas plus que celle qui veut que j'aie marché dans le désert en portant des talons aiguilles lors du tournage de *Morocco*. Mais j'anticipe. Nous sommes toujours à *l'Ange Bleu*. Dans ce film, von Sternberg se servit du projecteur principal pour accentuer encore plus la rondeur de mon visage. Pas de joues creuses dans *l'Ange Bleu*.

Le projecteur principal était donc disposé loin de moi, très bas sur son pied. Le visage mystérieux aux joues creuses s'obtient en disposant le projecteur principal près du visage, et très au-dessus.

Cela paraît facile, n'est-ce pas ? Mais quand les élèves (ainsi que d'autres membres de la profession) envahissaient notre plateau pour mesurer la distance et la hauteur du projecteur, von Sternberg déplaçait le trépied en disant : « Rentrez vos mètres pliants, je veux éclairer *Mme* Marlène Dietrich en appliquant n'importe quelle technique éprouvée. » Il adorait ce genre de réflexions. Personne ne pouvait « mesurer », ni en pouces ni en centimètres, son génie artistique.

Dans mon film préféré, *la Femme et le Pantin* (l'horrible titre anglais [1] lui fut imposé par la production), von Sternberg envoya l'équipe déjeuner de bonne heure. A notre retour, il avait saupoudré de blanc tous les bois que je devais traverser en voiture. Rien de plus terrible que le vert quand on tourne en noir et blanc. Mais comme la scène se déroulait dans les bois, les arbres installés sur le plateau 13 étaient évidemment verts, du moins au début. Sur l'écran, ils semblaient tout droit sortis d'un conte de fées, et moi, vêtue de blanc, assise dans la voiture, je ressemblais à une fée. Et à votre avis, comment habilla-t-il l'homme qui me rencontrait dans les bois blancs ? Il lui fit endosser un costume noir, posa un sombrero noir sur ses cheveux noirs. *Noir et blanc.* La couleur n'existait pas encore, mais, même aujourd'hui, le noir et blanc reste inégalable. Il convient parfaitement à certains films. La *couleur* embellit tout. Photographiez une poubelle en couleurs, elle paraîtra propre, nette, brillante.

Si von Sternberg avait utilisé la couleur, le résultat aurait probablement été le *nec plus ultra* du bon goût, de l'effet judicieux, et de la beauté. Le dernier film qu'il tourna avec moi, *la Femme et le Pantin,* reste pour beaucoup un film tourné en couleurs. Ce ne fut, bien sûr, pas le cas, mais les images qu'il créa sont tellement riches de lumières, d'ombres et de demi-teintes, qu'on le croit en couleurs.

Alors que nous étions en plein tournage de *l'Ange Bleu,* un Américain se présenta sur le plateau avec von Sternberg. C'était M. Schulberg, qui dirigeait les studios Paramount. Il me proposa un contrat à Hollywood, valable pour sept ans : « Je ne veux pas aller là-bas, répondis-je très poliment. Je veux rester ici avec ma famille. » Il se montra tout aussi poli, puis s'éclipsa. Von Stern-

---

1. *The Devil is a Woman* : littéralement : « Le diable est une femme » (NdT).

berg lui avait demandé de venir d'Amérique pour lui montrer quelques scènes du film.

Mais, comme je refusais de céder, von Sternberg quitta Berlin bien avant la sortie du film, et bien avant mon départ pour l'Amérique.

Le tournage de *l'Ange Bleu* terminé, tout le monde se dit au revoir. Von Sternberg retourna en Amérique bien avant que je m'y rende moi-même, et bien avant la sortie du film. Chacun partit de son côté, poursuivant sa carrière de son mieux, tout en regrettant sa direction, son autorité, son dynamisme, sa gentillesse, et sa magie dont il nous avait fait sentir l'emprise divine et démoniaque, sans jamais nous blesser.

Alors que j'écrivais ces pages, j'ai eu l'occasion de voir *l'Ange Bleu* à la télévision, dans la version originale allemande. Je ne m'attendais pas à trouver une actrice parfaite dans un rôle difficile, insolente, parfois tendre, une actrice naturelle, libérée, donnant naissance à un personnage complexe, une personnalité qui n'était pas la mienne. Je ne sais pas comment von Sternberg opéra ce prodige. Le génie, je suppose ! La vulgarité de Lola cadre parfaitement avec la vulgarité de tous les autres personnages.

J'avoue avoir été fort impressionnée par l'*actrice* Marlène Dietrich, capable d'interpréter avec succès une fille à matelots des années 20. Même l'accent (le bas allemand) y est.

Moi, la jeune fille bien élevée, réservée, encore si pure, issue d'une famille respectable, j'avais réussi sans m'en douter une performance unique que je ne devais jamais renouveler. Tous les personnages féminins que je jouai par la suite furent plus « sophistiqués » que la Lola de *l'Ange Bleu*, et donc plus faciles à camper.

Dans le contrat que j'avais signé avec les studios UFA, il y avait une clause que même mon mari n'appréciait pas beaucoup. Elle stipulait que tant de jours après le tournage de ce film lesdits studios gardaient une option sur ma carrière future. Je ne me rappelle plus quelle était la durée de l'option, mais peu importe, elle était unilatérale. Les studios avaient tous les droits, les acteurs aucun.

On ne me prévint même pas quand le film eut été enfin monté, et les dernières finitions achevées. En revanche, les studios ne profitèrent pas de leur option à la date fixée dans le contrat.

A juste titre, tout le monde considérait que, bien loin d'être le succès prédit par von Sternberg, *l'Ange Bleu* serait probablement un désastre, une catastrophe, et mon mari et moi pensions que mon option obtenue (pour une bouchée de pain) par la UFA resterait lettre morte. Aucun des responsables de la firme ne prenait d'ailleurs au sérieux ma future carrière cinématographique.

A cette époque, von Sternberg me téléphonait très souvent d'Hollywood pour me demander de le rejoindre. Je n'avais aucune confiance en ses propositions. J'étais lasse de toutes ces promesses mirobolantes d'une « formidable future carrière » en Amérique. Mais un beau jour, il me répéta de laisser tomber les gros bonnets des studios allemands et de leur dire d'aller « au diable ».

En fait, peu m'importait de partir ou de rester. Après de longues discussions, mon mari et moi finîmes pourtant par décider que j'irais seule aux États-Unis. Il me conseilla de laisser notre fille avec lui à Berlin, et de voir quelle impression me ferait cet étrange pays nommé Amérique, avant de risquer d'y transplanter notre petite Maria et ses gouvernantes. J'étais envoyée en reconnaissance.

Je refusai une des clauses du contrat que me fit parvenir la Paramount Pictures : mon engagement devait durer sept ans. Je m'y opposai catégoriquement, ce qui montre à quel point je tenais à mon indépendance.

Je reçus un nouveau contrat, stipulant que, si je ne me plaisais pas aux États-Unis, je pourrais les quitter après mon premier film, mais qu'il me serait alors impossible de signer avec un autre studio. Les Américains ne connaissaient certainement pas le sens de l'honneur qu'ont les Allemands, car jamais je n'aurais fait une chose aussi méprisable.

Je partis donc pour l'Amérique, forte de la certitude que je pourrais retourner en Allemagne dès que je le voudrais. Je me battis pour avoir ce droit, inconsciente qu'une énorme force maléfique allait emporter ma patrie et gâcher tous mes projets.

Au début, tout se passa bien. Mon mari insista pour que j'emmène avec moi Resi, l'habilleuse de *l'Ange Bleu*, et le voyage commença.

Terrorisée par l'immense navire, je restai la plupart du temps dans ma cabine, m'ennuyant à mourir sur le superbe paquebot, aux boutiques et aux restaurants rutilants, déjà en proie au mal du pays.

En revanche, je n'avais pas le mal de mer. Les vagues étaient fortes (nous étions en avril), et tous les passagers étaient indisposés, y compris Resi.

Pour comble de malheur, elle perdit son dentier au deuxième jour de la traversée; il tomba dans l'océan et pendant tout le voyage, je lui préparai des purées et des soupes, tout en consolant sa fierté outragée. Aucun argument ne pouvait la convaincre qu'une promenade sur le pont lui aurait fait du bien, et qu'il n'y avait aucune honte à se montrer sans dentier, emmitouflée dans un châle au beau milieu de la tempête.

En raison des vents violents qui nous repoussaient vers notre point de départ, la traversée dura six jours. Si von Sternberg ne m'avait pas attendue de l'autre côté de l'Atlantique, j'aurais désespéré. Mais comme il était la raison majeure de mon voyage en Amérique, et que j'avais en lui une confiance aveugle, je résistai au mauvais temps. Ce navire allemand était le dernier lien avec mon passé, et je n'entendrais pas avant longtemps parler ma langue maternelle.

J'ignorais alors à quel point cela me marquerait de m'exprimer continuellement dans une langue étrangère, même si j'allais posséder parfaitement l'anglais dans les années à venir.

Converser en anglais me fatiguait, et les corrections constantes, non seulement grammaticales, mais aussi de prononciation, de von Sternberg me rendaient parfois insupportable, du moins le prétendait-il. Le plus souvent, il refusait de s'adresser à moi en allemand. Mais j'avais Resi, et mon mari au téléphone. Du bateau, je lui envoyais des câbles trois ou quatre fois par jour, en allemand. L'argent m'importait peu dès qu'il était question de sentiments. D'ailleurs, je pensais en gagner beaucoup en Amérique. Innocence, innocence, ne me quitterais-tu jamais?

L'innocence ne me quitta jamais. Au cours de ma vie, j'ai gaspillé des fortunes. Elles me semblaient dérisoires, perdues parmi tous les chèques que je signais quotidiennement. Je répondais à des demandes de donations ou de bonnes œuvres, ignorant toujours de quoi il s'agissait. Cela ne signifiait rien pour moi. Mettre sa griffe au bas d'un chèque est si facile.

Après mon arrivée aux États-Unis, je continuai à téléphoner interminablement et à envoyer des câbles toute la journée. J'appris à coder mes messages; aujourd'hui encore, on se demande qui m'a enseigné cela. C'était indispensable, car les employées des postes ne parlaient pas allemand.

Par la suite, je câblai en anglais, ce qui facilita les choses. Mais je ne parvins pas à abréger mes communications téléphoniques. Matin et soir, je m'entretenais avec ma fille. Sinon, je m'occupais du mieux que je pouvais. Je cuisinais, je soignais le jardin de ma petite maison, j'attendais d'être convoquée au studio, j'essayais de m'habituer aux bizarreries environnantes, et au mal du pays qui me tenaillait constamment, surtout le matin quand le soleil brillait, que les palmiers étaient immobiles et que je guettais le facteur devant la maison. L'attente du facteur devait devenir une habitude au fil des années passées loin de ma patrie, enfin, tant que l'Allemagne resta ma patrie.

Lorsque je décidai de renoncer à ma nationalité allemande, l'Amérique m'ouvrit les bras.

Abandonner sa patrie, sa langue maternelle, même si certaines circonstances vous y contraignent, est une épreuve redoutable, presque insoutenable. Pour tout héritage, je ne possédais que l'allemand, cette langue magnifique. La perdre me bouleversa longtemps, jusqu'au moment où, fixée en Amérique, je me sentis assez sûre de moi en anglais. Naturellement, je ne maîtrise pas cette langue aussi parfaitement que je le souhaiterais, mais elle m'est désormais familière, et c'est là l'essentiel.

De toutes les langues que je connais, l'anglais est la plus précise, ce qui, dans mon travail, m'en facilita l'apprentissage. Avec l'aide quotidienne de von Sternberg, j'apprenais de nouveaux mots, des expressions nouvelles : assez pour me soumettre à la routine des interviews et m'en tirer tant bien que mal, à la plus grande satisfaction... non de la mienne, mais de celle des studios.

En dépit de ma jeunesse, je supportais mal physiquement ces longs « exercices » de conversation dans une langue étrangère. Je ne comprenais pas les raisons de cette fatigue dont je ressentais tout le poids dès le coucher du soleil. Mais mes sursauts de révolte étaient rares. Je respectais trop les efforts d'autrui. Comparé à ce qui se passerait plus tard, le studio respirait alors la tranquillité : tout le monde retenait peut-être son souffle pour le tournage de mon premier film américain, en espérant que ce serait un succès. Les préposés des postes n'étaient pour l'instant nullement ensevelis sous l'avanche des lettres de mes admirateurs et de mes admiratrices. L'inconnue dénommée Marlène Dietrich ne gênait personne, et on me le rendait bien. Mes seules incursions dans le monde extérieur se bornaient à des visites à un drugstore voisin, ou à des séances de cinéma avec Resi.

L'Ange Bleu n'avait pas été distribué en Amérique ; je pouvais donc encore aller où je voulais sans être reconnue.

Les patrons de la Paramount qui avaient acheté le film le gardaient délibérément en réserve, désireux de ne le distribuer qu'après la sortie de mon premier film américain. Ils craignaient que l'« image *Ange Bleu* », celle de la « fille de mauvaise vie », ne me collât à la peau, et ils refusaient de me typer de cette façon.

Selon moi, j'ai toujours joué des « filles de mauvaise vie » mais, comme le disait von Sternberg, elles étaient certainement plus intéressantes que les « bonnes filles ».

Toi Svengali — Moi Trilby

« *Je la plaçai dans le creuset de mes concep-
tions, façonnai son image pour qu'elle corresponde à la mienne.* »

JOSEF VON STERNBERG.

Je crois avoir toujours eu de la chance.

Tous ceux qui ont rencontré von Sternberg sont tombés sous
son charme. J'étais trop jeune et trop stupide pour comprendre.
Mais je l'admirais, comme toute bonne élève de l'école Max-Reinhardt, soucieuse d'obéir au mieux à son metteur en scène.

Cette dévotion, cette reconnaissance de l'autorité et de la com-
pétence ultimes ne m'ont jamais quittée durant toute ma carrière
cinématographique.

Le jour de mon arrivée à New York, je portais un tailleur gris,
une tenue de voyage que j'affectionnais en Europe. Un charmant
envoyé des studios Paramount, M. Blumenthal, me déclara que je
ne pouvais pas quitter le navire avec « ces » vêtements. Je restai
perplexe. Resi, mon habilleuse, était encore malade ; Blumenthal
me persuada de descendre sur le quai en robe noire et manteau de
vison, *si* j'en possédais un.

Il faisait beau et il était dix heures du matin. Je ne pouvais me
résoudre à m'habiller ainsi, à cette heure-là de la journée. Mais on
me signifia que je devais obéir aux ordres.

Mes énormes malles de voyage se trouvaient au fond de la cale,
si bien que je dus y descendre, clefs en main, espérant trouver des
vêtements susceptibles de plaire aux Américains. Et je débarquai,
à dix heures du matin sur le quai de New York, en robe noire et
manteau de vison. Naturellement, j'avais honte de cet accoutre-

ment, mais mes vêtements semblèrent adaptés aux coutumes du pays. Après cet épisode, je refusai d'obéir aux exigences du studio, et m'habillai comme je l'entendais.

Je portais le plus souvent des pantalons, car nous habitions tout près des plages, dans les collines, et c'était plus pratique que les jupes et les bas.

Tout me paraissait simple, mais je me trompais lourdement. Je ne le compris que beaucoup plus tard. Von Sternberg se battait à ma place contre les agents de publicité des studios Paramount. Il prit tout sur lui sans que j'aie à intervenir, et je trouvais cela tout à fait normal. Von Sternberg m'avait entraînée dans un pays dont je ne connaissais rien, et je pensais que c'était à lui de me guider, de me conseiller et de m'expliquer les étranges coutumes de l'Amérique.

Il dut passer par des moments terribles. J'étais têtue, et jeune par-dessus le marché. Je sais maintenant qu'il montra une patience infinie.

Quand je travaillais pour von Sternberg, je ne comprenais pas grand-chose. A peine avais-je reçu le coup de fil du maquilleur que je me précipitais, vers cinq heures et demie ou six heures du matin, sur le plateau.

Là naissaient d'autres difficultés. Généralement, mes cheveux blond-roux étaient photographiés sous-exposés (sans doute à cause de leurs reflets roux). On me conseilla alors de les décolorer afin qu'ils paraissent plus naturels, plus quotidiens.

Sur la pellicule, mes cheveux semblaient trop sombres. Comme je n'avais pas l'intention de les décolorer et que von Sternberg me soutenait, le studio dut s'incliner. Dans la vie de chaque jour, j'étais blonde, à l'écran, je devenais châtain. Cette originalité dérouta singulièrement les « grands patrons » de la Paramount. Les essais recommencèrent. On éclaira ma chevelure au-dessus, latéralement, mais surtout par-derrière, jusqu'à créer un effet de halo qui illuminait la pointe de mes mèches.

Mes cheveux furent toujours mon désespoir. Personne n'aimait ces « cheveux de bébé ». Impossible de les boucler, de les démêler, de façonner leur masse en quelque chose rimant avec un visage devant sembler fabuleux. Nous travaillions avec des bigoudis dès six heures du matin ; les séchoirs à cheveux irritaient mon cuir chevelu — sans résultat. Nous passions alors aux fers à friser afin de me rendre quand même présentable devant les caméras.

A midi, plus de boucles. Les scriptes devenaient folles, ma coiffure n'était jamais la même que celle de la veille. Nous battions alors en retraite dans ma loge pour essayer de sauver la situation. Tout le monde s'en moquait, excepté moi et ma coiffeuse, Nelly Manley. Nous nous en tirions assez bien, comme le prouvent les photographies prises à l'époque.

Quand le temps manquait pour me sécher les cheveux, nous avions recours à la salive, tout aussi efficace. Pour *le Jardin d'Allah*, tourné en 1936 dans le désert de l'Arizona, le problème de ma coiffure devint dramatique. Refaire celle du jour précédent était impossible. Le souffle du vent chaud défaisait mes boucles soigneusement ordonnées. J'ai détesté ce tournage ; mes boucles, le scénario tarabiscoté, tout m'horripilait. Pourtant, quand on s'est engagé à faire un film, et même si on le trouve mauvais, on doit boire la coupe jusqu'à la lie.

L'éclairage arrière devint très à la mode. Il suffit de regarder les photos de l'époque pour s'en apercevoir. Cependant, il a ses inconvénients. Le chef opérateur insistait toujours pour qu'on ne tourne pas la tête de côté, car la lumière, placée derrière l'actrice, se portait alors sur son nez, qui ressemblait aussitôt à celui de W. C. Fields.

Ainsi, la plupart des scènes jouées face à un partenaire étaient extrêmement figées (pour ne pas dire plus). Nous nous parlions en fixant un point droit devant nous au lieu de nous regarder dans les yeux. Il en était de même pour les scènes d'amour. Nous avions tous une allure superbe dans le halo du projecteur arrière, mais restions raides comme des piquets. A qui la faute ? Mais aux acteurs, bien sûr ! De moi, on disait : elle ne bouge jamais. Un jour que j'essayais timidement de bouger pour regarder mon partenaire, le chef opérateur me sauta dessus et me supplia de ne jamais recommencer. J'obéis.

Au début de notre collaboration, Josef von Sternberg n'appartenait pas au syndicat des chefs opérateurs. Il devait donc se contenter de « suggérer », avec beaucoup de diplomatie, la lumière et les angles de prises de vues.

Mais revenons à mon arrivée dans ce « pays inconnu », l'Amérique. Pour moi, ainsi que pour tous les Allemands, l'Amérique était un mystère. En Allemagne, nous avions entendu parler d'Indiens qui massacraient les populations, mais c'était à peu près tout.

Aujourd'hui, je le dis sans la moindre arrière-pensée, j'aime l'Amérique et les Américains, y compris ceux qui ont commis des fautes et ceux envers qui on a « mal agi ». J'ai connu quelques gangsters qui ont été très aimables avec moi, et j'ai découvert que leur « code moral » s'accordait parfaitement au mien.

J'arrivai en Amérique pendant la prohibition.

Quand le bateau accosta, avec moi en robe noire et manteau de vison sous le soleil matinal, je fus à la fois émerveillée et terrifiée. Mais le Paramount était là pour me sauver, et l'on m'emmena à l'hôtel Ambassador. On me dit d'être prête dans deux heures, de m'habiller pour l' « heure du cocktail » (j'ignorais le sens de cette expression), c'est-à-dire à quatre heures de l'après-midi. Mais mon premier devoir était de procurer un nouveau dentier à Resi, mon habilleuse.

J'en parlai aux membres du comité de réception. Dès qu'ils comprirent qu'il ne s'agissait pas de moi, ils refusèrent de m'aider. Pourtant, en Allemande têtue, je trouvai un dentiste dans cette ville inconnue, y déposai Resi, puis me rendis à la conférence de presse organisée par les studios Paramount. Je m'inquiétais beaucoup plus du nouveau dentier de Resi que de ma conférence de presse. Qui aurait pu penser que la jeune « actrice » célébrée par von Sternberg comme « la trouvaille du siècle » sillonnerait New York à la recherche d'un dentiste pour son habilleuse ? Cela ne tenait pas debout. Mais moi, toujours fidèle à mes principes, je me moquais du qu'en-dira-t-on. Je réussis donc à dénicher un dentier, puis ramenai Resi à notre hôtel.

Ce soir-là, le sous-directeur de la Paramount, Walter Wanger, me dit qu'il « passerait me prendre en compagnie de son épouse pour me montrer New York ». Je téléphonai à von Sternberg à Hollywood pour l'informer du déroulement des événements ; il me conseilla de faire ce qu'on requérait de moi, mais de le rappeler en cas de difficulté.

Walter Wanger se présenta donc à l'hôtel Ambassador. Il m'attendait à la réception : « Ma femme est souffrante, m'apprit-il, je vous emmène dîner en tête à tête. » Innocemment, je ne lui posai pas de question, et l'accompagnai dans un « restaurant » — j'appris ensuite qu'on appelait alors ce genre d'établissement un « speakeasy » — où tous les clients passaient la main sous la table pour saisir une bouteille de scotch ou de bourbon.

Dans cette salle très sombre où tout le monde buvait, j'étais assise, pétrifiée. Walter Wanger avait retrouvé un de ses amis nommé Chrisie (je ne suis plus très sûre de l'orthographe de son nom). Au cours de la conversation, Walter Wanger me dit : « Dans l'une de vos interviews, vous avez déclaré que vous vouliez écouter Richman, eh bien, il est ici. » Harry Richman apparut en effet sur la scène minuscule et chanta une chanson que j'aimais depuis très longtemps, *On the Sunny Side of the Street*. Voir en chair et en os ce chanteur que j'adorais m'émut aux larmes, et avant que j'aie eu le temps de réagir, Walter Wanger m'entraîna sur la piste de danse.

Épouvantée par cette irrésistible et brutale impulsion, je fis mine de retourner à notre table pour récupérer mon sac à main. Dès que Walter Wanger me lâcha, je saisis mon sac, et me sauvai du speakeasy en prenant mes jambes à mon cou. Je courus dans les rues de cette ville inconnue, sans savoir où j'allais. Je trouvai un taxi et lui donnai mon adresse, « Hôtel Ambassador ».

Une fois à l'hôtel (le portier paya le taxi), j'appelai von Sternberg, à Hollywood, pour lui raconter mon aventure. Il resta quelques instants silencieux, puis dit : « Rejoignez-moi en train demain. Demandez au portier de vous réserver une place. Ne parlez à personne, vous avez bien compris, à *personne*. Quittez New York. »

Je réveillai Resi, nous remîmes dans nos malles nos effets et nous ne nous endormîmes pas avant d'être à bord du train, le *Twentieth Century* (Vingtième Siècle), à destination de Chicago. Là, il fallait changer et prendre un train de la compagnie Santa Fe. Pendant deux jours, Resi et moi dormîmes, nous réveillâmes, mangeâmes la nourriture insipide apportée par des serveurs courtois dans notre compartiment de luxe, et nous rendormîmes en nous demandant pourquoi nous étions venues dans ce fichu pays.

Von Sternberg avait promis de nous retrouver à « New Mexico ». Naturellement, pour moi, « Mexico » signifiait « Mexique ». Je n'avais jamais entendu parler de New Mexico. La chaleur était insupportable. Nous étalâmes des draps sur les sièges du compartiment, nous plaisantâmes, mais nous avions le cœur serré.

A chaque arrêt du train — il y en eut beaucoup —, nous essayions de sortir pour nous dégourdir les jambes, mais la chaleur nous refoulait à l'intérieur de notre compartiment, comme un oreiller brûlant plaqué contre nos visages. Finalement, von Sternberg apparut sur le quai de l'une des gares du trajet. Il était calme ; nous l'accompagnâmes dans son compartiment, et il nous conseilla de nous détendre. Maintenant tout était parfait — comme toujours avec lui, il avait pris le relais. Le train roula interminablement ; mais nous arrivâmes quand même à Pasadena. Nous n'étions plus loin de Los Angeles.

Il y avait des voitures, des chauffeurs, des camions pour charger nos bagages. Et aucun journaliste. Dieu merci. Je me sentais bien, pleine de confiance, prête à me décharger de tous mes problèmes sur von Sternberg.

Resi, qui s'était habituée à son nouveau dentier, dévorait. Moi aussi. La faim me tenaillait vingt-quatre heures sur vingt-quatre, ce qui me causait bien du souci. Jusque-là, l'idée de me mettre au régime ne m'avait jamais effleurée. Pourtant, en route vers Hollywood et les superbes sylphides qui y régnaient, je me sentis subitement beaucoup trop grosse. J'étais vraiment grosse. Mais je n'y prenais garde. Pourtant, maintenant que j'approchais d'Hollywood...

Von Sternberg refusait de partager mon inquiétude. Il me trouvait parfaite, correspondant exactement à l'image qu'il m'avait donnée, si bien que je fus la seule à partager l' « idéal de beauté » auquel, pensais-je, on allait me demander de satisfaire. L'image de la FEMME que von Sternberg désirait faire vivre à l'écran n'était en aucun cas maigre et asexuée, mais bien en chair, pleine de vie, avec ces cuisses, ces seins et ce « sex-appeal » dont rêve monsieur Tout-le-Monde.

Je ne voyais pas les choses sous cet angle. J'ai dû me montrer insupportable avec lui. J'insistais pour porter du noir dans mon premier film américain, pour paraître plus mince. Le noir n'est pas facile à photographier, mais von Sternberg, faisant preuve d'une patience infinie, me dit : « Parfait, je prends le risque de vous photographier en noir, si c'est ce que vous souhaitez. » A cette époque, je n'avais pas encore assez étudié la photographie pour mesurer tout ce que représentait sa promesse, et les difficultés qu'il dut surmonter. Je portai donc du noir — du noir mat, du noir satiné (le plus difficile). Je me dissimulais derrière de vastes fauteuils pour prononcer des mots d'amour, et il supporta ma stupidité, vingt-quatre heures sur vingt-quatre.

Jusqu'ici, je n'ai mentionné que l'aspect visuel du tournage d'un film. J'aimerais maintenant parler d'un second élément tout aussi essentiel : le *son*.

Le travail de l'ingénieur du son est décisif. Alors que le chef opérateur doit attendre le lendemain pour voir les résultats de son travail, l'ingénieur du son, qui entend tout en direct, peut demander une nouvelle prise dès que le tournage d'un plan est terminé. Il lui suffit de dire : « Mauvais pour moi », et le talent des plus grands acteurs est alors réduit à néant. A ce moment, les assistants de l'ingénieur du son sortent de l'ombre pour modifier la place des microphones. Souvent, ils s'adressent directement aux acteurs, procédé que von Sternberg a toujours interdit. « Expliquez-moi ce qui se passe, leur répétait-il, et j'en parlerai aux acteurs — si je décide de le faire. »

Malgré mon inexpérience, je comprenais ses raisons : exiger d'un acteur de parler plus fort risque de modifier son jeu. Quand l'ingénieur du son était mécontent, Sternberg nous recommandait simplement de mettre davantage de souffle dans nos répliques. Plus la voix est soutenue, mieux le micro la capte. Un truc technique élémentaire. Ce qui compliquait tout était que les responsables du son recevaient les bandes sonores sans l'image. Comme ils ne distinguaient pas les lèvres des acteurs, ils ne pouvaient se fier qu'à ce qu'ils entendaient. De nombreux metteurs en scène, ignorant ce détail, tournaient le même plan une bonne douzaine de fois jusqu'à ce que les acteurs fussent épuisés, guindés, mais les ingénieurs du son satisfaits.

Le « OK pour moi » de l'ingénieur du son provoquait des soupirs de soulagement. Surtout lorsque je ne travaillais plus *avec* von Sternberg.

Un jour, dans *les Anneaux d'or*, je devais courir à travers une forêt en hurlant derrière l'homme qui m'avait quittée, de plus en plus fort au fur et à mesure que je m'éloignais de la caméra. Quand, à bout de souffle, je revins vers le metteur en scène, l'ingénieur du son qui se tenait près de lui me dit : « Pourquoi vous êtes-vous donné tout ce mal ? Il y a un micro derrière *chaque arbre*. » « Mais si cela est, tentai-je d'expliquer, ma voix porte comme si j'étais très près. La caméra ne bouge pas, ma silhouette rétrécit, mais ma voix demeure la même que lorsque j'étais près de la caméra. »

L'ingénieur du son me répondit qu'on réglerait ces problèmes techniques dans la « chambre d'écho », et que ma voix s'éloignerait progressivement.

Je n'en revins pas. Comment ! tout ce travail qui attendait les techniciens, alors qu'il était si facile de régler ces détails maintenant, sur place ? Je déteste les disputes, les cris pendant un tournage. Je gardai donc le silence, mais...

En 1931, *Morocco* marqua les débuts de la collaboration von Sternberg-Marlène Dietrich aux États-Unis. Je me heurtai à de terribles difficultés, car je devais à la fois m'exprimer en un anglais correct et sembler mystérieuse. Le mystère n'a jamais été mon fort. Je savais ce qu'on attendait de moi, mais j'étais incapable de créer une aura de mystère. *L'Ange Bleu* était d'un genre tout à fait différent, personnage de souillon vulgaire et délurée, agressive et pétulante, et aux antipodes de la « femme mystérieuse » que von Sternberg voulait me faire jouer dans *Morocco*.

Nous tournâmes le premier plan dans les studios de la Paramount à Hollywood. Le décor représentait un navire sur le point d'accoster à Casablanca ou dans un autre port tout aussi exotique. Accoudée au bastingage, je regardais le paysage (caméra à gauche, s'il vous plaît) ; quand je me retournais pour prendre mon unique valise, elle s'ouvrait malencontreusement, et mes affaires se répandaient sur le pont. Un gentleman (Adolphe Menjou) s'avançait alors pour m'aider à réunir mes effets, en disant : « Puis-je vous aider, *mademoiselle* [1] ? » A l'époque, le mot « mademoiselle » conférait immédiatement une aura de mystère à la femme qui se penchait sur le désordre d'une valise.

Je devais répondre : « Non merci, je n'ai besoin d'aucune aide. »

Pourtant, ce jour-là, j'en aurais bien eu besoin. Contrairement à la plupart des Allemands, je ne disais pas « SSSanks », mais ma prononciation du « th » anglais de *thanks* (merci) était loin d'être parfaite. Et il y avait là des centaines de gens réunis pour voir la Nouvelle-Venue appelée Marlène Dietrich (deux mots bizarres).

J'étais parfaitement consciente de mes lacunes. J'articulais de mon mieux, avec ce que je pensais être l'accent américain : « Thank you, I don't need any *hellllp* », collant ma langue contre mon palais pour émettre un son guttural. Von Sternberg, lui aussi conscient de la gravité du moment, mais toujours infiniment patient, me fit répéter ma réplique je ne sais combien de fois jusqu'à ce que je prononce correctement le mot « help ». J'ai compris seulement aujourd'hui que cette première phrase et ce premier plan étaient d'une importance capitale pour le succès du film et de cette Allemande inconnue nommée Marlène Dietrich. (Quand je lui avais demandé de changer de nom, von Sternberg m'avait répondu : « Ils connaîtront votre nom. »)

A la fin de la journée, je fondis en larmes. Pas devant les techniciens, mais dans ma loge, devant ma maquilleuse, Dot, les costumières, les coiffeuses... C'était trop pour moi. Je voulais retourner en Allemagne. Si telle devait être ma vie, cela ne m'intéressait pas. J'avais laissé mon mari et ma fille à Berlin, j'irais les rejoindre toutes affaires cessantes.

---

1. En français dans le texte. (NdT.)

Von Sternberg s'arrêta devant la porte de ma loge, et frappa doucement avant d'entrer.

En vingt minutes, il me remit sur pied.

« Ne résiliez jamais votre contrat, règle *numero uno*. N'abandonnez jamais, règle *numero due*. En d'autres termes : restez. » Voilà ce qu'il me dit.

Comme cela dut être fastidieux pour lui de s'occuper d'une jeune fille émotive qui ne comprenait rien de ses buts, de ses désirs, encore moins les projets qu'il échafaudait pour sa Trilby, son Eliza Doolittle, sa Galatée — son rêve de créer une femme selon son propre idéal, comme un peintre fait jaillir un tableau sur la toile. Comment a-t-il pu me supporter ? Impossible de répondre à cette question. Je ne voyais pas ce qui l'occupait. Je ne décelais pas ses intentions. Il avait décidé de faire de moi une vedette du jour au lendemain, ce qui me laissait indifférente. En fait, il manipulait une Berlinoise inconnue. Bien sûr, j'étais jeune, vulnérable et j'étais là pour séduire le vaste public américain, mais à mes yeux j'étais ce que je n'ai jamais cessé d'être : une Allemande soucieuse d'accomplir son devoir, et rien de plus.

Je refusais de me rendre aux soirées. Il l'accepta. Seule comptait pour moi ma maison. Il l'accepta. Je voulais faire venir ma fille d'Allemagne. Il l'accepta. Il prit même la peine de téléphoner à mon mari (je n'osais pas) pour lui demander si je pouvais quitter les États-Unis pour y ramener Maria. Il me remonta le moral une bonne fois pour toutes. Du moins le crûmes-nous alors tous deux.

Il était un confesseur, un critique, un maître, celui qui s'adaptait à tous mes besoins, un conseiller, un homme d'affaires, un imprésario, un porte-parole, le pacificateur de mon être et de mon foyer, mon patron absolu ; qu'il s'agît d'acheter une Rolls Royce ou d'embaucher un chauffeur, de signer des chèques ou de m'apprendre que la signature des chèques est une affaire sérieuse. Il m'enseigna des milliers de choses, en plus de la langue anglaise et de mon métier d'actrice. Dieu sait si j'ai profité de lui ! Je ne crois pas l'avoir jamais remercié. Mais, je m'en souviens, il n'aimait pas les marques de reconnaissance.

Il m'apprit également à comprendre le système juridique américain, si différent de l'européen, surtout en Californie, et qu'il connaissait parfaitement pour avoir divorcé longtemps avant notre rencontre. Il répugnait beaucoup à acquitter le montant de la pension alimentaire à son ex-femme, qu'il finit par détester. Il passa même trois jours en prison parce qu'il avait volontairement refusé de lui verser sa pension alimentaire en temps voulu. Cette expérience lui plut énormément. Mais c'est tout ce qu'il me dit de sa vie privée.

Il n'aimait pas que je parle de lui. Maintenant qu'il est mort, je suis libre. Il m'a créée. Ce miracle ne s'est répété pour moi que lorsque Luchino Visconti fit tourner Helmut Berger. C'est l'œil placé derrière la caméra, cet œil qui aime la créature dont l'image impressionne la pellicule, qui est à l'origine de l'effet prodigieux produit par cette créature, et provoque l'adulation et l'engouement des spectateurs de par le monde, toutes langues confondues.

Tout cela est calculé, et non fortuit. C'est un mélange de connaissances techniques et spirituelles, et de pur amour. Von Sternberg avait créé des vedettes auparavant : Phillis Haver, Evelyn Brent, George Bancroft, Georgia Hale, mais le « Léonard de Vinci de la caméra » n'était pas satisfait de son « matériau », ainsi qu'il appelait les acteurs et actrices.

Je l'ai satisfait. Je n'ai jamais refusé une seule fois ses directives, j'exprimais mes suggestions (qu'il utilisait souvent) au bon moment. Bref, j'essayais de ne pas gêner. J'étais disciplinée, ponctuelle, consciente des problèmes du metteur en scène et des acteurs, intéressée par la photographie et tout ce qui se passait derrière la caméra. En d'autres termes, j'étais trop parfaite pour être vraie. Il redoutait le jour où je deviendrais peut-être une vedette, ou une femme fascinée par son image, ou simplement l'une des centaines d'actrices qui avaient croisé son chemin.

Je n'oublierai jamais le moment miraculeux où je montai sur le plateau, un plateau sombre et caverneux, où il se tenait sous la faible lumière d'une unique ampoule électrique. Solitaire ? Pas vraiment. Un étrange mélange, que j'allais apprendre à connaître.

Il congédia mon entourage (maquilleuse, coiffeuse, habilleuse), mais m'autorisa à rester pendant qu'il éclairait le plateau. Je regrette aujourd'hui de ne pas avoir enregistré les instructions qu'il donnait à l'éclairagiste. La voix du maître, créant des visions d'ombre et de lumière, transformant ce misérable plateau nu en une toile vibrante, resplendissante de lueurs magiques.

L'équipe l'adorait, parce que les techniciens partageaient ses désirs, admiraient la façon qu'il avait de « mettre la main à la pâte ». Il s'y prenait de la même façon avec le chef opérateur quand celui-ci lui disait que le plan qu'il désirait était « impossible ». Von Sternberg saisissait alors la poignée de la caméra et lui montrait quoi faire. Quand on veut commander, on doit être capable d'exécuter les ordres qu'on donne.

Il dessina tous mes costumes ; Travis Benton, le couturier de la Paramount, l'aimait beaucoup à cause de ses connaissances et de son inspiration. Ce sont eux qui créèrent mon image cinématographique ; je n'eus qu'à me glisser dedans pour me faire encenser, en enfant gâtée que j'étais.

Leur collaboration se poursuivit pendant plusieurs films. Elle fut couronnée par les costumes de *la Femme et le Pantin*, pour moi le plus beau film jamais réalisé. Von Sternberg se réservait toujours le droit d'accepter ou de refuser ce que Travis et moi avions inventé en suivant, toujours un peu approximativement, ses instructions. Nous travaillions pendant le déjeuner, entre les prises de vues, et tard le soir. Travis et moi résistions bien à la fatigue. Peut-être parce que nous adorions von Sternberg. Beaucoup de gens prétendent avoir réalisé mes costumes, à dater de *l'Ange Bleu*. C'est faux. Seul Travis Benton matérialisa les idées de von Sternberg. Il resta à mes côtés jusqu'à son dernier film. Aujourd'hui, Travis n'est plus, mais comme j'aimerais qu'il soit encore avec nous, avec moi, maintenant, pour m'aider à écrire ce livre.

En revanche, je n'ai jamais fait confiance aux chefs opérateurs. Ils répugnaient sans cesse à rendre à von Sternberg ce qui lui appartenait vraiment. La raison en est évidente. Mais quand il put « signer » l'image de ses films, après son inscription au syndicat des chefs opérateurs, von Sternberg donna enfin libre cours à son génie, ce qui déplut au « clan » des chefs opérateurs des studios. Cela ne les empêcha pas de l'imiter. A l'époque où il n'appartenait pas encore au syndicat, von Sternberg s'était montré plus que correct envers plusieurs jeunes élèves, leur accordant l'honneur d'une des plus belles photographies du cinéma. Tous devinrent des chefs opérateurs de renom, et lui en furent reconnaissants. Personne ne le déçut jamais. C'était notre principal souci : *ne jamais le décevoir*.

Moi, la vedette du film, j'étais la cinquième roue du carrosse. Il éloignait de moi les journalistes et les photographes indiscrets, et je menais une existence relativement calme. J'avais une maison magnifique avec un jardin, le ciel bleu par-dessus le toit, et un homme pour me dire ce que je devais faire.

Que demander de mieux ?

Je rentrai en Allemagne en 1931 pour ramener ma fille Maria. La Paramount avait strictement interdit toute allusion à ma maternité. Je répondis que je ne pouvais me soumettre à cette règle et, une fois encore, von Sternberg entra en guerre contre les studios, qui jugeaient que l'état de mère ne collait pas avec le rôle de « femme fatale » qui m'était assigné.

Il gagna cette nouvelle bataille. Je ramenai mon enfant en Amérique, et Maria devint américaine à cent cinquante pour cent. Elle l'est d'ailleurs restée, bien que j'aie souvent songé à quitter ce pays avec elle pour nous cacher quelque part. Mais nous survécûmes.

Dès son arrivée, Maria aima ce pays, surtout la Californie. Elle vivait au grand air, elle était heureuse. Pendant la journée, je tournais mes films, rentrais à la maison après le travail, cuisinais et lui lisais des histoires pour l'endormir, comme n'importe quelle mère. C'était une vie agréable pour tout le monde, sa gouvernante Becky, ma servante Resi ; je m'occupais de la cuisine, et tout était parfait.

Nous marchions jusqu'au Pacifique pour nous baigner et regarder le coucher de soleil, jusqu'à la jetée pour faire un tour de montagnes russes à la fête foraine, mangions des crevettes sur la plage, riions, mangions encore, savourions l'air frais et notre liberté, jouions à nous attraper sur la plage, avant de rentrer à la maison, fatiguées mais emplies de joie à la pensée de téléphoner à Berlin, puis de nous coucher.

Maria était heureuse — comme les enfants savent l'être —, sa langue maternelle ne lui manquait pas autant qu'à moi, car elle était trop jeune pour en estimer le prix. Elle parlait couramment anglais, et l'éternel été californien la ravissait. Elle nageait dans la piscine, jouait magnifiquement au tennis, était saine, bronzée. Elle apprit à lire et à écrire sans professeur, bref, elle était au bon endroit au bon moment.

Si Hollywood lui avait déplu, je serais retournée en Allemagne. Aucun film, aucune célébrité ne vaut les impressions et les jugements d'un enfant. J'étais là le matin, et j'étais là le soir.

Maria était une élève appliquée, brillante — mais qui jugeait ses aînés. Elle était désireuse d'apprendre, une joie pour nous tous.

Elle était également très belle. J'ai pris des centaines de photographies d'elle dans toutes les tenues, en slip de bain, en maillot de bain, en robe devant l'arbre de Noël dans la lumière estivale, en pantalon, en chemise, avec un béret, déguisée à l'occasion de la Mi-Carême...

Hollywood ne nous gênait aucunement. Dès que l'on comprit que je tenais à avoir mon enfant auprès de moi, on nous laissa tranquilles. Quand, un soir, des avions écrivirent mon nom dans le ciel, cela me laissa froide, réaction qui dut blesser tous ceux qui avaient travaillé d'arrache-pied à cette publicité. Je trouvai cela joli, et ma fille et moi nous regardâmes un instant le ciel nocturne avant de retourner à nos lectures, tandis que les avions traçaient leurs lettres sur fond de nuages.

Ma fille me dit : « Regarde, les étoiles brillent à travers ton nom. » Le ciel était illuminé d'étoiles. Je ne parvenais pas à prendre goût à cette fameuse « célébrité », si importante au cinéma.

Le souvenir de cette soirée fait naître dans mon esprit les mille et une questions que me posèrent la plupart des interviewers : « Croyez-vous à l'astrologie ? »

J'ai souvent lu que je ne montais pas dans un avion ou que je ne sortais pas dans la rue sans consulter mon astrologue. Naturellement, c'est faux, mais l'astrologie m'a toujours intéressée, même pendant mon adolescence. Cependant, je ne l'ai jamais étudiée.

Les lexicographes qualifient l'astrologie de pseudo-science. Je ne suis pas d'accord avec la définition qu'en donne le dictionnaire *Webster* : « ... étude de la prétendue influence de la position relative de la lune, du soleil et des étoiles sur les affaires humaines ». L'expression « affaires humaines » me gêne. Je préférerais « êtres humains ».

D'accord, on peut discuter à propos de la nature de cette influence, mais je ne parviens pas à comprendre comment on peut nier son existence, la traiter avec superbe.

Personne ne saurait nier le fait que la lune attire les masses liquides de la terre — les horaires des marées sont directement liés à ses phases. Personne ne discute non plus avec le fermier ou le jardinier qui savent quand la lune est « favorable » pour semer ou planter. Personne ne nie l'effet de la pleine lune sur certains êtres humains : le somnambulisme. Personne ne nie le fait — assez peu connu — que la police accroît ses effectifs pendant les nuits de pleine lune. (Ces nuits-là, les émotions humaines sont décuplées. L'expérience est le meilleur professeur.)

Bref, quelle suffisance que de penser que nous autres humains, composés des mêmes éléments qui forment le reste de l'univers, sommes à l'abri de forces dont nous constatons partout l'effet. Nous ne pouvons peut-être pas expliquer complètement l'origine de ces forces, mais que cela ne nous donne pas l'audace de les nier.

En 1932, je tournais *Blonde Vénus* (quel titre !) quand je reçus une lettre. La missive n'était ni manuscrite, ni tapée à la machine. On avait découpé les mots dans des journaux avant de les coller sur une feuille de papier. Ce message me terrifia : c'était une menace d'enlèvement.

Chaque matin, j'emmenai ma fille avec moi au studio. Et, comme d'habitude, von Sternberg s'occupa de tout. Accaparé par son film, il se trouvait en même temps, émotionnellement et mentalement, impliqué dans de sombres tractations clandestines pour déjouer les plans des gangsters.

Il m'était naturellement interdit de prévenir la police, ce qui me bouleversa. Je perdais la tête, j'étais incapable de jouer normalement. Ma fille ne me quittait plus. Sur le plateau, debout sur une petite échelle, elle me regardait travailler.

La vue de cette enfant surmontant tous les périls, affirmant crânement sa forte personnalité, était une leçon pour chacun d'entre nous. Maria n'ignorait rien des menaces de kidnapping pesant sur elle, je lui avais tout dit. Et elle restait calme, et sa mine paisible m'apaisait. Je crois que Maria tient ce courage de son père. Elle est beaucoup plus résolue que moi. Elle dormait sur le plancher de sa chambre avec sa gouvernante. Moi, j'errais dans la maison, je m'entretenais avec les hommes dissimulés dans les buissons du jardin, je préparais du café pour tout le monde, je guettais le jour où mon mari reviendrait d'Europe pour m'aider. Ce qu'il fit, comme à chaque fois que j'avais besoin de lui.

Le jour où les gangsters abordèrent l'éventualité d'une rançon, mes amis, le chevalier von Sternberg et mon mari se postèrent avec des fusils aux fenêtres de la maison. Les policiers m'avaient clairement fait comprendre que je n'avais pas le droit de donner l'ordre de tirer. J'étais une étrangère, je devais rester tranquille et me taire. Ils allaient « s'occuper de l'affaire ». Eh bien, ils firent fausse route et bâclèrent stupidement leur travail.

Nous nous tirâmes pourtant de cette horrible situation et survécûmes. Maria réussit à garder la tête froide — ce qui, selon moi, est miraculeux. A en croire les « professeurs » et autres rats de bibliothèque, elle avait toutes les chances du monde de rester « traumatisée » à vie après cette aventure. Heureusement, ils se trompent toujours.

Les barreaux posés aux fenêtres de la maison de l'angle de Roxbury Drive et de Sunset Boulevard sont toujours là. Leur installation brisa notre rêve de soleil, de liberté, de joie, de vie insouciante. Les vacances étaient terminées. Nous étions prisonnières. Finis les cinémas, les promenades dans les rues silencieuses de Beverly Hills en regardant la lune, finis les pique-niques sur la plage au bord de l'océan Pacifique, finis les tours en montagnes russes parmi les rires et les cris de plaisir, moi tenant d'une main écharpes, chapeaux, sachets de pop-corn et de bonbons, l'autre bras passé autour des épaules de ma fille.

Désormais, il était de mon devoir de faire que tout parût normal, que ceux qui entouraient mon enfant n'aient pas peur. Dans mon esprit, l'angoisse était comme un corbeau noir, ou comme un serpent lové dans nos cœurs et prêt à frapper à tout moment. Mais j'étais jeune et pleine d'énergie. Plus tard, alors que ma fille grandissait, je me trouvai à nouveau en danger et je faillis m'effondrer. J'étais incapable de continuer à vivre. Je rassemblais juste assez de forces pour satisfaire aux exigences les plus élémentaires. Mais au moment de « l'affaire », je fis tout pour lui donner l'impression que la vie était un champ de roses ; quotidiennement, j'inventais mille choses afin d'écarter la malédiction des criminels qui menaçaient ma fille.

La peur régnait en moi et sur ma demeure ; elle ne me quitta jamais. Von Sternberg nous conseillait. C'était lui qui tenait fermement les guides, dirigeait tout en personne.

Il était pourtant en train de réaliser un nouveau film. Ce projet accaparait tous ses jours (j'ignore ce qu'il en était des nuits), et il était là, tentant de rassurer l' « épave hypersensible » — comme on dit de nos jours — que j'étais devenue, la femme tremblant de terreur qui se reposait entièrement sur lui. Tout autre metteur en scène se serait retiré dans sa maison de Malibu Beach, aurait annoncé aux producteurs qu'il attendait le rétablissement de sa vedette et aurait passé son temps à lézarder au soleil.

Mais pas von Sternberg. Il continuait à me faire travailler régulièrement. Il réalisait son film. Lui et moi nous l'avons fait, ce film, sans tenir compte de nos problèmes personnels. Ce ne fut pas une œuvre importante — simplement un bon film. Von Sternberg y a travaillé vingt-quatre heures sur vingt-quatre sans relâche pour tenter de l'améliorer, pendant que ses acteurs et ses actrices dormaient, parfois grâce aux somnifères.

Je n'en ai jamais pris. Pas plus que Maria qui, elle, dormait comme une enfant, ne m'entendait pas entrer et sortir à pas de loup de sa chambre, ne se réveillait même pas lorsque je la saisissais dans mes bras, la posais à côté de moi, dans mon grand lit. Elle s'accrochait à moi comme je m'accrochais à elle.

Dès cinq heures du matin j'étais debout, prête pour le studio, où elle me suivait pour les séances de coiffure, de maquillage sur mon visage fatigué. En chemin, nous nous livrions à toutes sortes de jeux. Mais nous supportions mal la voiture. C'était la peur qui me tordait l'estomac. Maria, elle, était simplement allergique à ce mode de transport. Pour lutter contre mon envie de vomir, j'emportais toujours une grande quantité de citrons. Mais je faisais souvent arrêter l'énorme Cadillac — seize cylindres, s'il vous plaît — pour me soulager au bord de la route.

Cet état ne durait jamais très longtemps : dès que je pénétrais sur le plateau, mon visage était lisse et beau, tel qu'il devait être, et je cherchais le regard de von Sternberg pour y lire son approbation. Le film terminé, je conservai près de moi les gardes qui avaient été les compagnons de Maria pendant tous ces horribles événements. Avec les vacances, ces hommes nous escortèrent à New York, jusqu'au bateau, jusqu'à ce que s'évanouissent les derniers échos du traditionnel : « Que tous ceux qui accompagnent les passagers redescendent sur le quai. On lève l'ancre. » Enfermées dans notre cabine, nous étions enfin en sécurité. Et cela aussi grâce à von Sternberg, qui avait organisé notre exode temporaire.

De retour aux États-Unis, nous restâmes encore longtemps hantées par cette affreuse expérience, et Maria poursuivit son existence solitaire, sans enfants de son âge autour d'elle. Elle avait de nombreux amis, mais adultes. Elle apprit à monter à cheval, avec et sans selle, à plonger, à faire du surf — tous les sports pratiqués en Californie —, toujours accompagnée de gouvernantes et de gardes du corps. Et bien sûr, M. von Sternberg veillait sur elle. Des répétiteurs venaient à la maison, pour lui donner des cours particuliers.

Elle parla anglais avant de pouvoir orthographier l'allemand — sa langue maternelle —, et elle survécut à ce méli-mélo. Son éducation ne m'intéressait pas. Seul m'importait son bien-être. Von Sternberg tenta à plusieurs reprises d'aborder ce sujet, mais j'étais têtue comme une mule. Plus tard, j'emmenai Maria en Suisse pour qu'elle apprenne le français, l'étude des langues étrangères étant la seule éducation que je considérais comme utile.

En 1933, quand von Sternberg écrivit le scénario de *l'Impératrice rouge*, il donna à Maria le rôle de la Grande Catherine enfant. Elle prononça sa seule réplique : « Je veux devenir danseuse classique », dans un anglais parfait, écoutant tous les dialogues en actrice professionnelle. Elle appelait cela « réagir ». Von Sternberg sourit, *pour une fois*, et la serra dans ses bras.

Mon mari était retenu en France par ses obligations professionnelles et ne revenant que rarement aux États-Unis, von Sternberg (son premier fils ne naquit que bien plus tard) devint pour Maria un père, un ami. Mais le bonheur que lui procurait ma petite famille était précaire et sans doute irréel à ses yeux. Sur le moment, je n'ai pas compris ses sentiments. Il est vrai que mes carences « émotionnelles » étaient navrantes. En ce domaine, tout était chez moi vague, élémentaire, je ne parvenais pas à percer certaines subtilités, je ne voulais pas reconnaître leur existence... qui sait ?

Je ne répéterai jamais assez combien j'étais jeune et stupide. Mais la chose que je regrette le plus, c'est d'avoir été alors incapable de reconnaître immédiatement un savoir supérieur. Pourquoi « immédiatement » ? Eh bien, parce qu'on finit toujours par ouvrir les yeux et s'incliner devant un être d'élite. J'ai été élevée conformément à ce principe et n'en ai jamais dévié. Hélas ! dans ma vie privée il en était tout autrement. Et von Sternberg en fit les frais. Mon entourage contribua à accentuer ce malentendu. Becky, la gouvernante de ma fille, et Resi, ma femme de chambre, s'adaptaient mal aux mœurs américaines qu'elles jugeaient saugrenues et auxquelles elles étaient incapables de s'habituer. Qui recevait leurs doléances ? Mais von Sternberg ! toujours lui, qui se voyait brusquement investi du rôle de chef de famille en remplacement du véritable mentor provisoirement exilé. C'était lui qui endossait toutes les responsabilités, recevait des reproches, souvent injustifiés et ridicules... Le pain n'avait pas le même goût qu'en Allemagne, les prêtres américains célébraient la messe différemment...

A mon arrivée aux États-Unis, von Sternberg m'avait offert une Rolls décapotable (celle-là même que l'on peut voir dans *Morocco*) et avait engagé un chauffeur. Je n'avais pas le droit de la conduire. On prétend parfois — bonne idée d'ailleurs ! — que les hommes utilisent ce subterfuge pour retenir la femme qui songerait à s'évader vers d'autres cieux...

Je ne suis pas partie. Mieux : je ne l'ai jamais souhaité. Je me sentais bien dans cette existence apaisante, sans aspérités, que ne connaissaient pas ces femmes avides, dominatrices (leur nombre, dirait-on, ne cesse aujourd'hui de croître), qui gravitaient alors dans l'orbite d'Hollywood.

Je souffrais d'être séparée de ma patrie, mais quand on est jeune on ressent moins cruellement le mal du pays.

Ma réponse à l'invitation formulée par le régime hitlérien pour que je rentre à Berlin et devienne la reine de l'industrie cinémato-graphique allemande est bien connue. En revanche, on ignore généralement de quelle façon — sadique ? oui ! — je me jouai des nazis. J'étais sous contrat avec von Sternberg, rappelai-je, mais je n'aurais été que trop heureuse de venir tourner en Allemagne, sous sa direction.

Cet épisode se passait à Paris, à l'ambassade d'Allemagne. J'avais supplié les Américains de me permettre de laisser expirer mon passeport allemand, mais ils avaient insisté pour que tous mes papiers fussent en règle jusqu'à ce que je devinsse citoyenne américaine. Je devais donc demander une prolongation de mon passeport. Je me rendis naturellement à l'ambassade d'Allemagne pour accomplir cette formalité. Von Sternberg n'en sut rien. Je repoussai l'offre que me fit mon mari de m'accompagner. Je redoutais son tempérament excessif. Je devais manœuvrer avec diplomatie, sans me laisser emporter par mes émotions.

Je me jetai donc dans la gueule du loup ; en l'occurrence le baron Welczek, ambassadeur de l'Allemagne hitlérienne. A ses côtés se tenaient quatre hommes de haute stature, qu'on me pré-senta comme les princes Reuss. Tous ces personnages restèrent debout, les princes plantés derrière leurs fauteuils à haut dossier. L'ambassadeur déclara qu'on m'accorderait sans difficulté la pro-longation de mon passeport, avant d'ajouter qu'il avait un mes-sage spécial à me transmettre. J'étais censée retourner en Alle-magne, et ne pas chercher à devenir citoyenne américaine. Pour m'allécher, on me promettait « une entrée triomphale dans Ber-lin, par la porte de Brandebourg », fin de citation. Je songeai à Lady Godiva, et réprimai un sourire. Je fus extrêmement polie, fis allusion à mon contrat avec von Sternberg, déclarai que, si ces messieurs lui demandaient de tourner un film en Allemagne, je ne serais que trop heureuse d'accepter leur offre.

Suivit un silence glacé, puis je lançai : « Dois-je comprendre que vous refusez que M. von Sternberg tourne un film dans votre pays (je dis " votre pays ") parce qu'il est juif ? »

Brusquement, ils s'agitèrent tous, se mirent à parler en même temps : « Vous avez été contaminée par la propagande américaine. Il n'y a absolument aucun antisémitisme en Allemagne... »

Je sentis alors qu'il était temps de partir. Je me levai en disant : « Eh bien, voilà qui est parfait. Je vais attendre le résultat de vos négociations avec M. von Sternberg, et j'espère que la presse alle-mande changera de ton pour parler de moi et de M. von Stern-berg. »

92

L'ambassadeur (son nom tchécoslovaque m'agaçait) me prévint : « Un seul mot du Führer, et tous vos désirs se réaliseront, *si* vous acceptez de rentrer. »

Accompagnée par les quatre princes, je parcourus le long couloir menant vers la sortie, et je frémis quand mes pieds touchèrent la rue française où mon mari marchait de long en large. Il me prit par le coude, et m'aida à monter en voiture.

Le lendemain, je reçus à mon hôtel mon passeport dûment prolongé. Ces « messieurs » savaient tout. Ils connaissaient la date de la fin de mon contrat avec la Paramount, et celle d'entrée en vigueur du suivant. Ils étaient au courant de mes moindres faits et gestes. Il me semblait que j'avais plu à cet horrible nabot. Quel titre de gloire !

Ma famille et mes amis se demandèrent souvent en plaisantant si je n'avais pas envie de retourner en Allemagne pour le tuer. Encore une forme d'humour macabre. Je ne m'en sentis jamais capable, ni mentalement, ni physiquement. Aujourd'hui, je suis certaine d'avoir eu raison. Mais à l'époque, je réagissais toujours en me fiant à mon instinct, mon bon instinct de Berlinoise. Noel Coward prétendait que je suis « une réaliste et un clown ». La réaliste, je la connais ; je connais aussi le clown, mais cette facette de ma personnalité ne se manifeste que par à-coups. Parfois, je sais faire le clown, être très drôle, mais cette partie de moi-même demeure souvent cachée. Elle apparaît quand je suis concernée personnellement ou que j'apprends une chose essentielle sur la vie. Mais elle disparaît dès que j'éprouve des sentiments profonds. Là, je suis totalement exposée à toutes sortes de blessures — même s'il ne s'agit que d'une voix aux intonations étranges au téléphone —, je suis alors capable de partir à la dérive, de me laisser aller dans un monde que j'ignore, espérant que quelqu'un sortira du néant pour me sauver. Je suis ainsi, une créature élevée par des gens pleins d'amour, de ma mère à mon mari et à ma fille, des gens qui m'ont protégée.

J'ai été élevée avec amour, j'ai joué durant toute ma jeunesse, jusqu'à la maturité — sans cesse guidée par la lumière d'une affection et d'une compréhension dépassant de loin tout ce que nous apprenions à l'école, dépassant les règles édictées par nos aînés, mais surpassées encore par mon expérience d'adulte.

Avant que von Sternberg me prenne en main, j'étais déboussolée, je n'avais même pas conscience de la tâche qui m'attendait. Je n'étais « personne », et les pouvoirs mystérieux du créateur insufflèrent la vie à ce rien. Je vous prie de ne pas m'accorder le moindre crédit pour les rôles que j'ai joués dans ses films. Je n'étais qu'un outil obéissant dans la palette infiniment riche de ses idées et de ses images.

Les films que von Sternberg tourna avec moi parlent d'eux-mêmes. Rien aujourd'hui, et rien à l'avenir ne saurait les surpasser. Les cinéastes sont à jamais condamnés à les imiter.

De nombreux livres ont été écrits à propos de son œuvre. Mais aucun n'a jamais donné une image exacte de son immense talent. Aucun d'eux n'a été réalisé « en direct ». Moi, j'étais là et je voyais tout. Je voyais la *magie*. Malgré ma jeunesse.

Pour incarner le héros masculin de *l'Impératrice rouge*, qu'il tourna en 1934, von Sternberg cherchait un visage et une silhouette bien définis, introuvables parmi les acteurs d'Hollywood. Il choisit un avocat : John Lodge. John Lodge était un gentleman et un homme de lettres, mais il n'avait jamais joué. Il correspondait pourtant à l'image que von Sternberg avait en tête, et se révéla particulièrement convaincant dans son rôle. Von Sternberg refusa de faire des essais de son avec lui, se contentant de tourner une courte scène. Il conçut pour lui le magnifique, sinon le plus authentique, des costumes, et Lodge conquit le cœur de toutes les Américaines. Il était *le* héros russe, le personnage romantique idéal. Le premier jour de tournage, John Lodge, peu habitué à la caméra pointée sur lui, se mit à bafouiller. Comme Sternberg voulait à tout prix lui éviter un échec cuisant, il me dit de jouer toute seule — de cesser de me reposer sur mon partenaire — et il apprit même à John Lodge à se tenir devant une caméra.

John Lodge devint notre ami, et il gagna le respect inconditionnel de von Sternberg. Depuis, il a abandonné le cinéma, mais je suis sûre que les quelques semaines qu'il passa dans la peau d'un acteur ne lui ont jamais manqué par la suite. C'est un homme trop intelligent pour regretter le passé.

Pour en revenir à moi : von Sternberg me dit donc de jouer « toute seule ». C'était beaucoup me demander. Je commençai par me révolter. Mais comprenant bientôt ce que von Sternberg désirait, j'obéis. *L'Impératrice rouge* est aujourd'hui un classique. En 1934, il n'obtint pas le succès escompté. Nous savons tous maintenant que ce film était très en avance sur son temps. C'est sans doute pourquoi il est projeté dans les cinémathèques et les cinémas d'art et d'essai, mais aussi que des millions de spectateurs de par le monde, dans des salles de première exclusivité, continuent à le voir. Les jeunes générations adorent *l'Impératrice rouge*. Des adolescents m'écrivent, me parlent des costumes... surtout de mes bottes — et par-dessus le marché, elles étaient blanches ! —, du côté spectaculaire de l'œuvre, qu'ils semblent avoir parfaitement compris... beaucoup mieux que le public d'alors. Ils sont aussi fascinés par la direction artistique, qu'assumait, naturellement, von Sternberg. Mais lui ne croyait pas beaucoup à *l'Impératrice rouge* : « D'accord, affirmait-il, si ce film doit être un échec, il sera grandiose, et rendra les critiques furieux. Je préfère vous voir dans un échec grandiose que dans un film modérément mauvais. » Les critiques donnèrent raison à von Sternberg : leur rage fut immense.

J'accordai peu d'attention à leurs réactions. D'abord parce que, une fois le film distribué, il s'éloigne dans le temps, comme un esprit ; ensuite parce que je n'ai jamais lu le moindre article concernant *l'Impératrice rouge,* pas plus que je n'ai suivi la courbe de ses recettes au box-office. Un autre film allait commencer, je passais des heures dans les salons d'essayage, je m'efforçais de coller le mieux possible à la nouvelle image que von Sternberg voulait créer. Avec lui, mes rôles différaient constamment.

A chaque instant, je risquais de mélanger mes rôles ou mes attitudes professionnelles avec ma vie privée. C'était inévitable. Von Sternberg et moi-même cédions à cette confusion. Pourtant, je m'efforçais toujours de dissocier ces deux aspects de ma vie. Ainsi que je l'ai déjà dit, je me moquais complètement de l'opinion d'autrui, sauf de celle de von Sternberg.

Les agents de publicité de la production ont cherché à confondre volontairement mes personnages avec ma personnalité propre. Après tout, leur travail consistait à concocter des histoires pour la presse et les innombrables magazines de cinéma à gros tirage que les intellectuels ne lisaient pas. La vie que je menais à Hollywood n'était pas un bon terrain de chasse pour ces gens avides d'anecdotes croustillantes. Par conséquent, on ne saurait leur reprocher de m'avoir inventé une existence plus « excitante ». J'ignorais leurs articles et, en y réfléchissant, je suis sûre que ces agents de publicité ont dû me détester cordialement. Mais même si je l'avais su à l'époque, je m'en serais moquée. Je m'en tenais aux consignes quand il était question d'interviews, lesquelles étaient rares, et j'appris à détourner poliment toute question qui me semblait déplacée.

Aujourd'hui encore, le prétendu « mythe » ou la « légende » continuent à vivre et à mobiliser nuit et jour des centaines de journalistes et d'écrivains en herbe. Je m'en passerais volontiers. Quand j'abordai la nouvelle aventure de ma vie, « la scène », je crus avoir cassé « le mythe ». Ce fut le cas dans une certaine mesure, car j'avais un contact direct avec le public. Malgré tout, mes prétendus « biographes » ne voulurent pas en démordre.

Dans leurs esprits tordus, l' « Ange Bleu » était la création de von Sternberg, alors qu'il avait simplement fait vivre à l'écran un personnage créé par Heinrich Mann (le frère de Thomas Mann), dans son roman, *Professeur Unrat.* Ni von Sternberg, ni moi n'inventâmes la femme qui cause la ruine du professeur. Évidemment, von Sternberg et ses coscénaristes, Zuckmayer et Liebmann, apportèrent des modifications au livre, ce qui est toujours le cas quand on adapte un roman à l'écran, mais ils respectèrent les caractéristiques des personnages principaux.

Je tiens à le répéter : les rôles que j'ai joués au cinéma n'ont strictement rien à voir avec ce que je suis réellement. Comparer ces rôles et ma personne est stupide.

J'ai eu l'occasion de monter un film pour le musée d'Art moderne de New York, juxtaposant des scènes extraites des films que von Sternberg tourna avec moi. Le résultat dérouta la plupart de mes admirateurs. Contrairement à l'opinion répandue, selon laquelle je suis toujours la même créature immobile regardant par-dessus son épaule gauche, le visage caché derrière de multiples voilettes, insensible à la moindre émotion, ne voyant rien ni personne en dehors de la caméra, ce film montrait une actrice aux antipodes de tous ces clichés.

Bien que j'en eusse assuré le montage, je dois dire que ce film est excellent ; je regrette de ne pas en avoir conservé une copie, ou un synopsis. Je coupai à l'oreille — si j'ose dire —, choisissant d'instinct, dans tous mes films, des scènes qui, au lieu de se correspondre comme les pièces d'un puzzle, contrastaient les unes avec les autres, par le personnage, l'ambiance, l'angle de la caméra, les lumières ou les costumes. Je me rappelle vaguement que le film fut démonté, car il avait fallu emprunter certaines scènes à des copies appartenant à la sacro-sainte MCA. J'ignore pourquoi l'on ne me donna pas de copie de mon montage avant de restituer les originaux. Ce fut certainement, comme toujours, une question d'argent.

Cela me fait penser à un autre épisode, lui aussi « classique » pour les étudiants passionnés de mise en scène ou de photographie. En 1931, je tournai mon deuxième film à Hollywood, *Agent X 27 (Dishonoured).* Le choix des titres de ses films a toujours été entre von Sternberg et ses producteurs prétexte à de terribles affrontements. Il n'approuvait qu'à de rares occasions le choix des studios et se battait pied à pied, et avec plus ou moins de succès, pour tenter de le modifier. Dans le cas d'*Agent X 27*, la production fut intraitable : elle ne reviendrait pas sur sa décision ! La lutte dut être acharnée, interminable, car je me rappelle que les patrons de la Paramount menacèrent von Sternberg de lui « couper les vivres ».

Vêtue de mon costume de scène, j'attendais d'entrer sur le plateau, quand von Sternberg fit irruption dans ma loge pour m'entretenir de ce problème. Il trouverait une solution à la séquence du grand bal que nous devions tourner ce jour-là, ajouta-t-il. On refusait de lui accorder le nombre suffisant et indispensable de figurants ? Il ne supprimerait pas cette séquence, d'une importance vitale pour le film. L'immense salle de bal était entourée de balcons courant, comme à l'opéra, le long des murs. Assise dans ma loge, j'écoutais mon metteur en scène sans prononcer un mot, sans une pensée qui eût pu l'éclairer. Pourtant, à cette époque, j'étais très disponible. Ma fille était encore en Allemagne auprès de mon mari ; personne, à Hollywood, ne me causait le moindre souci et von Sternberg veillait sur moi.

Dot, ma maquilleuse, ma coiffeuse et moi décidâmes d'aller déjeuner. En revenant de la cantine du studio, je repris mon attente dans ma loge. Soudain, l'assistant de von Sternberg nous appela sur le plateau. Dot rectifia mon maquillage, la coiffeuse s'attaqua à mes cheveux toujours aussi rétifs et nous sortîmes. Sur le plateau, le décor était quasiment vide, sauf deux loges de théâtre posées l'une sur l'autre, rehaussées au-dessus du niveau du sol et auxquelles on accédait par une échelle.

J'étais censée prendre place dans la loge inférieure. Au-dessus de moi se trouvaient des femmes et des hommes avec des confetti et des sacs pleins de ces accessoires qu'on utilise au Nouvel An. Ils avaient déjà reçu des instructions. En m'asseyant, je vis derrière moi un grand miroir installé au-dessus du sol. Six couples dansaient dans un cercle minuscule, tracé par terre à la craie.

Leur image se reflétait dans le miroir, qui semblait envahi de danseurs et de danseuses au coude à coude ; les confetti se mirent à tomber devant moi ; la musique éclata pour donner le rythme, et je m'aperçus brusquement que la scène ressemblait à s'y méprendre à une vaste salle de bal où virevoltaient des milliers de gens. Von Sternberg avait réussi l'effet qu'il désirait, en dépit des restrictions imposées par la production. J'étais jeune et inexpérimentée, mais j'admirai son sens de la *magie*, ce savoir-faire que j'allais voir à l'œuvre durant tant d'années. Au fil des tournages, de plus en plus émerveillée, j'appris tout de von Sternberg, ce charmeur du serpent aux mille têtes nommé « cinéma ».

Par-dessus le marché, von Sternberg devait s'occuper de moi, me photographier, me faire rire, m'habiller, me consoler, me conseiller, m'instruire, me diriger, me dorloter, m'expliquer, et j'en passe. Les responsabilités qu'il assumait envers l'actrice qu'il désirait, et la femme qui l'accompagnait, étaient écrasantes. Il réussit, comme toujours, malgré toutes les pressions des studios Paramount. Il luttait pied à pied avec eux.

A plusieurs reprises, la Paramount essaya de nous séparer, mais mon contrat stipulant que je pouvais « choisir mes metteurs en scène », la Paramount fit chou blanc. « Pourquoi nous contenter d'un seul succès au box-office, alors que nous pourrions en avoir deux ? » supputaient les patrons de la Paramount. Le nom de von Sternberg était célèbre, le mien aussi. Je me battis, il se battit, et nous gagnâmes ! En 1933, pour *le Cantique des cantiques*, il consentit à me laisser tourner un film sans lui, lequel fut bien évidemment un échec.

En 1935, de retour d'un long voyage, il se prépara à tourner *la Femme et le Pantin*, d'après le célèbre roman de l'écrivain français Pierre Louÿs. Je savais que ce serait le dernier film que nous ferions ensemble, et j'étais énervée comme une puce. Von Sternberg le sentit, et il essaya une fois de plus de me calmer. Je jouais le rôle d'une fille travaillant dans une fabrique de cigarettes, et avais pris à sa demande des cours pour apprendre à rouler du papier à cigarettes sur un bâtonnet. J'avais aussi appris à secouer les rouleaux de papier vides devant la caméra, puis à les rattraper pour les bourrer de tabac. Ce n'était pas facile, mais j'étais une bonne élève. Ce qui m'inquiétait le plus n'était pas ce petit manège, mais le fait que je ne ressemblais absolument pas à une Espagnole. Mon corsage espagnol en dentelle et ma jupe froncée ne me rassuraient pas. Mes yeux bleus, mes cheveux blonds n'avaient rien d' « ibériques » ! Mais mon plus gros souci était mes yeux. Je croyais que toutes les Espagnoles avaient les yeux, sinon noirs, du moins sombres.

On enduisit mes cheveux de vaseline, et ils me parurent suffisamment sombres. Von Sternberg me dit que j'étais vraiment stupide (comme toujours), car il y a des blondes dans le Nord de l'Espagne. Comment aurais-je pu m'en douter ? Je poursuivis donc la préparation du film, l'essayage des costumes conçus par von Sternberg, sans pour autant cesser de m'inquiéter de la couleur de mes yeux. Je finis par aller consulter un ophtalmologue spécialisé que m'avait recommandé le service des maquilleuses. Il me prescrivit des gouttes qui dilataient la pupille et devaient rendre mes yeux noirs sur l'écran. Il me donna aussi un autre flacon contenant un liquide destiné à ramener les pupilles à leur taille normale.

Je rentrai chez moi, serrant contre moi mes deux flacons comme des pépites d'or. Je les amenai au studio, expliquai leur emploi à ma maquilleuse et à ma coiffeuse, on me passa de la vaseline dans les cheveux, on y planta des œillets (dont le nombre augmentait au fur et à mesure du tournage), et je me crus métamorphosée en une authentique Espagnole. A l'exception de mes yeux. Mais j'étais si stupide que je croyais pouvoir remédier à ce détail gênant.

Mes jupes volant autour de moi, des peignes plantés dans mes cheveux poisseux parmi les œillets artificiels, sur le visage un maquillage sombre, qui me rendait plus attirante que jamais, je pénétrai comme prévu à neuf heures du matin sur le plateau 8... je m'en souviens parfaitement. Je n'utilisai pas mon flacon avant la fin des répétitions. Puis j'allai dans ma loge me mettre des gouttes dans les yeux. Je retournai à mon banc, prête à tourner la scène, et je cherchai mes accessoires, le papier, le bâtonnet. Mais plus rien !

Von Sternberg cria : « On tourne ! », et j'étais là, incapable de trouver mon bâtonnet ou mon papier, tout fonctionnait à merveille, sauf ma vue. Je feignis de faire comme si de rien n'était, mais von Sternberg s'aperçut vite que quelque chose clochait. « Coupez ! » hurla-t-il.

Ma coiffeuse et ma maquilleuse coururent à ma loge pour me rapporter l'autre flacon de gouttes, censées ramener les pupilles à leur état normal. Je fis gicler le produit dans mes yeux, et repris ma place sur le plateau. Le tout ne devait pas avoir pris plus de cinq minutes. J'étais à nouveau assise à la table d'où je m'étais levée, paniquée. Je voyais tout de très, très loin, les techniciens, von Sternberg. Mais j'avais beau faire, impossible d'apercevoir quoi que ce fût devant moi. Pas de bâtonnet. Pas de papier. Pas de tabac.

Von Sternberg envoya tout le monde déjeuner, mais auparavant il me prit par la main, m'entraîna à l'écart des figurants et des techniciens..., pour me dire : « Maintenant, expliquez-moi ce qui se passe. » Je lui racontai tout. Ma vision était à nouveau normale, mais je ne pouvais m'empêcher de pleurer. « Pourquoi ne pas m'avoir dit que vous vouliez avoir des yeux noirs ? » me demanda-t-il.

Je ne sus que répondre.

« Vous voulez des yeux noirs ? » insista-t-il.

J'acquiesçai de la tête.

« Très bien, vous aurez des yeux noirs, mais ne me refaites jamais le coup des gouttes sans me demander mon avis. » Il réussit à assombrir mon regard, simplement en jouant avec les lumières.

Certains de mes « biographes » se sont acharnés à faire croire que *la Femme et le Pantin* est un film autobiographique. Pourtant, en Europe, où ce roman est bien connu, personne ne se risqua à soutenir une thèse aussi invraisemblable, car cette histoire a souvent été portée à l'écran. Aux États-Unis, et bien que le film de von Sternberg respectât scrupuleusement la trame originale de l'œuvre de Pierre Loüys, plusieurs revues insinuèrent que von Sternberg s'était inspiré de sa vie et de la mienne.

Excédé par ces discussions stériles, von Sternberg était à bout : il décida donc — le fait est désormais historique — de se séparer de moi. Naturellement, je m'élevai violemment contre ce projet, me révoltai, déclarai que, moi aussi, j'allais quitter Hollywood pour n'y plus revenir. Mais il me dit carrément qu'il n'en était pas question, que si je voulais rester son amie, je devais demeurer à Hollywood et tourner sans lui. Ces paroles me brisèrent le cœur, mais comme toujours, j'obéis. A quel prix ? J'étais comme un navire privé de gouvernail. Je savais qu'aucune gloire ne remplacerait la sécurité qu'il m'avait offerte, que rien n'égalerait sa remarquable intelligence, son sens du métier, la fascination qu'il exerçait sur moi...

Mais von Sternberg ne m'abandonna pas tout à fait. En secret, il supervisa les films médiocres que je tournai par la suite, allant jusqu'à se glisser subrepticement dans le studio pour couper ou intervertir certains plans. J'organisais personnellement ces incursions nocturnes. La « démission » de von Sternberg était logique. Il en avait assez des scandales, des attaques, de l'attitude des patrons de la Paramount.

Si seulement j'avais soupçonné l'existence des problèmes dans lesquels il se débattait, je me serais montrée plus compréhensive. Mais il était avare de confidences, il refusait de me mêler au conflit l'opposant aux directeurs de la production. Il me laissait aller mon petit bonhomme de chemin, accomplir calmement, normalement, mon travail.

Telle est l'histoire de ma collaboration avec von Sternberg. Est-ce tout ? Non. Avant d'en terminer avec ce chapitre, il faudrait encore parler de ce que je redoutais le plus chez lui : son mépris. Une expérience traumatisante. Plusieurs fois par jour, il m'expédiait dans ma loge pour que je puisse y pleurer tranquillement. Après s'être adressé à moi en allemand, il se retournait vers les techniciens en disant : « Que tout le monde sorte fumer une cigarette. Miss Dietrich a sa crise de larmes. » Le visage inondé de pleurs, je me réfugiais alors avec ma maquilleuse et ma coiffeuse dans ma loge.

Je n'ai jamais reproché à von Sternberg son ton cinglant. Il avait tous les droits. Parce qu'il était l'homme qui me protégeait. Parce qu'il était aussi mon ami. Ses paroles étaient toujours justes. Il avait toujours raison. Je ne lui rendrai jamais assez grâce.

Il serait certainement furieux de lire ces lignes. Je l'entends d'ici, criant : « Coupez ! » Mais comment éviter cela puisque je parle de lui, puisque je tente d'expliquer ce qu'il représentait pour moi et qu'aucune actrice, fût-elle dirigée par le plus grand metteur en scène, ne connaîtra jamais ? Impossible d'oublier ces jours, ces nuits de travail où nous étions ensemble, côte à côte, sans qu'il manifestât le moindre signe d'impatience ou de lassitude. Toujours présent, toujours oublieux de lui, de ses désirs, de ses besoins.

Un maître.

Fin des éloges. Pardon, Joe ! Mais il fallait que j'écrive cela. Je n'aurais pas pu mieux t'évoquer que tous ceux qui se sont penchés sur ton œuvre. Je me souviens simplement de toi, de ces années passées dans ton ombre. Hier...

J'ai vieilli, j'ai appris à mesurer le poids de la solitude de tes efforts et de tes pensées, de ta responsabilité envers le studio, envers moi surtout, et je ne peux m'empêcher de pleurer : « Trop tard, dit le corbeau, trop tard. » Josef von Sternberg fut un génie singulier. Un génie unique parmi ceux de sa génération et dans l'univers du cinéma.

Celui qui fut si proche des miens, de moi, fut aussi l'ami de tous les cinéphiles. Bourreau de travail, les médiocres qui l'entouraient le détestaient. Son autorité et son savoir sont irremplaçables. Sa mort laissa un vide immense.

Hollywood

Hollywood, l'endroit le plus décrié, le plus mythique au monde.

Je n'ai jamais connu les folles soirées d'Hollywood, je n'ai jamais éprouvé ce qui a fait sa gloire.

Pour moi, Hollywood (j'emploie ce terme, bien qu'il soit géographiquement erroné) est un lieu dont les habitants travaillent aussi dur que n'importe où ailleurs. On s'y lève tôt, on se précipite à l'aube dans un train, une voiture pour arriver à temps aux studios et pointer.

Dès six heures et demie du matin, les acteurs et les actrices devaient se présenter chez le coiffeur pour se faire laver, sécher, préparer les cheveux. A neuf heures, nous étions sur le plateau. Ce qui supposait que nous étions debout depuis cinq heures. Certains corps de métier sont habitués à ces horaires. Pour une actrice, une femme obligée d'être toujours impeccable, c'est une autre paire de manches. J'ai connu des actrices qui pouvaient être ravissantes dès cinq heures du matin. On les compte sur les doigts de la main. La plupart du temps, on arrivait épuisée chez le maquilleur, on se glissait furtivement dans la cabine, guettant la moindre parole de compassion... qui venait souvent. Un grand merci à tous ceux et à toutes celles qui m'ont aidée à être à l'heure sur le plateau.

En ce temps-là, les syndicats ne badinaient pas avec les règlements et maquilleur, coiffeuse, masseuse, habilleuse ne manquaient jamais à l'appel. Personne n'avait le droit d'empiéter sur le territoire du voisin. Je me souviens de cette coiffeuse qui faillit se faire renvoyer pour m'avoir signalé que la couture de mon bas était de travers. Par esprit de justice, je m'attachai les services de cette femme. Nelly Manley fut de tous mes films hollywoodiens et européens. Elle pleurait avec moi, détestait mes ennemis, refrisait mes cheveux pendant la pause du déjeuner en se privant de manger. Elle m'accompagna jusqu'à la fin. Elle était haute comme trois pommes, portait, bien avant que ce ne fût à la mode, des tennis crasseux... ce qui ne l'empêcha pas de se transformer, plus tard, en une élégante habillée par Schiaparelli...

Nelly Manley assumait auprès de moi la double fonction d'amie et de garde du corps. Elle n'avait pas la vie facile au studio, où chacun jalousait chacun. Mais elle tint bon. Souvent, en revenant du plateau, nous passions devant la loge de Bing Crosby, et quand je m'arrêtais pour écouter, elle me poussait en avant... Peut-être imaginait-elle déjà les titres du journal du lendemain qui annonceraient : « Dietrich dans la loge de Bing Crosby ! » Je n'étais pas une inconditionnelle du célèbre chanteur, mais je ne cessais de me passer les disques de Richard Tauber — ce qui était aussi son cas. Le « crooner » me confia que Tauber lui avait appris à respirer, à moduler son phrasé. Cette passion commune nous rapprocha.

Entre le plateau et ma loge, il y avait également celle de Mae West. Quelle grande dame ! Elle se montra aimable avec moi, me prodigua souvent ses conseils. Elle m'insuffla l'énergie qui me faisait défaut, avec un flair qui me stupéfia. Mais je n'étais pas la seule : les patrons de la Paramount étaient tout aussi subjugués par Mae West. Elle ne représenta jamais pour moi une « mère », car elle n'avait guère le genre maternel. Elle fut pour moi un professeur, non, un roc auquel je m'accrochais, un esprit brillant qui me comprenait et devinait tous mes problèmes. Je ne crois pas qu'elle ait alors mesuré l'importance de son influence sur moi. J'exprimais si mal mes sentiments !

A la lecture du scénario de *Desire*, d'Ernst Lubitsch, je fus horrifiée : le film commençait par un gros plan sur mes jambes. Mes jambes, toujours mes jambes ! Mais elles n'ont jamais eu qu'une fonction utilitaire pour moi : elles me permettent de marcher. Je ne voulais pas qu'on fasse tant d'histoires à propos de mes jambes. Mais Mae West me conseilla de nuancer mon point de vue et de laisser les producteurs agir à leur guise. Elle avait toujours un million de bonnes raisons pour appuyer ses points de vue, et je l'écoutais. Ainsi le film intitulé *Desire* débute-t-il par un gros plan sur mes jambes. C'est un excellent film, qui aurait fort bien pu se passer d'une telle ouverture.

Mae West était formidable, intelligente, maligne et connaissait son métier. Elle n'allait jamais dans les soirées d'Hollywood. Les starlettes devaient s'y rendre, j'imagine. Mais nous, jamais. Il était déjà assez pénible de protéger notre intimité, de vaquer à nos tâches quotidiennes, de passer des moments de détente avec les quelques amis que nous avions.

ACTRICES « GLAMOUR »

Les auteurs de dictionnaires ne parviennent pas à définir exactement le mot *glamour*. Il apparut un jour, mais personne ne l'expliqua ni n'en trouva l'origine. On m'a souvent demandé le sens de ce terme, et j'ai toujours plaidé « non coupable ».

La première actrice « glamour » fut Mae West. Ensuite, Carole Lombard. Et Dietrich. Du moins était-ce l'avis de la Paramount. Naturellement, la M.G.M. avait aussi ses actrices « glamour » : Harlow, Garbo, Crawford... En revanche, il n'y avait pas de « sex symbols ». Selon moi, ce terme apparut avec Marilyn Monroe.

Le sexe était alors tabou : « Nous devons faire ça uniquement avec les yeux », me déclara un jour Mae West. Et nous agissions toutes de cette façon. Pas de scène de déshabillage, ou à moitié nue, rien d'aussi débraillé. Je dois avouer que je préférais de loin cette méthode à ce qu'on voit aujourd'hui au cinéma. Cela me déplaît, et je suis sûre qu'il en est de même pour le public.

Aujourd'hui, le sexe compte énormément. C'est tout ce qu'on a à offrir aux gens. Tout le monde est tellement frustré que la recherche du plaisir est devenue une maladie ; c'est pourquoi les « lavages de cerveau » sont tellement en vogue : de nombreux individus paient des sommes exorbitantes aux « laveurs de cerveau » qui les aident à vivre. (Tant mieux pour les « laveurs de cerveau », s'ils peuvent s'enrichir ainsi !) Néanmoins, j'ai pitié des gens qui ont besoin de cette aide trompeuse.

Le mot « glamour » représente toujours une entité indéfinie, un état inaccessible aux femmes ordinaires, un paradis irréel, désirable mais définitivement hors de portée.

Je trouve tout cela stupide. Naturellement, nous sommes belles, sur les photos et dans la vie, mais nous ne fûmes jamais aussi extraordinaires que l'image que l'on créa à partir de nous. Nous collions à notre image, ainsi que le studio l'exigeait. Mais aucune d'entre nous ne prenait plaisir à ce travail. C'était un vrai boulot, que nous faisions bien. Si on avait demandé leur avis aux Harlow, aux Crawford, aux Lombard, toutes auraient répondu la même chose.

Le vrai « sex-symbol » fut Marilyn Monroe, car non seulement elle était naturellement « sexy », mais elle aimait cela — et elle le montrait. Mais elle arriva en un temps où la censure à laquelle nous devions nous soumettre (avec joie, dirai-je) avait disparu. Les jupes s'envolaient au niveau des hanches, dévoilant les petites culottes, accrochant l'œil du public. L'actrice n'avait plus besoin de savoir jouer.

Les metteurs en scène des années 30 n'appréciaient pas, n'exigeaient pas, ne tenaient pas à ce qu'on montrât son « derrière [1] ». Notre jeu devait se passer de tous ces « trucs de métier ». Nous nous en tirions d'ailleurs fort bien. Nous provoquions les fantasmes du public dans le monde entier ; nous suscitions les rêves et remplissions les cinémas.

Mais nous interprétions aussi des rôles sérieux, sans faire le moindre effort pour paraître « fatales ». Les films de Garbo, et les miens, appartiennent au patrimoine cinématographique. En nous voyant évoluer en bottes et tunique, en assistant à nos scènes d'amour soi-disant « torrides », les jeunes d'aujourd'hui « se passionnent » et nous aiment. Peut-être pour autre chose...

Je suis arrivée trop tard à Hollywood. J'aurais voulu vivre à une autre époque. Les anecdotes remontant au muet me mettaient l'eau à la bouche. Il y avait alors des pousse-pousse qui emmenaient les stars sur le plateau. Quand deux stars étaient en mauvais termes, les préposés aux pousse-pousse recevaient la consigne de ne jamais les faire se croiser. J'ai entendu dire que c'était le cas de Pola Negri et de Gloria Swanson. Il y avait aussi de la musique sur les plateaux. Un petit orchestre jouait un air s'accordant avec la scène qu'on tournait. L'enregistrement sonore n'existant pas, l'orchestre ne s'arrêtait pas pendant les prises, si bien que les acteurs pleuraient, riaient au rythme de la musique. Cela devait donner une impression très bizarre. Dès que les acteurs ou les actrices ouvraient la bouche, on entendait un « Coupez ! » salvateur, et les mots apparaissaient sur l'écran, joliment écrits, avant de laisser l'actrice réapparaître pour la scène suivante.

Au temps du muet, tout Hollywood bruissait de ces soirées délirantes qui ont défrayé la chronique. Les grandes vedettes y assistaient jusqu'à une heure avancée de la nuit. Le lendemain, elles pouvaient arriver avec quatre, cinq heures de retard sur le plateau. L'important était qu'elles fussent présentes. Personne ne se serait permis de les tancer, de leur « passer un savon ». Ces femmes et ces hommes régnaient sur les studios, pouvaient satis-

---

1. En français dans le texte. (NdT.)

faire tous leurs caprices, étaler leurs erreurs, leurs échecs, leurs manières suspectes, leur mauvais travail, bref, tout ce qu'on appelait alors à Hollywood, du « bidon ».

Je tiens ces anecdotes des chauffeurs de camions qui me faisaient monter sur la plate-forme arrière de leurs véhicules et m'emmenaient sur le plateau quand mes costumes étaient trop volumineux pour que je pusse les faire entrer dans une voiture. « Accroche-toi, chérie », me disaient-ils avant de démarrer lentement pour ne pas me perdre en route. Ces chauffeurs, les techniciens, les gens du maquillage et les habilleuses, tout aussi patientes que moi pendant les heures d'essayage, étaient mes meilleurs amis.

Je n'ai jamais rencontré les grands patrons du studio. J'étais considérée comme la reine en titre des studios Paramount, fait que, bien sûr, j'ignorais, et il ne fallait pas me déranger. Le courrier de mes admirateurs et admiratrices, qui resta toujours modeste, arrivait entre les mains d'employées spécialement engagées à cet effet, et qui regrettaient que je ne reçoive pas davantage de lettres. Intriguée par ce phénomène, j'appris par la suite que ceux qui aimaient mes films n'étaient pas du style « admirateur écrivant à sa vedette préférée ».

Je dus également m'habituer aux *previews* — projections en avant-première. Elles se déroulaient souvent dans une petite ville appelée Pamona. Les films y étaient présentés à un public qui ignorait tout de ce qu'il allait voir. L'affiche annonçait seulement : « Avant-première de grand studio. » Étrange coutume. Et par-dessus le marché, on distribuait des cartes devant le cinéma pour inviter le public à critiquer le film, lesquelles cartes étaient transmises au studio, puis étudiées.

Inutile d'avoir un doctorat en psychologie pour comprendre que, lorsqu'on demande à un cinéphile occasionnel de se transformer en critique, il va faire de son mieux pour souligner défauts, lacunes, erreurs, etc. Les gens du studio étudiaient pourtant scrupuleusement ces cartes, en transmettaient même le contenu au metteur en scène, et lui suggéraient certaines modifications. Des réalisateurs de ma connaissance les jetaient immédiatement au panier. Mais je me rappelle un bon exemple de l'influence stupide de ces avant-premières.

Lorsque Josef von Sternberg eut achevé le tournage de mon premier film pour la Paramount, *Morocco* fut projeté à Pamona, comme d'habitude. Gary Cooper en était la vedette masculine. Vers le milieu du film, la salle se vida. Nous restâmes finalement seuls à regarder la dernière bobine. Je demandai la permission de rentrer chez moi, convaincue que cette projection marquait la fin de ma carrière hollywoodienne. A peine arrivée, je commençai à faire mes valises. Durant mon absence, mon gros chien de berger avait dévoré, ou quasiment, la poupée noire qui, depuis *l'Ange Bleu*, était devenue ma mascotte. Je pris cela comme un signe de mauvais augure et continuai fiévreusement à faire mes bagages. Je ne regrettais rien pour moi-même. Je regrettais simplement d'avoir déçu M. von Sternberg et ceux qui avaient cru en moi. D'un autre côté, j'étais vaguement soulagée de ne pas devenir une vedette de cinéma et de pouvoir retourner dans ma famille en Allemagne.

Je ne dormis pas de la nuit, comme on s'en doute, et le lendemain matin j'étais prête à partir. A neuf heures trente, von Sternberg me téléphona pour me demander de venir le retrouver à son bureau. Là, imaginai-je, on allait me signifier mon renvoi.

Il me dit de m'asseoir de l'autre côté de la table, puis il me lança ou me tendit un journal. « Lisez », dit-il. Il y avait un court article signé Jimmy Star — un nom inconnu. Après avoir résumé le film, le journaliste écrivait : « Si cette femme ne révolutionne pas l'industrie cinématographique, alors je ne sais pas de quoi je parle. »

Je restai assise, stupéfaite, puis : « Mais j'ai déjà fait mes valises, je suis prête à rentrer chez moi, je croyais vous avoir déçu.

— Vous pouvez retourner en Allemagne quand vous voulez, me répondit von Sternberg, mais certainement pas parce que vous avez échoué ici, en Amérique. »

Il était calme, comme à son habitude ; son regard, que je ne connaissais que trop bien, se posa sur moi. Une vague odeur de cigarette planait dans son bureau ; il semblait indifférent. Je demeurais paralysée. Trop bien éduquée, une fois encore, pensai-je. Que faire maintenant ? « Révolutionner l'industrie cinématographique » signifiait simplement pour moi que je n'étais pas la nullité que j'avais cru être. Comment fait-on pour se lever d'une chaise ? Comment fait-on pour sortir d'une pièce ? Je ne savais plus. Je restai immobile.

« Vous pouvez partir maintenant, me dit-il, mais faites-moi connaître votre décision définitive. »

Je rentrai chez moi, dans la maison que j'avais louée, y retrouvai ma domestique. J'étais inquiète. Que faire ? L'impression de sécurité que je puisais dans l'obéissance avait disparu : cette fois, personne ne me donnait d'ordres, j'allais à la dérive, attendant nerveusement le coup de téléphone de mon mari qui me dirait, comme à l'accoutumée, ce qu'il convenait de faire. Il m'appela enfin, tard dans la nuit : « Ici, tout va bien. Reste à Hollywood, ne reviens à Berlin que lorsque tu le désireras. Ton film remporte un immense succès, ne laisse pas tomber le studio. »

J'allai me coucher et m'endormis immédiatement, ce qui ne m'était pas arrivé depuis fort longtemps.

Pourquoi le public avait-il quitté la salle de cinéma, ce soir mémorable ? D'abord parce qu'il avait été déçu par le nouveau style de Gary Cooper, jusqu'alors cantonné dans des rôles de cowboys. Dans *Morocco*, on ne le voit jamais à cheval. Ensuite, l'heure était venue de rallumer les poêles extérieurs des orangeraies de Pamona. Les qualités artistiques de *Morocco* n'étaient donc pas en cause.

De nos jours, on a renoncé aux « avant-premières », à cette habitude imbécile qui irritait tant les grands réalisateurs et que personne ne regrette.

STYLES D'ACTEURS

1. John Barrymore est le champion toutes catégories. A mon arrivée en Amérique, Barrymore était l'acteur le plus célèbre de tous les temps. Même pour nous, Européens, son nom était synonyme de magie. Je l'ai écouté à la radio et sur scène. Il était sublime. Quand, des années plus tard, je fis une émission de radio avec lui, il n'était plus lui-même, et nous dûmes le soutenir durant tout le spectacle. Il nous remercia, reconnut ses faiblesses. Lorsqu'il quitta le studio, nous avions tous les larmes aux yeux.

2. Les acteurs « ouais », qui ne méritent vraiment pas le qualificatif d'acteurs, car « jouer », ce n'est pas dire simplement « ouais », prononcer des monosyllabes, ou émettre des sons incompréhensibles.

3. Après les acteurs « ouais » viennent les acteurs « grommelants ». Ceux-là tiennent absolument à s'assurer que personne, pas même leur metteur en scène et encore moins l'ingénieur du son, ne pourra comprendre ce qu'ils disent (les script-girls ont renoncé depuis belle lurette à intervenir, s'en remettant au Ciel pour que les répliques des « grommelants » correspondent à celles du scénario). Ces acteurs « grommelants » représentaient le fin du fin

108

voici de nombreuses années. On les considérait comme des génies parce qu'on ne comprenait pas un mot à leurs « discours ». Leurs partenaires masculins essayaient de les surpasser en marmonnant encore moins distinctement leurs dialogues, et le résultat était hilarant.

4. Ensuite, la tendance se renversa, les acteurs se remirent à parler correctement. C'était l'époque précédant le style « où est donc passée mon autre chaussure ? ». Le créateur de ce style tout à fait original fut James Stewart. Même quand il devait faire un effort pour jouer une scène d'amour, il donnait toujours l'impression d'avoir enfilé une seule de ses chaussures et d'être à la recherche de l'autre, le tout en débitant lentement ses répliques.

Un jour je lui fis part de ces réflexions, et il me répondit : « Hein ? » Apparemment, son sens de l'humour était faiblement développé. Il joua ainsi toute sa vie, et devint très riche et très célèbre. Désormais, il n'a plus besoin de chercher son autre chaussure.

Mes partenaires américains avaient un pois chiche à la place du cerveau. Je ne dis pas qu'il n'y avait pas d'acteurs intelligents à Hollywood. La vérité est que je ne m'entendais pas avec eux.

Le seul acteur vraiment admirable avec qui j'ai travaillé fut Spencer Tracy ; malheureusement, dans *Jugement à Nuremberg*, mon rôle était très mince. Nous avons beaucoup ri ensemble, car son sens de l'humour était proche du mien.

Les acteurs européens sont très différents de leurs collègues américains. Robert Donat était excellent ; De Sica, brillant, drôle, un metteur en scène génial.

Brian Aherne [1] était fort doué et doté d'un humour anglais caustique que j'appréciais. Je n'ai jamais eu la chance de travailler avec David Niven. Voilà un acteur qui fut également un écrivain, un compagnon plein de joie, aussi agréable à écouter qu'à lire.

A une certaine période de mon existence, j'ai cru que la chance allait me sourire : il était question que je tourne avec mon ami, le grand acteur polonais Cybulski. Mais il mourut accidentellement, bien trop tôt. Il suffit d'avoir vu une seule fois ce visage (par exemple dans *Cendre et diamant*, son film le plus célèbre) pour ne jamais l'oublier, être à jamais impressionné par ces yeux dissimu-

---

1. Partenaire de Marlène Dietrich dans *le Cantique des cantiques* (*Song of Songs*, de Rouben Mamoulian, 1933). (NdT.)

lés derrière des lunettes de soleil. Je rencontrai Cybulski en Pologne, à l'occasion de l'un de mes récitals. Il tournait à Wroclaw (Breslau avant-guerre), il assista à mon spectacle après sa journée de travail. Dès notre première rencontre nous fûmes amis.

Je l'avais déjà vu à l'écran ; lui ne connaissait aucun de mes films. Il fut surpris et émerveillé par mon jeu de scène. Il m'avait prise pour une de ces créatures sans consistance d'Hollywood, il s'était laissé piéger par le mythe. Du coup, il ne rata pas un de mes spectacles. Le soir de la dernière, il organisa une fête pour mes musiciens et les techniciens. Il était le seul homme que j'ai connu capable de déboucher une bouteille de vodka en frappant le fond de la bouteille avec la paume de la main. Il répéta plusieurs fois ce tour, et les bouteilles passaient de main en main autour de la longue table, au grand plaisir de tous les convives.

Je devais surveiller l'heure, car notre train partait à minuit pour Varsovie. Cybulski resta avec nous, s'arrangea pour que toute la troupe eût des couchettes, et nous quitta, la mort dans l'âme, nous promettant de nous rejoindre dès que son film serait terminé.

Le tournage enfin achevé, Cybulski décida de prendre le même train que nous, à minuit. Mais étant arrivé en retard, il essaya de monter en marche, tomba et fut écrasé par les roues des wagons.

Aujourd'hui encore, cette mort révoltante d'un grand homme et d'un grand artiste me hante. On n'a jamais vu un acteur capable de jouer sans se servir de ses yeux, et je sais qu'il n'y en aura jamais plus. Tant mieux ! On se souvient de Cybulski — on ne peut pas en dire autant de la majorité des acteurs.

Je n'oublie pas non plus George Raft, qui fut mon partenaire dans *l'Entraîneuse fatale*, et sa gentillesse très particulière, démentie par son apparence et ses rôles de dur : il ne l'était pas. Il est devenu un bon ami, contrairement à beaucoup d'acteurs que j'ai fréquentés et avec qui j'ai travaillé. Le tournage d'un film dure des mois, pas toujours très harmonieux, mais, malgré tout, on s'attache aux membres de l'équipe. Pourtant, dès que le dernier plan est « dans la boîte », certains acteurs s'en vont sans ressentir le moindre déchirement, la moindre sensation de perte. Ce ne fut jamais mon cas.

J'ai été l'innocent objet de cette passion, de cette maladie qui m'a poursuivie sans relâche. De mon chauffeur, Bridges, que j'aimai dès mon arrivée en Californie et qui m'assista pendant la période des menaces d'enlèvement contre ma fille, puis en France, jusqu'aux manucures, aux coiffeuses, au personnel féminin de la publicité, aux photographes, jusqu'au moindre ami (je parle de mes *vrais* amis), et aux metteurs en scène (les plus grands et les autres, tels Tay Garnett, George Marshall), tous m'ont assiégée de leur jalousie.

Mes chefs d'orchestre furent tous sans exception jaloux de Burt Bacharach, car il était le seul et unique musicien en qui j'eusse entièrement confiance, le seul et unique sur lequel je me reposasse totalement, et avec maintes bonnes raisons. Mais la jalousie m'accompagna dans toutes mes tournées, et je l'affrontai en soldat. Je n'ai jamais rien reproché à personne. Je n'ai jamais dit « Burt aurait fait ceci comme cela » ou « Burt aurait fait cela comme ceci ». Je n'ouvrais pas la bouche et je travaillais ; mieux : j'ouvrais la bouche pour chanter comme il me l'avait appris. Moi seule savais ce que j'avais perdu en le perdant, et je ressens encore son absence aujourd'hui.

Jusqu'à sa mort, Burt Bacharach a refusé de reconnaître qu'il m'avait tout appris en matière musicale. Il ne voulait pas de gloire, pas d'honneurs. Quel « honneur » y aurait-il eu d'ailleurs à être le chef d'orchestre, le musicien, l'arrangeur, le professeur d'une actrice de cinéma reconvertie à la chanson ? « Zéro ! » pour reprendre un terme qui lui était cher. Et pourtant, tous ceux qui approchaient Burt Bacharach étaient jaloux de lui. Ils enviaient ma dévotion à son égard, n'admettaient pas qu'il eût réussi là où ils avaient échoué. Burt Bacharach avait d'abord suivi les cours de l'Académie de musique de Montréal, puis ceux de l'Académie Juilliard. Il avait étudié la composition. A son talent de compositeur, il joignait celui de chef d'orchestre, ce qui explique les sentiments de certains de ses « collègues » moins doués que lui.

La jalousie a gâché plus d'une vie. Pas la mienne, grâce au Ciel. Je n'ai jamais été jalouse de quiconque. « Jalousie », ce n'est pour moi qu'un mot du dictionnaire, un mot qui a pourtant marqué ma vie professionnelle et privée.

Jacques Feyder, le grand metteur en scène français, manifestait une jalousie féroce pour mes autres réalisateurs et prenait un malin plaisir à me torturer en présence de mes partenaires,

111

jusqu'au jour (je devais tourner, nue, les cheveux ramenés au sommet de ma tête, dans une antique baignoire) où il s'effondra et fit amende honorable.

Le seul à échapper au syndrome galopant de la jalousie était Frank Borzage. Je l'aimais énormément. Il me dirigea dans *Desire*, dont la mise en scène est attribuée à tort à Ernst Lubitsch ; Lubitsch écrivit le scénario, mais il ne dirigea pas le film.

Il y avait aussi l'envie des chefs opérateurs, qui prétendaient avoir créé les techniques d'éclairage mises au point par von Sternberg, celle de ces dentistes qui juraient sur la Bible m'avoir arraché les molaires afin de façonner ce visage qui fit se pâmer le monde entier. Dieu merci, la jalousie n'avait pas de prise sur ma famille et mes proches. Mon mari, ma fille, mes amis étaient trop intelligents et brillants pour se laisser contaminer. Quant à moi, j'avais développé des mécanismes de défense très efficaces pour me protéger de toutes les flèches qu'on me décochait.

Ma vie était loin d'être facile. J'ai commencé à travailler à dix-sept ans. J'ai payé mes impôts et, je l'avoue, j'ai aidé beaucoup de gens dans le besoin. Cela me paraît normal — tout ce qu'il y a de plus banal : si vous avez de l'argent, donnez-le ; si vous n'en avez pas, vous ne pouvez donner autant que vous aimeriez donner. C'est aussi simple que cela.

Je souffre toujours de devoir refuser une aide financière aux milliers d'inconnus qui me demandent de payer leurs hypothèques, l'éducation de leurs enfants, leurs notes d'hôpital, etc. J'aimerais avoir assez d'argent pour soulager leurs douleurs. C'est le devoir des riches, mais je ne fais plus partie de cette catégorie.

J'ai vraiment admiré Onassis. Contrairement à la plupart des nantis, il était loin d'être ennuyeux. Il débordait de joie de vivre, d'une générosité dont tout le monde profitait. Je le rencontrai alors que je tournais un film pour De Sica, et je découvris en lui un authentique ami doublé d'un homme qui m'apprit une foule de choses. Hélas ! je n'ai jamais pu suivre ses conseils : il faut de l'argent pour en gagner encore plus. Il possédait un sens de l'humour fort rare chez les riches. Nous nous entendîmes à merveille, mais notre amitié fut de courte durée, car je dus partir pour Rome terminer mon film. Il me laissa l'impression ineffaçable d'un être extraordinaire.

Géants

Charles Chaplin

Nous nous liâmes alors qu'il se débattait avec l'un de ses nombreux divorces et passâmes de nombreuses soirées ensemble — jamais très prolongées car, lui comme moi, nous devions nous lever de bonne heure pour nous rendre au studio.

Ce qui nous rapprochait avant toute chose était notre sentimentalisme. A ne pas confondre avec les « sentiments ». La musique que composait Chaplin était « sentimentale » (on dirait aujourd'hui *schmaltzy*), elle coulait comme du miel sur mon âme. Mon tempérament allemand, ses racines anglaises s'épousaient parfaitement. Mais il m'arrivait de ne pas être d'accord avec lui... ainsi lorsque je découvris qu'il souffrait d'un mal terrible baptisé « Hitler ». S'apprêtant à réaliser *le Dictateur*, il était normal qu'il fût fasciné par son modèle. Mais il allait au-delà du personnage et cette « possession » provoquait souvent ma colère et dégénérait en violentes disputes. En dehors de cela, j'approuvais inconditionnellement son esprit audacieux, mais admettais aussi qu'il était difficile pour un être aussi arrogant que lui de se mesurer à une Allemande aussi têtue que moi. Ma gloire le laissait froid, bien qu'il recherchât la compagnie des célébrités — ce que je ne lui reprocherai pas ; pour attirer l'attention de millions d'individus, les stars sont obligées de se démarquer de la masse, et Charles Chaplin était suffisamment curieux pour percer à jour leurs pensées secrètes, en jouant sans cesse la comédie, en plaisantant, en cherchant son public, en guettant les applaudissements.

J'aimais son arrogance, sa vanité. Chez les hommes de son calibre, l'arrogance est une qualité. Pas chez une femme. Les femmes arrogantes sont des enquiquineuses.

Chaplin et moi nous sommes rencontrés pour la dernière fois à Paris, lors d'un gala de charité à la Comédie-Française. A cette époque, sa double activité de comédien et de producteur lui laissait peu de temps libre.

Je ne peux rien ajouter à tout ce qui a été écrit sur ce grand homme. La seule pensée qui me vient à l'esprit est que sa prétendue « sentimentalité » fut un atout majeur dans un monde de politiciens pourris. Et qu'il les roula tous.

Hitchcock

Je n'ai tourné qu'un film avec lui, *le Grand Alibi*. Ce qui m'a le plus impressionnée chez Hitchcock, c'est son autorité tranquille, sa faculté de donner des ordres sans passer pour un dictateur.

Hitchcock réussissait à passionner, éclairer, dominer, instruire, ensorceler, sans le moindre effort. Et pourtant, tout au fond de lui, c'était un timide.

Hitchcock tourna *le Grand Alibi* à Londres, alors que le rationnement sévissait encore. Il résolut ce problème en faisant venir d'Amérique par avion des steaks et des rôtis, qu'il faisait livrer au meilleur restaurant de Londres avant de nous inviter, Jane Wyman et moi-même, à partager des dîners somptueux après le travail. « Il faut nourrir les dames », disait-il, pendant que nous dévorions avec reconnaissance ces extraordinaires festins. En dehors du studio, ces dîners furent les seuls contacts que nous eûmes avec lui. Il nous gardait à distance. Comme tant de génies, il n'aimait pas être adulé.

J'adorais son sens très anglais de l'humour ; il ne cessait de plaisanter avec nous, sans jamais jouer de sa célébrité ni rechercher nos applaudissements. Selon un proverbe allemand : « *Oft kopiert und nie erreicht* [1] » — Hitchcock était ainsi.

Raimu

Raimu fut aussi un de mes héros.

Je l'adorais, je connaissais tous ses films par cœur. *La Femme du boulanger* était mon préféré ; je me trouvais en France peu après la sortie du film.

1. « Souvent copié, jamais égalé » (NdT).

114

Un soir où je dînais au restaurant, une silhouette masculine et massive se pencha soudain au-dessus de moi, et une voix que je ne connaissais que trop bien me dit : « Je m'appelle Raimu. »

Je me dressai, muette. Comment réagir quand on est brusquement confrontée à son idole ? Je bafouillai quelque chose, et il se montra fort aimable.

Personne ne l'a remplacé. Aucun acteur ne lui est jamais arrivé à la cheville.

Richard Burton

Voici un être qui est non seulement un grand acteur, mais un homme qui fait battre nos cœurs plus vite — un mâle d'une séduction consommée, l'homme pour qui on a inventé le mot « charisme », l'idéal dont toutes les filles et toutes les femmes rêvent, la perfection contre laquelle elles voudraient échanger leurs journées silencieuses et laborieuses.

Il nous surprendra toujours — sur scène et dans la vie. Je suis complètement sous son charme, je l'ai toujours été, mais, hélas, je l'ai rencontré alors qu'il était très amoureux d'une autre femme, si bien que je n'ai rien pu faire. La qualité que j'apprécie chez lui presque autant que son jeu d'acteur, c'est son talent d'écrivain.

L'édition et le public sous-estiment beaucoup ses dons dans ce domaine. Mais peut-être attend-il son heure, et se consacrera-t-il un beau jour entièrement à l'écriture. Lisez donc son *Conte de Noël* et vous tomberez amoureuse de lui — si ce n'est déjà fait. Il finira certainement par écrire une histoire d'amour où se mêleront son pays, ses ancêtres, et le peuple qu'il connaît, les Gallois — un peuple qui m'est cher.

Richard Burton semble avoir renoncé au théâtre pour se consacrer au cinéma, où je ne vais jamais. Mais s'il remontait sur scène, je ferais volontiers le voyage à Londres pour l'applaudir, comme beaucoup de ses admiratrices. Il est tellement rare de voir des acteurs de sa génération surpasser les plus grands.

J'ai vu Laurence Olivier sur une scène britannique, mais depuis, il s'est mis à jouer dans des spots publicitaires.

Un grand acteur qui fait « de la pub » montre par là qu'il a besoin d'argent. Bien sûr, je sais qu'un acteur a aussi des enfants à nourrir, mais, en femme vieux jeu, je déplore cette décision, car elle détruit obligatoirement l'image. On ne peut être le roi Lear et la minute suivante vendre un quelconque produit. John Wayne a tourné un spot publicitaire, habillé de pied en cap en cow-boy, pour vanter les mérites de cachets contre la migraine ; je crois n'avoir jamais rien vu d'aussi désopilant à la télévision : un « homme des grands espaces », à cheval, avec son chapeau et tous les accessoires du parfait cow-boy, en train de vous chanter les vertus d'un cachet contre la migraine, c'est d'un comique !

Burton ne ferait jamais une chose pareille. Il dépasse de la tête et des épaules tous les membres de sa profession. Et puis il n'a pas besoin de gagner de l'argent de cette façon.

Il forge ses propres règles, et il s'y tient.

Je l'aime, je l'adore encore plus que je ne saurais le dire ou l'écrire.

Sir Alexander Fleming

Presque le premier de mes héros !

Je tournais un film à Londres quand mes chers amis M. et Mme Spolianski me proposèrent de me présenter à Fleming. Je n'avais pas particulièrement envie de le connaître. Je voulais seulement le voir, même de loin, mais ils m'affirmèrent qu'il était facile de me le faire rencontrer : un de leurs proches, le Dr Hindle, que ses travaux sur les virus de la fièvre jaune avaient rendu célèbre, pouvait arranger un dîner chez eux, à condition que je m'occupe personnellement du menu. Je tremblais de frayeur. Je télégraphiai à Erich Maria Remarque à New York pour lui demander quels étaient les meilleurs vins à servir avec le dîner, et il me répondit promptement. Pourquoi toute cette excitation ? Parce que Alexander Fleming avait la réputation d'être un grand connaisseur en vins, et d'être aussi le plus fin gourmet de Londres.

C'était un défi ! Ayant obtenu la permission de quitter le studio plus tôt, j'arrivai chez mes amis à temps pour préparer le somptueux dîner auquel j'avais pensé. Alexander Fleming se présenta à huit heures précises, accompagné par le Dr Hindle.

Je pris son manteau, simple geste qui faillit me faire fondre en larmes, car la petite chaîne du col (prévue pour accrocher le vêtement) était cassée. Je savais qu'il était veuf. Mes amis et moi nous étions promis de ne pas lui dire un mot de la pénicilline, parce que j'étais persuadée qu'il ne voulait plus en entendre parler.

On passa à table. J'observais Fleming qui mangeait comme si de rien n'était. J'étais calme. Mais mon voisin de table, le Dr Hindle, faisait largement honneur au repas tout en vantant la nourriture, le vin, le goût de chaque mets ; je crus qu'il faisait cela uniquement pour me rassurer sur mes talents culinaires. Je débouchais bouteille de vin sur bouteille de vin — celles recommandées par Remarque —, et le dîner s'acheva enfin. Le Dr Hindle avait été le « gourmet » de la soirée. J'étais mal à l'aise parce que Fleming n'avait rien dit. Je me demandais si cela ne tenait pas à sa méfiance envers admirateurs et admiratrices, ce que je n'aurais que trop bien compris. Bref, nous quittâmes la salle à manger pour passer au salon.

Nouveau silence, nouvelle gêne pour moi. Mes amis resteraient-ils fidèles à leur promesse ?

Ils tinrent bon. Nous évoquâmes les grands succès de Mischa Spolianski : *Tell me tonight (Be mine tonight)*; toutes les chansons écrites par Mischa Spolianski ; Fleming fredonna même quelques mesures de *Heute Nacht oder nie* et chanta fièrement quelques paroles.

Brusquement, Fleming plongea la main dans la poche de sa veste. Un ange passa.

Il en sortit un petit objet, qu'il me tendit par-dessus la table en disant : « Je vous ai apporté quelque chose. » Touchant sa main, je pris l'objet. C'était rond, recouvert de verre. « C'est la seule chose que j'ai pensé pouvoir vous offrir, me dit-il. Il s'agit de la première culture de pénicilline. »

Nous faillîmes tous pleurer (le Dr Hindle excepté, naturellement), et la soirée se termina sur des baisers et le serment de ne jamais nous perdre de vue. De retour aux États-Unis, j'envoyai régulièrement à Fleming des œufs et autres denrées qu'on ne trouvait pas en Angleterre à l'époque. Il se remaria, et ses dernières années ne furent pas solitaires.

Autre personnage solitaire, autre génie. Tous ont cela en commun — la solitude.

On dresse des monuments à la gloire de chanteurs pop, mais je n'en ai jamais vu à la gloire de Sir Alexander Fleming. Peut-être y en a-t-il un quelque part. Il le mériterait.

Orson Welles

Je suis devenue une admiratrice d'Orson Welles bien avant qu'il me connaisse.

Fletcher Markle, un de ses disciples, réalisa de nombreuses émissions radiophoniques avec moi ; grâce à lui, j'ai abordé des rôles aussi différents que ceux d'Anna Karenine ou de la Dame aux Camélias, me suis consacrée au répertoire moderne, toutes choses que ne m'offrit jamais le cinéma.

117

Orson Welles, déjà insaisissable à l'époque, ne devint un ami intime que lorsque je remplaçai Rita Hayworth dans un spectacle de magie organisé à Hollywood au profit des troupes mobilisées.

Rita tournait alors pour la Columbia Pictures, et Harry Cohn, le tyran, lui interdit de continuer à s'exhiber pour de simples G.I's. Orson Welles avait donc un besoin urgent d'une nouvelle actrice en vogue.

Je me précipitai naturellement à son secours. Ce travail qui retenait toutes mes soirées après sept heures m'enchanta. Orson Welles avait loué un terrain à Hollywood, sur lequel il avait dressé un chapiteau. L'actrice Agnes Moorehead s'occupait des attractions, et nous assurions le spectacle proprement dit. On vendait des billets pour les trois premiers rangs à ceux qui en avaient les moyens, ce qui permit à Orson Welles de payer les participants. Il avait appris mille et un tours de magie, mais cela ne lui suffisait pas. Il effectuait à l'envers les tours que les autres magiciens exécutaient depuis des années, commençant par la fin et remontant jusqu'au début. C'était fabuleux. Soir après soir, je l'ai regardé faire, avant et après mon numéro, sans jamais réussir à découvrir ses trucs. Et je ne les connais toujours pas. Quand j'organisai des spectacles pour l'armée et que j'eus besoin de trouver des numéros, il m'enseigna pourtant quelques-uns de ses secrets, et en particulier à lire dans les pensées. Welles était d'une générosité extraordinaire. Comme tous les grands talents, que leur richesse intérieure protège de la mesquinerie, et qui offrent volontiers aux autres leurs idées, leurs expériences et leurs rêves. L'aimer était facile.

En quittant l'armée, je n'avais plus le sou ; Welles me proposa sa maison. Je m'y installai et travaillai avec lui pour la radio jusqu'à la fin de la guerre du Pacifique. Nous passions le plus clair de notre temps au studio, devant un micro où il était bien meilleur que moi.

Notre collaboration se prolongea jusqu'au jour où on nous annonça qu'on n'avait plus besoin de nos services. Nous ne nous embrassâmes pas, ne tombâmes pas dans les bras l'un de l'autre. Orson Welles ne mange pas de ce pain-là. Moi non plus, d'ailleurs. Nous poursuivîmes notre besogne comme si de rien n'était, et rangeâmes le matériel du studio avant de rentrer à la maison.

Je n'ai eu qu'une seule occasion de travailler au cinéma avec Orson Welles, dans *la Soif du mal*. Le budget alloué par l'Universal à Welles était misérable. Une aumône offerte à un mendiant.

Welles fut donc obligé de battre le rappel de ses amis, dont Mercedes McCambridge et moi...

Aujourd'hui, *la Soif du mal* est un classique international. Mais en 1958, l'Universal se moquait de ce film comme de l'an quarante, méprisait Welles d'une façon abjecte, scandaleuse.

Quand, bien des années plus tard, Orson Welles reçut un oscar [1], je n'ai pas supporté l'hypocrisie des patrons de l'Universal. J'aurais aimé leur jeter une bombe pour les envoyer au paradis — ou plutôt en enfer.

Mais revenons au tournage de *la Soif du mal*. Renouant avec les méthodes de von Sternberg, Orson Welles m'avait dit de préparer moi-même mon costume et de me présenter sur le plateau à la date prévue, prête pour le tournage. Nous devions nous retrouver vers huit heures du soir, à Santa Monica, où il avait découvert un bungalow tombant presque en ruine qu'il avait meublé, et où il avait même installé un piano mécanique. « Dans le film, vous dirigerez un bordel mexicain, m'avait-il expliqué, alors soignez votre costume en conséquence, et soyez à l'heure. »

Le jour dit, j'arrivai en tenue pour le tournage. J'avais écumé les garde-robes de tous les costumiers de cinéma de ma connaissance et j'avais revêtu des jupes, des gilets, des boucles d'oreilles, des perruques, etc., pour que Welles ait un certain choix. Je me présentai à Santa Monica en avance, comme d'habitude, et je marchai vers lui, espérant un signe d'approbation, mais il se détourna de moi, avant de faire volte-face et de pousser un cri, car il ne m'avait pas reconnue du premier coup. Sa réaction dépassait mes espérances. Il me prit dans ses bras en criant de joie.

Je n'ai travaillé qu'un soir pour lui. Mais, tant pis pour ma modestie, je crois n'avoir jamais si bien joué qu'à ce moment-là.

Mon rôle dans *la Soif du mal* est tout à fait secondaire, mais ma composition enchanta Welles, et cela me suffit. Je n'ai plus jamais retravaillé avec lui. Voyageant sans arrêt dans des pays différents, nous ne nous sommes pas souvent revus. En revanche, nous sommes restés en contact grâce au téléphone, et chacun a toujours su où trouver l'autre.

Dans mes « biographies », on donne souvent la liste des « Films de Marlène Dietrich », des films qui ne furent absolument pas les miens. Dans certains, tournés par des amis, je fais une simple apparition, ou bien, pour m'amuser, je joue dans une scène si

---

1. Il s'agissait d'un oscar spécial décerné en 1975 par l'American Film Institute. Orson Welles était le troisième à recevoir cette récompense, après John Ford et James Cagney. (NdT.)

courte que personne ne peut dire s'il s'agit réellement de moi. Dans l'une de ces productions, *Follow the Boys*, je répète avec Orson Welles le numéro de magie que nous exécutions autrefois pour les G.I.'s, où il me coupait en deux. Dans d'autres, on me voit parfois un peu plus longuement, ainsi dans *le Tour du monde en 80 jours* de Michael Todd, mais il est hors de question d'inclure ce genre d'œuvre dans les « Films de Marlène Dietrich ». Autre exemple : *Paris When it Sizzles* [1]. Au moment du tournage, j'étais à Paris. Le producteur et le metteur en scène pensèrent qu'il serait drôle de me montrer devant chez Christian Dior et de me faire entrer dans la boutique du célèbre couturier. Naturellement, j'acceptai, mais quand je vois ce titre figurer dans la liste de *mes* films, je suis furieuse. C'est une escroquerie et, surtout, c'est très humiliant pour les vedettes de ces films.

Parmi les nombreuses choses que m'enseigna Orson Welles, il y en a une relative à l'amour.

Assis sur le rebord de la fenêtre de ma chambre d'hôtel parisien (le George-V, « le Cinquième », comme l'appellent les Américains), il m'avertit : « Souviens-toi bien de ce que je vais te dire. Tu ne peux rendre heureux l'homme que tu aimes, même si tu lui obéis et que tu joues comme il l'entend, *si toi-même tu n'es pas heureuse.* »

Incroyable, non ? Je n'avais jamais compris cela. Je croyais que, lorsqu'on était gentille tout plein et qu'on reprisait docilement les chaussettes de l'être élu, on ne pouvait qu'être heureuse. Innocente, moi ? Je l'étais et le suis encore sous bien des rapports. Quand on passe son enfance, son adolescence et sa vie de femme en milieu protégé, on n'apprend jamais tout ce que les autres femmes apprennent, elles, quand elles vivent sans garde-fou. Mais mon innocence est une bénédiction. Elle me rend peut-être ennuyeuse, mais ceux qu'elle risquait d'ennuyer ne sont jamais restés longtemps à mes côtés.

Orson tournait *la Décade prodigieuse*, en Alsace et en Lorraine. Je pris l'avion afin de passer quelques jours avec lui, pour me « recharger ». Sa compagnie et le regard qu'il pose sur vous suffisent à « recharger vos batteries ».

Au cours de cette visite à Ottrott-le-Haut, nous restions souvent tous les deux assis pendant des heures quand il avait un jour libre,

---

1. Titre français : *Deux Têtes folles.* Film de Richard Quine, avec William Holden et Audrey Hepburn (1964).

ou simplement une matinée — et les phrases éblouissantes ne cessaient de fuser de sa bouche.

Quand nous nous retrouvons, nous ne parlons jamais de nos vies privées ni de nos problèmes. Je ne m'impose jamais à lui. Je m'efforce d'être une amie agréable. En tout cas, j'ai toujours été pour lui une amie fidèle, et il en conviendrait sans doute si on devait un jour l'interroger à ce sujet.

De grands écrivains, des critiques, surtout européens, ont évoqué l'immense talent d'Orson Welles. Je n'ajouterai donc rien. En France, Welles est considéré comme le Christ descendu sur terre pour faire des films, mais la France est un pays très cultivé. J'aimerais qu'Orson Welles enseigne. Je ne sais pas si cela l'intéresserait. Mais je sais qu'en ce domaine, il a aussi un talent éblouissant.

L'Europe méprise l'accent soi-disant américain. Les Européens jugent cet accent d'après les films qu'ils voient. Pourtant, l'américain peut aussi être une langue superbe — aussi belle que l'anglais. Mais il faut la parler correctement, ce qui est le cas d'Orson Welles. Il parle ce que les Allemands appelleraient le « *haut* américain ». Orson m'expliqua cela un jour où, avec mon incorrigible innocence, je lui déclarais que je trouvais l'américain hideux, que tous les Américains semblaient avoir une pomme de terre brûlante dans la bouche, et pis encore. J'avais fait de mon mieux pour imiter cet accent, sans, heureusement, jamais y réussir.

L'accent de la plupart des Américains trahit leur lieu d'origine. Certains en sont d'ailleurs très fiers. J'aime, par exemple, l'accent traînant du Texas. Mais c'est un prétexte à plaisanteries. Si vous occupez une position importante, il vaut infiniment mieux parler un américain pur, même si cela demande quelque effort. Toute chose mérite d'être apprise.

Tous les cinéphiles savent qu'Orson Welles révolutionna la prise de vues en contre-plongée. Eisenstein avait utilisé la même technique en extérieurs. Orson Welles, lui, s'en servit en intérieur, et, du jour au lendemain, il fallut poser des plafonds sur les plateaux parce que la caméra pointait vers le haut. Lorsque j'étais à Hollywood, les plateaux n'avaient pas de plafond. Partout des planches soutenaient de lourds projecteurs et les électriciens rôtissaient dans l'air étouffant, sous le toit des studios. Dès qu'on faisait une pause, je m'inquiétais pour ces malheureux. Leur travail était dangereux, tout là-haut. Une chute n'était pas exclue.

Orson Welles ajouta des plafonds sur le plateau, et nous n'eûmes plus à nous préoccuper des électriciens. Orson Welles déplaça alors les projecteurs et photographia la pièce par en dessous, fit bouger la caméra comme personne n'avait jamais osé le faire avant lui. Il suffit de voir *la Splendeur des Amberson* pour se convaincre de son génie.

Orson Welles révolutionna le septième art. Il en est un homme phare. Contrairement à von Sternberg, il ne contrariait pas ses collaborateurs. Il se montrait toujours aimable et compréhensif : il n'attirait pas la haine que von Sternberg provoquait si aisément.

Orson Welles fut le premier à utiliser la caméra à l'épaule, la substituant ainsi aux grosses caméras encombrantes et immobiles de jadis, avec la seule aide d'un « dispositif pour les panoramiques ». Les caméras avec lesquelles on peut filmer à la main, donc beaucoup plus maniables, sont aujourd'hui monnaie courante. Ce n'était pas le cas dans les studios où j'ai travaillé. Ce qui était merveilleux chez Orson Welles, c'était qu'il obtenait des angles étonnants et les équipes de jeunes opérateurs rampaient sur le sol avec leurs appareils, traquant quelque chose de nouveau, de jamais vu dans un grand film.

Quand la journée s'achevait à Santa Monica, Orson Welles était content. Un artiste digne de ce nom ne sera jamais plus que content. Un artiste authentique n'est jamais « satisfait ». Contrairement à ceux de moindre importance, il doute toujours du résultat final. Un jour que je me trouvais en coulisses avec Sviatoslav Richter, le grand pianiste, il me prit la main en disant : « Ce n'était pas parfait, ce n'était même pas bon », alors que la salle de concerts croulait sous les applaudissements et qu'il lâchait ma main pour retourner saluer le public. J'eus l'occasion de revoir Richter à Edimbourg, à Paris. Et à chaque fois, nous devisions tranquillement. Et il ne cessait d'exprimer son insatisfaction critique et je me demande comment j'aurais pu le contredire. Il m'avait vue jouer, il avait été séduit par mes rôles, mais il ne m'écoutait pas formuler certaines réserves sur mon travail.

Un soir, le public était réuni autour de lui sur la scène. Au cours d'un morceau, une femme s'écroula, morte, juste derrière lui. On la transporta hors de la salle. Je fus très impressionnée par cet incident, mais je songeai : « Quel sort enviable que de s'en aller pendant un morceau exécuté par Richter ! Quelle immense sensation musicale a éprouvée cette femme en expirant ! » Mais Richter n'était pas de cet avis : il était bouleversé.

Orson Welles trouve toujours cent choses à redire à tous ses films ! Il vous expliquera en détail comment cela aurait dû être, et, comme d'habitude, il aura raison sur toute la ligne. Sans pitié —

122

totalement lucide —, se remettant sans cesse en question, il luttera comme un lion pour défendre ses idées et, naturellement, son droit à monter le film comme il l'entend.

Je dois revenir sur cette phase du travail cinématographique : le montage. Tous les metteurs en scène connaissant leur travail se réservent par contrat le droit de monter eux-mêmes leurs films. En revanche, ceux qui ne connaissent rien au montage abandonnent ce travail délicat à autrui. Le monteur découpe alors le film selon le scénario : il a le scénario à côté de lui et le suit à la lettre, ici un gros plan, là un plan général — travail de montage tout ce qu'il y a de plus mécanique.

Le monteur n'a ni le savoir, ni le talent, ni l'intuition nécessaires pour monter comme un maître, ou un créateur. Le résultat est plus ou moins conforme au « découpage » initial, qui est toujours d'une grande sécheresse. C'est prévisible, car les gens qui écrivent les scénarios ne sont plus là quand on tourne les scènes, qui sont d'ailleurs presque toujours modifiées en cours de tournage.

Orson Welles refusait le hasard inhérent à pareille méthode. Tenant fermement la barre, tel le capitaine d'un navire progressant au milieu des flots déchaînés, il supervisait son travail du début à la fin, endossant toutes les responsabilités : manuscrit, prises de vues, jeu des acteurs.

Malgré sa jeunesse, il travaillait alors sans scénario, comme le faisaient si bien les grands metteurs en scène d'autrefois.

Il restera toujours l' « enfant prodige » du cinéma.

Billy Wilder

La souplesse est un don inestimable, que possèdent tous les esprits supérieurs. Débordant d'imagination, ils surmontent tous les obstacles qu'ils rencontrent. Ils remplacent facilement, avec bonheur, une chose par une autre, car leur réserve d'idées est inépuisable. Rien ne les démonte jamais, et surtout pas les problèmes techniques. Parce qu'ils connaissent les secrets de leur profession sur le bout des doigts, ils ont assez d'autorité pour obliger les esprits sceptiques à plier. En un temps où régnait l'autocensure, je pus constater de mes propres yeux l'efficacité du talent.

Nous répétions une scène : répétitions des mouvements de caméra, puis des éclairages, et quand tout était prêt, un émissaire de la production arrivait sur le plateau et annonçait au réalisateur qu'on ne pouvait pas photographier la scène de cette manière. Il était hors de question (et je ne parle pas de la préhistoire !) de voir un homme et une femme assis sur un lit, même si le dessus-de-lit était parfaitement lisse.

Je me rappelle une scène de ce genre dans le film que je tournai en 1947 avec Billy Wilder, *la Scandaleuse de Berlin*. L'histoire se passait en Allemagne, ravagée par les bombardements, dans la chambre d'une pauvre fille qui n'avait pas les moyens de s'offrir un sofa, et encore moins un salon. Mais il était formellement interdit que deux personnes de sexe différent se juchent sur un lit, fût-il recouvert.

Billy Wilder sourit à ces remarques, opina plusieurs fois du chef, puis promit de modifier ce qu'il fallait changer. Cette remarque, je m'en souviens, me rendit furieuse. Je clamai mon indignation, et Billy Wilder de répondre : « Tout le monde va déjeuner. Rendez-vous ici dans une heure. »

Billy Wilder n'était nullement irrité. Il se creusa la cervelle, fit appel à toute son imagination, et résolut le problème pendant que nous déjeunions. Le décor recomposé, il fut prêt à tourner, toujours souriant et plaisantant, comme d'habitude. Ensuite, il me dit qu'en l'obligeant à reconstruire la scène, le père la pudeur du studio lui avait rendu service.

« J'ai plus d'un tour dans mon sac », disait-il souvent. Écrivain, metteur en scène, il ne manquait jamais de ressources, et il adorait les défis qui l'obligeaient à se surpasser. Billy Wilder était comme un maître d'œuvre qui connaît ses outils et les utilise au mieux pour forger la structure à laquelle il suspend les guirlandes de son humour et de sa sagesse.

Pendant le tournage de *Témoin à charge*, en 1958, je passai des moments merveilleux avec lui et Charles Laughton.

Le producteur du film m'avait téléphoné à New York pour me proposer le rôle. Le soir même, j'assistai à une représentation de la pièce à Broadway. La perspective d'interpréter ce rôle m'enthousiasma. Naturellement, ce qui m'inquiétait était le déguisement de « l'autre femme », et je me donnai un mal de chien pour me métamorphoser en un personnage aussi différent que possible de celui que j'étais dans la vie. L'intrigue reposant tout entière sur cette transformation, je n'épargnai aucun effort pour devenir une femme ordinaire, laide, capable de duper le plus grand des avocats.

Mes nombreux essais ne me satisfirent pas. Je maquillai mon nez, l'enduisant de mastic pour l'épaissir, et appelai Orson Welles

— grand spécialiste des nez — à la rescousse. J'arrivai pour le plan général où l'on me voyait marcher le long des rails du métro avec des rembourrages aux hanches et sur les jambes. J'enroulai des morceaux de mouchoirs en papier autour de mes doigts, comme s'ils eussent été déformés par l'arthrite, et pour achever le tableau, j'enduisis mes ongles de vernis sombre. Billy Wilder n'émit aucun commentaire : à l'instar de tous les grands réalisateurs, il laissait carte blanche à ses comédiens en matière de costumes.

Il restait pourtant un obstacle de taille à surmonter : comment obtenir l'accent cockney de cette femme née de mon imagination ? Le studio trancha : nous serions doublées, mais je prononcerais néanmoins les quelques répliques prévues dans le scénario.

« Jouons-leur un bon tour, me dit Charles Laughton : je vais vous apprendre l'accent cockney, vous direz vos répliques dans le plus pur cockney qui soit. J'en garantis l'authenticité. De toute façon, à Hollywood, on n'y connaît rien ! »

Je me rendis chez Charles Laughton : sa femme, Elsa Lanchester, se montra très aimable. Nous nous installâmes au bout de la piscine, et Charles Laughton commença mon apprentissage. Le cockney étant assez proche de l'argot berlinois, avec ses sonorités nasales, ses incorrections grammaticales à chaque coin de phrase, je fis des progrès rapides.

Mais jouer dans ce jargon, c'était bien différent. Charles Laughton ne quittait pas le plateau tandis que, son travail terminé, il aurait pu rentrer chez lui. Tel un aigle attaché à sa proie, il surveillait mon jeu et ma diction. Il assuma toute la responsabilité de cette séquence. Billy Wilder, qui n'était pas expert en la matière, s'inclina volontiers devant Laughton. « Vous ne remporterez jamais un oscar pour cela, me prévint-il pourtant. Les gens n'aiment pas qu'on les trompe. »

Je me moquais de son avertissement. Empocher un oscar ne signifie absolument rien pour moi. On les remet — je l'ai constaté — à n'importe qui. C'est une des plus grandes escroqueries du siècle. Comme la décision finale est prise par tous les membres de cette prétendue académie, si un film emploie deux mille personnes, elles voteront à l'unanimité pour le film sur lequel elles auront travaillé. Par conséquent, cela fera deux mille voix, contre mille voix pour un film, plus modeste, n'ayant embauché que mille personnes.

En évoquant le système très particulier de scrutin de l'Académie des oscars, Charles Laughton ne pouvait s'empêcher d'éclater de son merveilleux rire. C'était un formidable acteur, intègre, agréable, ne manifestant aucun des caprices et des accès de mauvaise humeur que tant de bons acteurs imposent aux producteurs. Il était généreux, très généreux même, et très intelligent. « J'adore jouer les aveugles, disait-il ; il suffit de fermer les yeux, de tenir la rampe d'escalier et de descendre. Facile comme bonjour. Tu peux être sûre qu'il y a toujours un escalier pour ce genre de rôle, et c'est un truc qui paie à tous les coups. »

Billy Wilder avait raison : je ne fus même pas nommée pour un oscar — et ce n'est pas là un hasard. Une nomination vous confère un certain statut.

Que faire pour obtenir un oscar ? Interpréter des personnages bibliques hauts en couleur, prêtres et victimes d'infirmités affligeantes ou tragiques : cécité, surdité, mutisme, ainsi que quelques variantes, alcoolisme, folie, schizophrénie, troubles mentaux déjà apparus dans des films à succès. Plus l'infirmité est tragique, plus on a de chances de décrocher un oscar.

Les jurés de l'Académie considèrent qu'incarner un infirme constitue un tour de force. C'est faux. Étant plus dramatiques, ces personnages ont un impact plus important sur le public. Étant donné que seuls les professionnels sont autorisés à décerner ces oscars, il est incompréhensible qu'ils puissent confondre l'acteur avec son rôle. Le public fait constamment cet amalgame, et cela est excusable. Certains critiques aussi, ce qui est impardonnable. Si les oscars étaient donnés sérieusement, ce qui est le cas pour le Prix des critiques dramatiques de New York, par exemple, alors un oscar récompenserait peut-être de temps à autre un acteur ayant interprété brillamment un rôle médiocre dans un film confidentiel. Autre raison de cette mascarade : les professionnels qui décernent les oscars sont très influencés — par l'amitié, par la jalousie.

Dernièrement, on a ajouté un nouveau type de récompense aux oscars : la « Deathbed Award [1] ». Cela n'a rien d'une gratification. Soit l'heureux bénéficiaire n'a jamais joué auparavant, soit il n'a pas encore été sélectionné par l'Académie, soit il n'a jamais réussi à remporter la célèbre statue.

La « Deathbed Award » a pour but de soulager la conscience du jury des oscars, et de sauver la face vis-à-vis du public. L'Académie a le mauvais goût de choisir une vedette, que l'émotion étrangle,

---

1. Littéralement : la « Récompense du lit de mort » (NdT).

afin que tout le monde comprenne bien pourquoi cette récompense est décernée à la hâte. Heureux l'acteur trop malade pour regarder cette cérémonie à la télévision.

J'ai vu de mes yeux M. James Stewart sangloter dans un micro à l'occasion d'une cérémonie de ce genre : « Tiens bon, Coop [1], j'arrive. » Je sus alors que Gary Cooper était en train de mourir. Quel cirque ! Dans le cinéma, les remords arrivent toujours trop tard. Ce qui n'interdit pas — quand on a le pouvoir, on ne doute de rien — une certaine sincérité pour réparer les erreurs d'antan. J'ai également vu des actrices (elles auraient mieux fait d'avoir une extinction de voix ce jour-là) monter quatre à quatre sur la scène pour remercier l'assistance, de la dame pipi au metteur en scène « sans lequel je n'aurais jamais pu », etc. J'aimerais entendre un acteur déclarer : « J'y suis arrivé tout seul, je n'éprouve aucune reconnaissance envers personne, je mérite cent fois mon oscar », n'embrasser personne, garder un visage de marbre, et descendre de scène en abandonnant la statue derrière lui. Ce serait désopilant.

Je reconnais que les cabots, les hypocrites, les charlatans me font trop vite sortir de mes gonds.

Mais je n'ai pas la moindre envie d'être patiente avec eux.

Mon arrivée à Hollywood coïncida avec l'entrée en vigueur d'une nouvelle fiscalité frappant les gros salaires. Les stars d'Hollywood n'avaient pu amasser d'immenses fortunes que parce qu'il n'y avait auparavant presque pas d'impôts. Elles achetaient des villas, possédaient douze voitures, jouissaient d'un luxe incroyable. Une star pouvait tout se permettre. Mais nous, les derniers venus à Hollywood, nous fûmes obligés d'acquitter des impôts. Et comme cela ne suffisait pas, nous étions harcelés par les agents du fisc qui nous terrorisaient en évoquant des sommes que nous n'avions jamais touchées.

Je ne m'inquiétais guère de ces chicaneries, j'étais encore innocente face à la vie. Je planais toujours sur les ailes que Josef von Sternberg avait tissées pour moi et que le studio considérait comme mon bien. Je m'affairais autour de mes fourneaux, je m'occupais de ma fille et j'attendais les convocations aux essayages. Le téléphone ne sonnait jamais pour une autre raison.

Dès mes débuts à Hollywood, von Sternberg avait signifié aux journalistes de cesser de m'importuner. Je n'ai jamais aimé parler

---

1. Surnom affectueux de Gary Cooper.

de moi et suis restée fidèle à cette profession de foi. Pourtant, les journalistes d'alors étaient beaucoup plus aimables que ceux d'aujourd'hui. Ils avaient de la considération, du respect pour vous... Mais quand même, quels enquiquineurs !

J'étais jeune, pas très futée, mais je savais que les journalistes n'avaient aucun pouvoir pour faire ou défaire un film. Si celui-ci était bon, les articles les plus sordides étaient incapables de le démolir. Dans le cas contraire, les phrases les plus ignobles ne parvenaient pas à appâter le public. La Metro Goldwyn Mayer eut l'idée géniale d'interdire à Garbo de répondre à la moindre interview. Je l'enviais. Car, dès le début, je dus me soumettre à un tas de questions stupides, auxquelles personne n'a jamais su répondre, du genre : « Vous plaisez-vous en Amérique ? » dès ma descente du train qui m'avait conduit en Californie. « Je ne connais pas l'Amérique, répondis-je, je viens juste d'arriver. » Et le gros titre du journal fut : « Miss Dietrich ne connaît pas l'Amérique. »

Von Sternberg ne cessait de me consoler, l'injustice se glissant continuellement dans ma vie — elle y est toujours d'ailleurs. Aujourd'hui encore, l'injustice me fait pleurer. A part cela, l'ambiance du studio était calme. Le studio devint mon deuxième chez-moi. Ainsi en fut-il de toutes les loges où je suis passée depuis. Celle que j'occupais alors à Hollywood se composait de deux petites pièces équipées d'un réfrigérateur et d'une plaque chauffante, d'un délicieux et confortable salon peint en blanc, avec une coiffeuse tout aussi charmante dans l'autre pièce, illuminée d'ampoules électriques. Ce luxe me stupéfia. Les autres loges que j'avais connues étaient très sombres, d'une saleté déprimante. Ma loge à Hollywood aurait fait une splendide maison de campagne. L'intendance apportait mes repas, quand j'avais le temps de manger.

Nous travaillions toujours tard dans la nuit. Il n'y avait pas de syndicat pour nous l'interdire. Les studios payaient les heures supplémentaires des équipes de tournage, et rien ne nous empêchait de poursuivre notre besogne. Les électriciens et les machinistes aimaient cela ; nous donnions souvent le meilleur de nous-mêmes après le dîner, quand tout était calme. On tournait les gros plans de mon visage à la dernière minute, ma peau ne se ternit pas, n'absorbe pas le maquillage, résistant aux longues heures sous les projecteurs. Je semblais aussi fraîche, non, plus fraîche, que le matin. Bizarrement, les hommes réagissent moins bien. Vers onze heures du soir, ils se plaignaient de la fatigue et paraissaient épuisés. Les acteurs sont des délicats. Ceux qui ne connaissent pas les coulisses du cinéma les prennent pour des durs à cuire, mais ils sont plus fragiles que les actrices. La profession d'acteur n'est d'ailleurs pas digne d'un homme. Cette existence de faux-semblants et de duperie ne convient qu'aux grands talents, à ceux qui sont désignés pour sublimer cette profession qu'on a jadis comparée aux activités des gens de cirque. Pour un homme, c'est une occupation avilissante.

Jean Gabin avait compris cela. Il me disait toujours que ce métier était le moyen le plus facile pour gagner de l'argent, et qu'il l'exerçait pour cette raison. Il ne crut jamais à son « talent ».

Encore un génie : Jean Gabin

Je rencontrai Jean Gabin à son arrivée à Hollywood. Il fuyait la France occupée. On fit appel à moi, comme d'habitude dans ces cas-là, pour l'aider à s'adapter à sa nouvelle vie. Mon rôle consistait à parler français, traduire, trouver du café, du pain français, etc. Je fis la même chose pour René Clair. Mais Gabin devait jouer en anglais. Tel était le défi qu'il voulait relever. Je lui appris donc l'anglais.

Il se cachait dans les taillis du jardin qui entourait sa maison de Brentwood pour échapper à son professeur, moi en l'occurrence.

Il tourna un film ridicule, dont j'ai oublié le titre, mais il s'exprima correctement en anglais — j'y veillai personnellement! Je confectionnais des plats de son pays pour les nombreux amis français qu'il amenait avec lui. Renoir était de ceux-là. Renoir adorait les choux farcis, avait un appétit d'ogre, et s'en allait presque immédiatement après le repas. J'étais alors connue à Hollywood pour ne pas me formaliser de ces manières : on pouvait venir manger chez moi et partir quand on le désirait. Pas de chichis ni de ronds de jambe; Renoir appréciait beaucoup cela. Il était un hôte assidu, et chaque fois, je lui préparais des choux farcis.

Cuisiner pour tous ces Français déracinés me procurait un immense plaisir. Je m'étais « mise aux fourneaux » quand nous nous étions retrouvées, ma fille, ma gouvernante, mon habilleuse et moi, dans un pays inconnu. Les premiers mois de notre installation aux États-Unis, nous prenions nos repas dans des drugstores où je surmontais mon dégoût instinctif à la pensée de manger au milieu d'articles aussi incongrus que des Tampax, des déodorants, et j'en passe. Je commandais toujours des hamburgers, car cela ne traînait pas, mais, Dieu, que c'était mauvais et insipide! J'avais l'impression que les clients autour de nous dévoraient la même chose en avalant d'innombrables tasses de café. Ma fille, elle, était fascinée par le brouhaha du drugstore, elle oubliait même la « saveur » épouvantable des hamburgers servis entre deux tranches de pain caoutchouteux — je ne connaissais pas encore le délicieux pain italien vendu dans certaines boutiques spécialisées d'Hollywood.

La cuisine allemande n'étant pas fameuse, je demandai à ma belle-mère de m'envoyer un livre de recettes autrichiennes et me lançai. Cette nouvelle activité me séduisit immédiatement. Non seulement elle agit sur moi comme une sorte de thérapie, mais elle combla aussi mes nombreuses heures d'oisiveté dans le paradis californien. Car il arrivait parfois que je ne tourne qu'un film par an, et les tournages étaient moins longs qu'aujourd'hui. J'appris tout dans ce livre de cuisine, même la pâtisserie, et bientôt ma réputation de cordon-bleu, confortée par des ouvrages de cuisine française, se répandit dans Hollywood. Je crois que j'étais plus fière de ce titre de gloire que de l'« image légendaire » laborieusement construite par le studio.

La patience étant ma plus grande vertu, et la perfection mon but, j'étais tout à fait à même de remplir mes nouvelles fonctions. Aujourd'hui encore, je continue à apprendre. En fait, mes talents culinaires se limitent à des plats très simples. Il s'agit plus d'une « cuisine campagnarde » que d'une « cuisine citadine ».

Mon pot-au-feu est un plat d'hiver succulent, ainsi que me l'ont juré mes « clients » français comblés. J'affectionne particulièrement la cuisine dans une seule casserole. Je ne suis pas experte en rôtis, car la présence d'un homme pour découper la viande est nécessaire, et je déteste faire travailler mes invités. Un jour, j'apprendrai peut-être cela aussi. En tout cas, depuis le premier dîner que j'ai préparé pour les Français d'Hollywood, mon plaisir n'a fait que croître.

Déboussolé, Gabin s'accrochait à moi comme un orphelin à une mère adoptive, et j'étais ravie de le materner jour et nuit.

Je m'occupais de ses contrats et de sa maison. En s'échappant d'Espagne, où il était entré après avoir quitté la France, il était venu aux États-Unis avec un ami. Nous arrangeâmes sa maison selon son goût, la remplîmes de tous les objets français que nous pûmes trouver au Farmer's Market et dans les magasins de Beverly Hills, pour qu'il se sentît aussi à l'aise que possible.

Son aventure hollywoodienne fut loin de lui plaire. Mais il dut en passer par là, car son seul moyen de subsistance était le cinéma. Cette âme simple rongeait son frein. Je l'aidai à surmonter tous les obstacles ; je l'ai beaucoup aimé.

Naturellement, la langue française que je pratiquais depuis ma plus tendre enfance contribua fortement à cimenter mon amour de la France. Et aussi, ma relation avec Gabin. J'acceptais dans mon giron tous ces Français déracinés et désespérés, je parlais leur langue, leur tenais lieu de mère, de cuisinière, de conseillère et de traductrice.

En plus de Gabin et de Renoir, il y avait René Clair, qui n'était pas le plus aimable des hommes, Dalio, le plus charmant, et beaucoup d'autres réfugiés français débarquant en Amérique. La plupart d'entre eux étaient arrêtés par le problème de la langue. Sauf les metteurs en scène et les écrivains, qui bénéficiaient de l'aide de traducteurs. Les acteurs, eux, devaient parler la langue du pays. Peu en étaient capables, en dehors de Gabin. Presque tous se reconvertirent dans d'autres activités.

Le sort des acteurs fut tragique. Ajoutez à cela que les Français ne comprenaient pas le mode de vie américain. Tout ici les étonnait, les inquiétait. Je passais mes soirées à leur expliquer l'Amérique. Je m'y prenais assez bien, prodiguant mes conseils, nuançant leurs jugements de mon mieux, ce qui devait leur plaire, car ils revenaient le lendemain et en redemandaient. Un vrai rituel : le repas suivi d'une discussion où ils m'exposaient leurs souffrances physiques et morales — une bande de garçons sympathiques pour qui j'étais d'abord une amie et une conseillère. J'assumais toutes les responsabilités dont ils voulaient m'investir. J'apaisais leurs querelles amoureuses, en discutant parfois avec l'objet de leur flamme. Les call-girls qui arrivaient au volant de leurs voitures en disant : « Prendrons-nous le café maintenant ou après ? » les laissaient pantois. Mais ils s'en tiraient, comme les Français l'ont toujours fait. « On se démerde [1] », affirmaient-ils. Mon rôle me comblait : moi, l'Allemande antinazie, je m'occupais de ces hommes qui avaient échappé aux troupes hitlériennes. Pas de femmes parmi eux. Où étaient-elles ? Je m'occupais donc des hommes. Dès qu'ils connurent assez bien la langue anglaise pour soutenir une conversation simple, ils achetèrent des voitures et commencèrent à se bagarrer avec les studios. J'étais fière d'être leur « bonne fée ».

Tous sont restés des amis très chers. Bien sûr, nous ne nous voyons plus chaque jour, comme avant, mais nous ne nous

---

1. En français dans le texte. (NdT.)

sommes jamais perdus de vue. Des amitiés comme celles-là sont indestructibles. Nous nous respectons les uns les autres, et nous sommes toujours prêts à secourir un ancien ami, s'il a besoin de nous.

Nous luttions ensemble, main dans la main. Gabin tourna des films, honora ses contrats, et décida de s'engager dans les Forces Françaises Libres. Il voulait partir se battre. Je compris parfaitement son désir. J'étais sa mère, sa sœur, son amie — et plus encore.

Je l'accompagnai dans un port discret près de New York, où il allait embarquer à bord d'un destroyer en partance pour le Maroc. Nous nous jurâmes une amitié éternelle, comme les enfants à l'école, et je me retrouvai seule sur le quai, pauvre petite fille abandonnée. Son destroyer fut coulé entre les États-Unis et le Maroc, et je ne reçus plus aucune nouvelle de lui. Je m'engageai dans l'armée américaine, fus envoyée à New York, ballottée de port en port... mais je reparlerai de cette période de mon existence. Gabin survécut au naufrage de son bateau, échoua à Casablanca, ainsi que je l'appris par la suite. Mon « enfant » esseulé avait perdu tout contact avec moi. Je m'inquiétais terriblement. Où était-il ? Je savais que je lui étais indispensable, et je ressentais cette exigence, même au-delà des océans.

Le monde connaît le talent d'acteur de Gabin. Inutile d'en parler. En revanche, sa sensibilité est assez méconnue. Sa façade de dur à cuire et son attitude virile étaient complètement artificielles. C'était l'homme le plus sensible que j'aie connu ; un petit bébé mourant d'envie de se nicher dans le giron de sa mère, d'être aimé, bercé, dorloté, telle est l'image que je conserve de lui.

En Amérique, nous étions tous dépaysés : nous vivions en terre étrangère, devions parler une langue étrangère, nous plier à des coutumes, des idées inconnues. Bien que nous fussions des vedettes de cinéma, nous étions perdus. Gabin, en cela très français, refusait toute intrusion étrangère dans son modeste foyer. Je devais cuisiner et parler français avec lui et nous ne voyions que des acteurs et des metteurs en scène français. Cette vie me plaisait énormément. Je ne me sentais vraiment chez moi qu'en compagnie d'amis français. Il y a en moi une sorte de désir, de nostalgie, de frustration d'un foyer qui m'attire vers les Français, que je dois à ma jeunesse.

Gabin était l'homme — le super-Homme, « l'homme d'une vie ». Il était l'idéal que recherchent toutes les femmes. Rien de faux chez lui. Tout était clair et transparent. Il était bon, il surpassait ceux qui essayaient vainement de l'imiter. Mais c'était aussi une tête de mule, un être extrêmement possessif et jaloux. Toutes ces qualités me plaisaient, et nous ne nous sommes jamais disputés sérieusement.

Gabin sut habilement résister au chant des sirènes du nouveau régime français du général Giraud. Il voulait rejoindre de Gaulle : Sacha de Manzierly, qui dirigeait alors l'antenne de De Gaulle à New York, l'aida.

Les faits de guerre de Gabin sont célèbres, on sait moins que s'enrôler dans la division blindée du général Leclerc était aussi dangereux pour lui que sauter dans une fosse grouillante de serpents.

Jean Gabin manifestait pour tout ce qui était électrique une profonde méfiance. Inutile de lui demander de remplacer une lampe, de réparer un fer à repasser. Il avait peur de tout ce qui avait un rapport avec le feu. Or, il arrivait souvent que les conducteurs de chars périssent au milieu des flammes de leur engin. Conscient de ce danger, Gabin ne recula pas et il s'en sortit sain et sauf, comme toujours. Il s'engagea dans la 2e division blindée et alla jusqu'à Berchtesgaden. Il ne ramena aucun souvenir de la tanière d'Hitler. Je le regrettai, mais il n'eut rien à me montrer à son retour.

En France on ignorait la conduite de Gabin — tout le monde pense que les acteurs ne s'occupent que de cinéma et ne se frottent jamais à la réalité, surtout si elle est dangereuse. Une nouvelle fois, je fus furieuse ; lui, non. Il resta calme et se mit en quête d'un endroit où loger et entreposer ses quelques effets personnels. Nous étions en 1945, après le 8 mai 1945, date de la fin de la guerre en Europe.

Les soldats reprirent le chemin de leurs foyers sauf les Américains. Je continuai à travailler pour les troupes stationnées en France, des troupes qui avaient une trouille bleue d'aller se battre dans le Pacifique où la guerre s'éternisait. J'avais peur, moi aussi. Je désirais la fin de la guerre et je n'étais pas la seule. Après les massacres auxquels nous avions assisté en Europe, nous attendions anxieusement la paix. Nous ne voulions surtout pas être envoyés sur un autre front, et tout recommencer depuis le début.

Jean Gabin, qui avait quitté l'armée après la fin des hostilités, vaquait tranquillement à ses occupations dans un Paris qui n'était plus celui qu'il avait connu. Sa nouvelle vie ne lui plaisait pas. L'hiver vint. Il se mit à neiger. Il pestait contre la gadoue envahissant les rues. Il avait toujours l'impression d'être un acteur, mais face à la foule parisienne, à ces nantis qui se moquaient de la gadoue et du reste, il n'osait rien dire.

La bourgeoisie a toujours ennuyé Gabin. En ce temps-là, il était très impulsif. Il ne se montrait patient qu'avec ses amis. Avec nous il était plutôt aimable, mais il entrait dans des colères noires quand il découvrait une injustice. Il lui semblait alors avoir combattu pour rien ; tous les soldats ressentent cela, mais Gabin, lui, n'avait pas assez de compassion ni de patience pour accepter cette contradiction.

Pour nous autres, les civils, être compréhensif est facile. Mais quand on a failli y laisser sa peau, ces choses sont différentes. Jean Gabin comprenait cela. Il se lança volontairement dans la lutte armée, refusa de se « planquer » comme tant d'autres stars qui trouvaient toujours auprès de leurs consulats des prétextes pour ne pas s'engager. Il y alla et affronta la réalité bille en tête. Seule sa chance personnelle le sauva de la mort et de la destruction, au physique comme au moral.

Sa force lui permit d'affronter le désastre et de survivre. Un des aspects les plus fascinants de sa personnalité est ce bizarre mélange de courage et de tendresse. La nuit du 8 mai 1945, nous pleurâmes tous les deux en entendant le discours de De Gaulle, et nous comprîmes ce qui nous restait à faire. Lui à sa façon, moi à la mienne.

Je me rappelle aussi l'hiver 1944. Au moment de Bastogne, nous étions au front, ignorant notre position exacte. Cela avait peu d'importance. Nous obéissions aux ordres, un point c'est tout. Après Bastogne, on modifia notre destination pour nous envoyer vers le sud. Le bruit courut à nouveau que le front serait renforcé par les Forces Françaises Libres et la 2e division blindée. Un après-midi, le spectacle ayant été annulé, je suppliai un sergent de me procurer une jeep et partis à la recherche de Gabin. Je trouvai enfin la 2e DB. Le soir tombait sur un grand nombre de chars, épars dans un champ. Je me mis à courir, cherchant des cheveux gris sous une casquette de « fusilier marin ». La plupart des soldats étaient des gamins ; tranquillement assis, ils contemplaient le crépuscule. Soudain je le vis, de dos. Je criai son nom, il se retourna et dit : « Merde ! » C'est tout. Il sauta de son char et m'étreignit. A peine avais-je repris haleine que le clairon sonna, appelant les chars à s'aligner. Il remonta à bord de son véhicule, et il n'y eut bientôt plus qu'un nuage de poussière et le rugissement des moteurs. Il était parti.

Je retournai en Amérique. Nous nous téléphonions souvent. Il était écœuré, mais je ne pouvais l'aider.

La guerre finie, les soldats sont toujours tristes. C'est une tristesse tout à fait particulière, qui n'a rien d'égocentrique, mais s'empare de ceux qui se sont battus et ont tué, de ceux qui ne réussissent pas à retrouver la paix — sentiment que je ne connais que trop. Chaque individu doit avoir une définition très précise du mot « tuer ». Quand on vous en donne l'ordre, tuer est légal. Mais c'est toujours tuer. Vous détruisez la vie d'un autre être, simplement parce qu'on vous l'a ordonné. *On vous décerne même une médaille pour cela.* Mais si vous éliminez l'individu qui aurait pu vous nuire, atteindre votre famille, on vous jette en prison. Telles sont les règles. Difficiles à comprendre. Gabin ne les accepta jamais, moi non plus.

Nous nous retrouvâmes après la guerre. Il était sans travail. Moi aussi. On me rétorquait régulièrement : « Cela fait trop longtemps qu'on ne vous voit plus à l'écran. » Gabin et moi nous encaissâmes le coup de la même façon. « Salopards de civils », répétions-nous de concert. Tous ces gens qui restaient assis derrière leurs grands bureaux et que la guerre n'avait jamais effleurés nous imposaient leurs lois.

Mais que faire ? Nous étions à leur merci. Naturellement, nous étions fauchés. Comment gagner de l'argent en temps de guerre ? Nous en sortîmes sans un sou vaillant, ainsi que nous aurions dû le prévoir. Nous n'avions que nos médailles. Et elles ne se mangent pas.

Mes décorations sont accrochées au mur, mais elles ne sont là que pour mes enfants. D'ordinaire, ce sont les pères qui gagnent des médailles, rarement les mères. Les seules que j'adore réellement sont les médailles françaises. Mais non, je ne peux pas dire « les seules », car la médaille de la Liberté dont me décora l'Amérique m'est très chère. Les médailles françaises, celle de chevalier de la Légion d'honneur et celle d'officier de la Légion d'honneur, me comblèrent de joie. La France, mon pays bien-aimé, m'honora, moi, simple soldat américain, simple femme qui aime la France, depuis son enfance.

En 1946, je retournai en France pour tourner un film avec Gabin, *Martin Roumagnac.* Ce ne fut pas un bon film, et pourtant nous avions été emballés par la lecture du scénario.

C'était juste après la guerre ; l'électricité, le chauffage, la nourriture étaient rationnés. Rien de bien nouveau pour nous.

Mon rôle étant celui d'une beauté provinciale, j'avais les cheveux permanentés et portais des robes ridicules, prétendument à la mode.

Gabin m'apprit à parler en avalant mes mots, car il n'était pas question d'employer un français châtié. Assis à côté de la caméra, il me corrigeait avec une patience infinie. Georges Lacombe, le metteur en scène, ne s'exprimait que par onomatopées, et Gabin prit les commandes pour me diriger. Il assuma d'énormes responsabilités.

Être une femme très recherchée dans la communauté des actrices, « vivant d'amour et d'eau fraîche », enviée par toutes les autres femmes parce que j'avais décroché le gros lot — Gabin — aurait dû être une sinécure. Eh bien, ce ne fut pas le cas. On ne croyait pas à ma sincérité, sans doute par ma faute, ou par celle de mon « image ».

Jacques Prévert (il avait écrit *les Feuilles mortes* pour que je les chante dans un film où j'avais refusé un rôle) piqua une colère et fit une très mauvaise critique du film.

Martin Roumagnac fut un échec. Les noms de Jean Gabin et de Marlène Dietrich ne suffirent pas à attirer les spectateurs. Je fus catastrophée, comme chaque fois que j'ai le sentiment d'avoir laissé tomber quelqu'un. Gabin, lui, resta serein : « Attendons un peu », me dit-il. Mais je ne pouvais pas. Mes problèmes financiers me forcèrent à regagner Hollywood pour y tourner un film sous la direction de Mitchell Leisen, *les Anneaux d'or*, pour lequel je fus payée moitié moins qu'avant guerre. Mauvais film, là encore, mais quand on a besoin d'argent, on est prêt à tout.

Personne ne décide sciemment de faire un mauvais film. Au début, beau fixe ; même les habilleuses qui ajustaient mes robes, et dont les doigts gourds de froid ne pouvaient tenir les épingles, croyaient que *Martin Roumagnac* serait un bon film.

Rétrospectivement, je trouve que nous eûmes plutôt la vie facile, Gabin et moi, tant que nous vécûmes aux États-Unis. Je ne sais plus aujourd'hui par quel miracle tout marcha si bien. Mais le fait est que les choses paraissaient si faciles. La maison que j'avais dénichée pour lui ressemblait à une maisonnette de pasteur, avec un jardin et une clôture. Gabin s'y sentait bien, il se promenait tout autour, appréciant chaque arbre, chaque taillis, me décrivant la France, sans jamais dire que la France était mieux que l'Amérique.

Il finit par l'adorer, du reste. Ce qui est très étonnant de la part d'un Français. Gabin avait le jugement simple, intelligent et direct qui manque à tant d'étrangers. Lui, à sa manière, accepta l'Amérique et Hollywood, décida de les aimer sans les analyser, sans les examiner à la loupe, ce qui ne signifie pas qu'il acceptait tout en bloc. Certaines de ses restrictions étaient même pour lui un sujet favori de plaisanterie.

Moi, j'étais là pour le protéger. Il ne s'en a percevait pas. Il me considérait comme son égale. Il n'avait jamais connu cela. Je l'aimais — comme mon enfant, qui d'ailleurs n'était plus mon enfant. Il la remplaça pendant un temps. Il était doux, tendre, il avait toutes les qualités qu'une femme recherche chez un homme.

Un être idéal tel qu'il apparaît dans nos rêves.

Je l'ai perdu, comme on perd tous ses idéaux, beaucoup plus tard. Une fois rentré en France, je devins pour lui la servante-conseillère qu'on embrasse pour la dernière fois, avec beaucoup d'amour. Mon amour pour lui resta fort, indéfectible. Il ne me demanda jamais de lui en donner la preuve. Gabin était comme ça.

A PROPOS DE L'AMITIÉ

Très peu de gens comprennent le sens de ce mot. Hemingway le comprenait, Fleming le comprenait, Oppenheimer aussi, pour ne citer que quelques noms.

L'amitié est proche de l'amour maternel, de l'amour fraternel, de l'amour éternel, de l'amour pur, rêvé, toujours désiré, ce n'est pas l'amour sous le couvert de l'amour, c'est un sentiment pur, jamais exigeant et donc éternel.

L'amitié a réuni plus de gens que l'amour. Elle est précieuse et sacrée. Elle unit les soldats au combat, cimente les forces qui résistent, elle nous embrase tous, même quand nos buts sont obscurs.

Pour moi, l'amitié est le plus précieux des biens.

Quiconque renie une amitié se voit exclu, oublié, à jamais écarté du cercle des amis. C'est aussi simple que cela. Les amis qui vous trompent sont condamnés à mort, si j'ose dire, et ils se demanderont toujours pourquoi leur voix ne trouve plus d'écho. Je les méprise. Ils sont la lie de la lie. Dès qu'on a reçu la bénédiction d'une amitié, on est investi du devoir sacré d'obéissance à ses lois. Quelles que soient leurs conséquences, il faut obéir. Soit par le silence, soit par des paroles, mais toujours pour honorer les règles de l'amitié.

Ce n'est pas une tâche aisée. Cela demande parfois des efforts surhumains. Mais l'amitié est le rapport humain le plus important, sa portée dépasse de beaucoup celle de l'amour. L'amour est volage. L'amour, en dehors de l'amour maternel, est inconstant, a toujours de bonnes raisons. L'amitié est réelle ou non ; il est facile de trancher. L'amitié vous emporte, toutes voiles dehors, dès qu'elle vous touche. Il ne peut y avoir d'erreur sur la personne. Une promesse entre amis accompagnée d'une poignée de main constitue un serment inoubliable.

ÉCRIVAINS

Hemingway, bien sûr !

Notre amitié a naturellement engendré des tas de ragots. Il est donc temps de rétablir la vérité. Je me trouvais à bord d'un bateau reliant l'Europe à l'Amérique. Quand ? J'ai oublié. En tout cas, je suis certaine que c'était après la guerre civile espagnole. Ann Warner, la femme du tout-puissant Jack Warner, avait organisé sur le bateau une soirée à laquelle je fus invitée. En arrivant, je m'aperçus immédiatement qu'il y avait déjà douze convives autour de la table.

« Excusez-moi, dis-je, mais je ne peux pas m'asseoir, car nous serions treize, et je suis superstitieuse. » (Je l'étais encore.) Personne ne faisant mine de se lever, je restai debout.

Brusquement, un géant se pencha vers moi. « Asseyez-vous, dit-il, je serai le quatorzième. »

Je regardai ledit géant, reconnus Hemingway, et demandai : « Qui êtes-vous ? » Cela prouve à quel point j'étais stupide.

Tout rentra dans l'ordre ; nous étions maintenant quatorze autour de la table, sur ce bateau voguant vers New York. Le dîner — très style Maxim's — commença, mon géant de voisin me prenait le coude chaque fois que cela était nécessaire. Enfin, il me raccompagna jusqu'à ma cabine.

Je l'ai aimé immédiatement.

Je n'ai pas cessé de l'aimer.

Je l'ai aimé platoniquement.

Je dis cela, car l'amour qu'Ernest Hemingway et moi éprouvions l'un pour l'autre était un amour exceptionnel dans le monde où nous vivions, pur, absolu. C'était un amour qui ne s'encombrait pas de doutes, au-delà de l'horizon, au-delà de la tombe — même si je sais pertinemment que cela n'existe pas. Mais nos sentiments

« amoureux » durèrent de nombreuses années, alors qu'il ne restait plus d'espoir pour personne, plus de désir, plus de vœu à exaucer — alors qu'Hemingway ne ressentait plus qu'un profond désespoir, le même que j'éprouvais en pensant à lui. Nous n'avons jamais vécu ensemble. Cela aurait peut-être arrangé certaines choses. Je respectais Mary, sa femme, la seule femme que je lui ai connue, car, comme elle, j'étais jalouse de ses anciennes épouses. Je ne fus que son amie, et je le demeurai durant les années qui suivirent. J'ai conservé toutes ses lettres, et ne suis pas près de les donner à un musée ou à un collectionneur. Non que je puisse les emporter avec moi dans l'au-delà, mais je refuse qu'un étranger mette la main dessus. Elles m'appartiennent. Il les écrivit pour moi et personne ne gagnera un centime grâce à elles. Je ferai l'impossible pour empêcher cela.

Il était mon « Rocher de Gibraltar » — il adorait ce surnom. Les années se sont écoulées sans lui, chacune plus douloureuse que la précédente. « Le temps guérit toutes les blessures », dit-on. C'est là une maxime très optimiste, mais malheureusement fausse. Je le déplore. Le vide qu'Hemingway a laissé parmi nous et dans le monde ne sera jamais comblé. C'est un écrivain, mais aussi un être humain, qui a choisi, sans mesurer les conséquences de son acte, de nous quitter. Mais tel fut son choix.

Quand il était à Cuba, nous nous écrivions régulièrement ; il me répondait « par retour du courrier », comme il disait. Nous nous téléphonions pendant des heures ; il me prodiguait sans se faire prier ses conseils, ne m'incitant jamais à raccrocher et à ne plus l'importuner. Il m'envoyait ses manuscrits, et dit un jour de moi : « Elle aime écrire ; c'est une critique intelligente et méticuleuse. Quand j'ai écrit un texte que je crois bon, qu'elle le lit et me dit qu'elle l'aime, alors je suis parfaitement heureux. Comme elle connaît bien les grands thèmes de mes romans — personnages typiques, décors, la vie, la mort, l'honneur et la moralité —, je tiens plus compte de son opinion que de celle des critiques. Parce qu'elle sait ce qu'est l'amour, qu'elle en a mesuré toute la réalité ou l'absence, j'estime plus son opinion que celle des professeurs. Car je crois qu'elle en sait davantage sur l'amour que quiconque. » Jugement extrêmement généreux, comme toujours chez lui.

Je ne comprendrai jamais pourquoi il m'aimait « si fort », ainsi qu'il le disait. Le fait est que notre amour résista même à la guerre. Je le rencontrai parfois à cette époque — il débordait toujours de fierté, avait mille projets en tête, alors que j'étais pâle et malade, mais je rassemblais toute mon énergie pour faire bonne figure. Il avait écrit un poème sur la guerre qu'il me fit lire à haute voix... « Prenez cette putain de Mort comme épouse légitime »... « Continue », me disait-il, quand je trébuchais. Il m'appelait « Kraut [1] », ce qui est correct.

L'appeler « Papa », surnom qu'utilisaient beaucoup de ses amis, me paraissait ridicule. Je l'appelais « Toi », je crois. « Dis-moi, Toi », l'interpellais-je, car c'était le seul terme que j'avais réussi à trouver — « Dis-moi, dis-moi », en petite fille perdue que j'étais à ses yeux, et aux miens également.

Il était l'ancre, il était le sage, celui qui tranchait, le meilleur des conseillers, le chef de mon Église privée. Comment ai-je survécu à sa disparition ? Je ne peux répondre à cette question. Celles d'entre vous qui ont perdu un père ou un frère me comprendront. Vous niez tout simplement le fait, jusqu'à ce que cette horrible douleur ait quitté votre cœur ; ensuite vous continuez à vivre comme si vous alliez rencontrer celui qui n'est plus à chaque heure du jour ou de la nuit. Vous poursuivez votre route, persuadée maintenant qu'il ne reviendra plus jamais. On s'habitue à la souffrance.

Je tiens à reproduire ici quelques extraits de ses lettres, quelques phrases d'Hemingway, pour qu'on comprenne mieux l'intensité des sentiments qui m'unissaient à ce grand homme, et aussi son humour, qui me ravissait :

« La prudence est néfaste aux imprudents — toi et moi. »

« Cette lettre devient plus triste que la Suisse et le Liechtenstein réunis. »

« Elle (la vie) était plus simple à Hurtgenwald. »

« Je t'oublie parfois comme j'oublie les battements de mon cœur. »

La douleur ne diminue pas, elle devient simplement une habitude.

L'habitude me semble une bonne chose. La plupart des gens la considèrent comme un mal. Mais quand il s'agit de la souffrance, je la crois plutôt souhaitable. C'était l'avis d'Hemingway. Il me l'avoua à un moment où mes problèmes étaient bien minces comparés aux siens. Il me parlait de tous les aspects de la vie. Je ne connaissais que l'amour maternel (qui le faisait sourire — de ce sourire doux-amer dont il était prodigue), et l'amour le plus banal. Il ne m'enseigna rien de nouveau, mais il conforta de son appro-

---

1. *Kraut* : Saucisse, en allemand (NdT).

bation mes pensées les plus intimes pour les rendre vraies et fortes, leur donnant une apparence de nouveauté.

Il m'apprit à écrire. Grâce à lui, je me défis de la manie d'abuser des adjectifs. J'écrivais alors des articles pour le *Ladies Home Journal,* et il me téléphonait deux fois par jour pour me demander : « As-tu dégivré le réfrigérateur ? » car aucun des défauts propres aux écrivains en herbe ne lui échappait, pas plus que le faux-fuyant classique : « Tu ferais mieux de faire autre chose. »

Il me manque terriblement. S'il y avait une vie après la mort, il me parlerait pendant les longues nuits où je reste éveillée, mais il n'y a pas de vie après la mort : il s'en est allé à jamais, aucune douleur ne pourrait le ramener ici-bas, et mon désir restera éternellement inassouvi.

Avec le temps, on apprend à « continuer », à faire contre mauvaise fortune bon cœur, on accepte ce que, jadis, on ne supportait pas : ce genre de vie au rabais qu'Hemingway a toujours détestée (moi aussi) tant qu'il fut parmi nous pour en parler.

La colère n'est pas un bon antidote à la douleur. Celle qu'on éprouve d'avoir été abandonnée ressemble à une demande de pension alimentaire (les deux sont vaines). Pourtant, j'ai ressenti de la colère — dirigée contre qui, je l'ignore. Cette réaction est stérile. Mais comment y échapper ? Une vie si belle effacée à jamais pour une raison aussi stupide.

Au lendemain de sa mort, j'étais folle de rage, ce qui était une manière de lutter contre ma peine. Hemingway m'avait juré qu'il ne me quitterait jamais — mais qui étais-je, comparée à tous ceux qu'il avait laissés derrière lui, ses enfants, sa femme, ceux qui avaient besoin de lui ? J'étais la cinquième roue du carrosse. Il ne pensait pas à cela. Il vécut persuadé, comme nous, que ses jours n'étaient pas comptés. Mais il y mit un terme bien avant leur fin normale. Il le choisit. Je respecte son choix. Mais je pleure encore.

Je n'assiste jamais aux enterrements. Je ne me suis donc pas déplacée pour les funérailles d'Hemingway. « Elle n'était pas là », notèrent les journaux. Je n'assiste plus aux obsèques depuis celles de ma mère. Ce jour-là m'a suffi, je n'ai pas la moindre envie d'en revivre un semblable. J'aime les gens vivants, je fais tout ce que je peux pour soulager leur douleur et leur tristesse, mais je ne me sens pas concernée par leur enterrement. Je ne peux rien contre le terrible pouvoir destructeur qui nous transforme en poussière et se dresse, triomphant, emportant les dépouilles de ceux que nous avons aimés.

En se suicidant, Hemingway ne voulut blesser aucun d'entre nous.

Il aimait Mary. Il aimait ses fils. Et il m'aimait très, très fort. Il m'aimait de toute la force gigantesque de son être, et je n'ai jamais réussi à lui rendre la pareille. Comment aimer en retour avec une telle intensité ? Malgré tout, j'ai essayé — dans la limite de mes forces. Il le savait. Physiquement séparés, nous ne pouvions communiquer que par téléphone ou par courrier. Chaque jour, il m'annonçait sa tension sanguine — comme si cela avait été d'une importance cruciale ; mais lui y croyait, et je notais scrupuleusement les chiffres qu'il m'annonçait. Un beau matin, il me dit qu'il se trouvait dans « l'endroit le plus fabuleux du monde », la clinique Mayo. Il avait confiance dans le diagnostic de ses médecins. Pas moi. Mais qui étais-je pour les contredire ?

Quand on a eu affaire aux médecins américains, on ne peut que douter d'eux. Les chirurgiens sont, eux, les meilleurs du monde. Mais lorsqu'ils ne peuvent pas ouvrir pour regarder à l'intérieur, ils perdent tous leurs moyens. En Europe, les médecins sont plus qualifiés. Leur savoir est supérieur. Naturellement, il n'y a pas de miracle à attendre, sinon qu'on meurt plus vite, avec plus de dignité qu'aux États-Unis. Les États-Unis ne sont pas tendres pour les agonisants. Pas de place, là-bas, pour la mort (sinon la terre), voilà peut-être pourquoi les Américains accordent tant d'importance aux cérémonies funèbres. Un respect qu'ils ne témoignent pas, comme en Europe, aux mourants. Pour eux, vous n'êtes qu'un « macchabée » sur le « billard ».

Oui, Hemingway savait ce qu'il faisait, et je ne lui ai jamais reproché sa décision, bien que mon opinion sur la vie soit assez différente, bien sûr, car je ne suis pas l'être à la dérive qu'il fut. Je suis une femme sans histoires, qui serait incapable de commettre un acte aussi radical que le sien. Je me serais battue comme une lionne contre lui, si j'avais eu vent de son intention. Mais il était tellement plus fort que n'importe lequel d'entre nous que je me serais probablement retrouvée au tapis, knock-out.

J'aimerais maintenant parler de ma rencontre avec Mary Welsh, la dernière femme d'Hemingway. On m'avait envoyée à Paris pour « décompresser », comme on disait alors pendant la guerre, et je séjournais à Chatou, dans la banlieue parisienne. Quand j'appris qu'Hemingway était à Paris, au Ritz, je me rendis à cet hôtel en jeep pour le voir. Il me dit que je pouvais prendre une douche dans la salle de bain, avant de « me présenter au rapport ». Il me raconta aussi avoir rencontré une « Vénus de poche » qu'il tenait à séduire à tout prix.

Il m'avoua qu'elle avait repoussé ses premières avances, qu'il était « un pitoyable amant » selon elle, et ajouta que moi seule serais capable de le sortir de ce guêpier en parlant à cette fille.

Il est impossible d'expliquer le désir d'un homme pour une femme. Mary Welsh était guindée, donc peu désirable, et elle aurait terminé tristement sa morne existence, comme la plupart des femmes de son espèce, si elle n'avait croisé sur son chemin un Hemingway depuis longtemps sevré d'expériences sentimentales et sexuelles. Je sais que ce jour-là je ne lui ai pas rendu un fier service. Mais j'ai suivi ses consignes. Mary Welsh n'aimait pas Hemingway, j'en suis certaine, mais cette modeste correspondante de guerre que personne ne remarquait n'avait rien à perdre.

Luttant contre mon intuition, j'accomplis donc ma mission. Je trouvai Mary Welsh, m'entretins avec elle. « Je ne le désire pas », m'avoua ce petit bout de femme. Je plaidai pied à pied la cause d'Hemingway, mais elle ne voulut rien savoir. En désespoir de cause, j'évoquai toute la gamme de ses qualités, et lui conseillai de comparer sa vie présente à celle qui l'attendait avec lui — car je devais lui promettre le « mariage ». Mes efforts portèrent leurs fruits : vers l'heure du déjeuner, elle commençait à faiblir.

L'heure du déjeuner au Ritz est toujours un instant crucial. C'est le moment de la journée où les femmes lâchent du lest et révisent leurs plans. Mary Welsh, la « Vénus de poche », ne fit pas exception à la règle ; elle se décida à m'annoncer que « la proposition l'intéressait ».

Je devais affronter Hemingway, et je tremblais des pieds à la tête quand le soir arriva ; mais Mary Welsh apparut, tout sourire, et elle accepta ses avances en présence d'un unique témoin : moi.

Je n'ai jamais vu quelqu'un d'aussi heureux qu'Hemingway.

Il était capable d'être plus heureux que nous tous.

Et, encore plus important, il savait le manifester. Des pinceaux de lumière semblaient jaillir de son corps de géant pour nous illuminer et faire briller nos yeux.

Peu après, je partis pour le front et ne revis plus Hemingway et Mary de toute la guerre.

Sa capacité de bonheur contraste étonnamment avec son apparent désespoir et sa tragique décision. La réaliste que je suis ne comprend pas cette contradiction. Tout comme moi, il avait le sentiment aigu de ses responsabilités, et cela ne colle pas avec son suicide. Nous discutions beaucoup de la responsabilité et il tombait très souvent d'accord avec moi.

Peut-être sentit-il que ses enfants, déjà adultes, n'avaient plus besoin de lui, peut-être en eut-il simplement « ras-le-bol », qui sait ?... Quand le corps ne répond plus aussi bien que jadis, quand le cerveau a jour et nuit des ratés, il est temps de prendre son courage à deux mains (si on le peut) et de souffler la bougie. Personne, jusqu'ici, n'a encore expliqué les raisons du suicide d'Hemingway.

Moi, je pencherais plutôt pour l'acte irréfléchi, pas pour une décision consciente. Hemingway n'a-t-il pas agi en état de somnambulisme ? Je m'accroche à cette dernière hypothèse. En tout cas, son acte, j'en suis persuadée, n'a pas été dicté par l'exemple de son père [1], n'a rien à voir avec le poids des souvenirs d'Hemingway. Au moment d'appuyer sur la détente, quelque chose de très lointain dans sa mémoire a brusquement resurgi, s'est brutalement imposé à lui... mais je rationalise trop. Je sais qu'il était profondément malheureux.

Tout ce que ses « biographes », ou soi-disant tels, ont écrit à son propos n'est qu'un tas de « conneries », comme il disait.

A ce jour, je n'ai pas encore lu le livre de sa femme, qui rectifie probablement toutes ces inepties, mais je doute qu'elle ait réussi à saisir l'extrême complexité de la personnalité d'Hemingway et à la restituer.

Les rapports que j'ai eus avec certains grands hommes sont peut-être difficiles à comprendre. Je n'ai pas l'intention de les expliquer. Si vous ne comprenez pas, tant pis pour vous. Si seul vous intéresse l'amour physique, alors vous pouvez fermer ce livre immédiatement, car je ne m'étendrai pas sur ce sujet. Et ce pour une raison bien simple : je suis assez ignorante en ce domaine.

Toute ma vie, l'amour physique a été lié à l'amour tout court, et seulement à l'amour — moyennant quoi je n'ai jamais connu d' « expérience sans lendemain ». Mon amour pour Hemingway ne fut pas une passade. Simplement, nous ne fûmes jamais ensemble assez longtemps dans la même ville ; et il ne s'est jamais rien passé. Ou il était avec une jolie fille, ou j'étais occupée ailleurs au moment où il était disponible, et quand je l'étais, il ne l'était plus.

Détestant les situations ambiguës, fidèle à mon principe de respecter « l'autre femme », j'ai rencontré sans m'arrêter beaucoup d'hommes merveilleux, tel un navire qui en croise un autre dans

---

1. Le père d'Hemingway s'était lui aussi suicidé. (N.d.T.)

la nuit. Mais je crois que l'amour de ces êtres fut plus durable que si j'avais été un navire ancré dans leur port.

Erich Maria Remarque

Erich Maria Remarque, célèbre pour *A l'ouest rien de nouveau*, *l'Ile d'espérance*, *Trois camarades*, etc., était un homme sensible, une âme subtile, au talent délicat et dont il doutait sans arrêt.

Entre nous existait une qualité affective assez particulière. D'abord parce que nous sommes — ou plutôt étions — tous deux allemands, que nous parlions la même langue et que nous l'aimions. La langue maternelle compte énormément, beaucoup plus que ne l'ont dit ou écrit maints écrivains célèbres. Cette langue constitua le lien majeur qui nous réunit.

Je fis la connaissance d'Erich Maria Remarque au Lido de Venise. J'étais venue rendre visite à Josef von Sternberg. Remarque s'approcha de notre table et se présenta. Je faillis m'évanouir. Cela m'arrive encore aujourd'hui quand je rencontre des gens fameux. Je ne m'habituerai jamais à les voir « en chair et en os ».

Le lendemain matin, sur la plage, je le rencontrai de nouveau. J'avais un ouvrage de Rainer Maria Rilke sous le bras et cherchais un endroit où m'installer pour lire au soleil. Remarque s'avança vers moi. Il regarda le titre de mon livre, et dit, non sans sarcasme : « Je vois que vous lisez de bons auteurs. »

Pour relever l'ironie de son propos je rétorquai : « Voulez-vous que je vous récite quelques-uns de ses poèmes, tout de suite ? »

Ses yeux perpétuellement sceptiques se posèrent sur moi. Il ne me croyait pas. Une actrice de cinéma qui lisait ? Il fut stupéfait quand je lui récitai *le Puma*, *Léda*, *Journées d'automne*, *Heure grave*, *Enfance*, mes poèmes préférés. « Allons parler ailleurs », me dit-il. Je le suivis.

Je le suivis jusqu'à Paris ; et dès lors, ce fut moi qui l'écoutai.

Tout cela se passait avant guerre.

A Paris, il y avait les boîtes de nuit qu'il aimait, les meilleurs vins qu'il appréciait en expert — ce qui explique pourquoi je suis restée ignare en la matière : j'ai toujours été entourée d'hommes qui s'y connaissaient, qui commandaient une bouteille sans me consulter, me laissant dans l'ignorance. Remarque connaissait parfaitement les vins de chaque pays. Il adorait qu'on le mît au défi de découvrir le nom et l'année d'un cru, sans voir la bouteille, rien qu'au goût.

Remarque éprouvait beaucoup de difficultés à écrire. C'était un travailleur acharné, qui mettait des heures à construire une phrase. Toute sa vie, il fut marqué par le succès de son premier livre, *A l'ouest rien de nouveau*, et convaincu qu'il ne pourrait jamais renouveler ce miracle, encore moins l'égaler.

Il était d'une mélancolie et d'une vulnérabilité maladives. Cet aspect de sa personnalité me touchait beaucoup. Nos relations privilégiées me permirent, trop souvent, hélas, de constater son désespoir.

Quand la guerre éclata, à l'été 1939, nous nous trouvions réunis, mon mari, ma fille et lui, à Antibes.

J'ai oublié de parler de la passion de Remarque pour les voitures de sport. Il possédait une Lancia qu'il aimait à la folie. Lorsque nous passions à côté d'elle, il envoyait un léger coup de pied dans la carrosserie en guise de caresse. Il ramena ma fille à Paris dans sa Lancia, remontant le flot des réfugiés chassés par la guerre. Mon mari retourna à Paris dans sa Packard, ramenant vers la capitale des passagers de la dernière heure, surtout des Américains échoués dans le Midi de la France.

J'avais alors laissé la maisonnée dans la paix et le bonheur d'Antibes pour aller tourner un film en Californie. Mon mari, Maria et Remarque arrivèrent à Paris, puis embarquèrent à bord du *Queen Mary*, le dernier navire à quitter un port français.

Il n'y avait aucun contact radio pendant la traversée ; je fredonnais : « *See what the boys in the backroom will have* », en tremblant de peur. Leur appel téléphonique m'atteignit sur le plateau où je travaillais. Ils étaient à New York !

On m'avait dit que le *Queen Mary*, navire britannique, se dirigerait vers un port canadien ; j'avais donc envoyé des avocats et des avions privés pour les prendre à leur descente à terre, et les ramener en Amérique avant le début des hostilités. Mais à la surprise générale, le *Queen Mary* mouilla au port de New York.

Remarque, dont les nazis avaient brûlé les livres lors d'un gigantesque autodafé, avait acheté un passeport panaméen ; mon mari, lui, avait toujours son passeport allemand.

Quand l'Amérique entra en guerre, mon mari devint un « ennemi », et Remarque, qui s'était établi en Californie, fut « interné » pour la durée des hostilités. Il fut assigné à résidence dans son hôtel entre six heures du soir et six heures du matin.

A New York, les règlements étaient moins draconiens, certes. Mon mari ne pouvait pas travailler, à cause de la « carte rose », mais il était libre de circuler hors de son hôtel. Le malheur était partout. Je les plaignais de tout mon cœur. Leur présence en Amérique me touchait plus que je ne saurais l'exprimer.

Remarque fut parmi les premiers réfugiés à bénéficier de ma protection. Mon mari avait ramené notre enfant à Hollywood et nous aidait à nous organiser, mais les lois en vigueur en Californie l'obligèrent à regagner New York. Il détestait son « internement », et espérait, envers et contre tout, pouvoir gagner sa vie à New York.

Je trouvai une maison pour Remarque, bien qu'il aimât vivre à l'hôtel, surtout parce qu'il avait l'occasion d'y rencontrer des gens pendant le couvre-feu.

Le paradoxe de sa situation l'exaspérait : Hitler avait brûlé ses livres, et l'Amérique l'internait. Nous autres Allemands sommes très sensibles à l'injustice. Nous la remâchons, nous la méditons, nous nous révoltons contre elle, et nous nous rongeons les sangs pour rien. Mais nous ne l'acceptons pas. Nous devons boire la coupe jusqu'à la lie — la coupe amère et pleine de larmes. Nous ne pouvons pas faire autrement.

Remarque était un sage aux pensées limpides. Mais sa sagesse ne lui évitait pas la souffrance. Dès qu'on lui signifia que les mesures de couvre-feu étaient abrogées, il s'installa brièvement à New York, avant de s'exiler en Suisse. Blessé par ces terribles années qui avaient plongé le monde entier dans le chaos, il quitta les États-Unis avec regret. Il croyait s'être dérobé à ses responsabilités, n'avoir pas assez lutté contre le nazisme, car, ainsi qu'il le répétait souvent : « Il est facile de parler, mais difficile d'agir. »

Avant sa mort, j'eus un entretien avec lui, et ma fille, qu'il appelait « la chatte », parla également avec lui. Un ami me dit qu'il avait peur de mourir. Je ne comprends cela que trop bien. La peur de la mort demande de l'imagination. Et l'imagination était son fort.

Jeune fille, j'étais passionnée par Knut Hamsun. Aujourd'hui encore, je connais par cœur des passages entiers de *Victoria, la Faim, Pan,* et de tant d'autres de ses livres. Si j'ai bonne mémoire, ce fut ma première infidélité à Goethe.

Quand Hamsun se rangea aux côtés des nazis, je fus amèrement déçue, mais j'avais alors vieilli et étais habituée aux déceptions.

Je ne peux pas dire que j'aimais beaucoup les romans.

Hiob, de Joseph Roth, constitue une exception notoire à cette règle. J'emmenais partout ce livre avec moi, mais je le perdis, comme la plupart des objets auxquels je tenais, peut-être pendant l'exode, peut-être plus tard, au cours de mes voyages. Aujourd'hui, ce livre est introuvable. J'ai demandé aux libraires de ma connaissance de me contacter au cas où ils le trouveraient.

Les biens matériels n'ont plus aucun sens quand on est un immigré. On apprend à se contenter de l'indispensable. Cette situation ne me ravit guère, mais je m'y fais relativement bien.

Un jour, par hasard, j'ai lu une nouvelle de Paustovsky intitulée *le Télégramme*. Elle figurait dans un livre en édition bilingue, avec le texte russe et, en vis-à-vis, la traduction anglaise. Cette nouvelle eut un impact si fort sur moi que je ne pus l'oublier, pas plus que le nom de cet auteur dont je n'avais jamais entendu parler auparavant.

Me trouvant dans l'impossibilité de lire d'autres nouvelles de ce grand écrivain, j'attendis. Lorsque je me rendis en Russie, je m'enquis de Paustovsky dès mon arrivée à l'aéroport. Des centaines de journalistes m'attendaient; ils ne posèrent aucune des questions stupides auxquelles j'étais habituée. Je m'entretins avec eux pendant plus d'une heure et réunis un maximum d'informations sur Paustovsky.

Je le rencontrai à Leningrad où nous jouions pour les écrivains, les artistes, les acteurs, parfois à raison de quatre représentations par jour. Chaque spectacle se déroulait dans un théâtre ou dans la salle attribuée à chaque groupe.

Cet après-midi-là, Burt Bacharach et moi étions en coulisses quand ma belle interprète, Nora, me dit que Paustovsky était dans la salle. Il avait été hospitalisé peu de temps auparavant à cause d'une crise cardiaque; c'est ce qu'on m'avait appris lors de mon arrivée à l'aéroport.

Je dis: « C'est impossible », mais Nora m'assura qu'il était bien là avec sa femme.

Je jouai et, assez bizarrement, Burt Bacharach m'annonça que j'avais été excellente. C'est étonnant, car lorsqu'on fait trop d'efforts, cela se retourne généralement contre soi.

Après le spectacle, on me demanda de rester sur scène. Dans tous les théâtres russes, sur toutes les scènes russes, il y a des marches qui permettent d'accéder à la scène, et je vis bientôt un homme monter vers moi. C'était lui.

Je fus si bouleversée par sa présence, je me sentais tellement incapable de prononcer la moindre parole, que je pus seulement lui manifester mon admiration en m'agenouillant à ses pieds. Imaginez la scène!

Sa femme me calma, puis déclara que « c'était bon pour lui », car moi, en infirmière attentive à la santé d'un de mes écrivains favoris, je voulais qu'il retourne immédiatement à l'hôpital. Quand je pense qu'il avait pris la peine de venir me voir !

Paustovsky mourut peu de temps après cette soirée, mais j'ai toujours ses livres, ses nouvelles et ce souvenir. Son écriture est romantique, mais dépourvue de toute mignardise. Il ressemble un peu à Hamsun dans ses descriptions, mais il est surtout le meilleur auteur russe que je connaisse. Je regrette de ne pas l'avoir découvert plus tôt.

De même, j'aurais aimé rencontrer Rainer Maria Rilke, mais je n'en ai jamais eu l'occasion. Peut-être n'aurait-il pas remarqué une admiratrice inconnue.

Une fois devenue « star », il me fut plus facile d'approcher certaines personnes. Mon nom servait de Sésame. Je n'en jouai que dans l'intérêt d'autrui, non dans le mien. Grâce au Ciel, ma célébrité ne fut pas complètement inutile.

Il est peut-être surprenant que je n'aie pas davantage de héros-écrivains. Goethe, Rilke, Hamsun, Hemingway, Remarque, et Paustovsky. J'ai beaucoup admiré Heinrich Böll, mais il ne m'enivre pas autant que ceux que je viens de citer. Son écriture est sobre, superbe. Je l'aime beaucoup, car elle redonne à la langue allemande sa beauté initiale, qu'elle avait perdue à cause des expressions anglo-américaines totalement ineptes mais qu'adoptent si volontiers les Allemands.

Naturellement, j'ai lu Steinbeck, Faulkner, Caldwell, qui m'ont énormément plu. De même, j'ai été fascinée par les écrivains anglais — je ne parle pas des classiques que j'ai dû lire dans ma prime jeunesse. Mais je ne me rappelle pas de livres aussi riches et agréables que ceux de mes « héros ». Des livres, des poèmes, qu'on peut lire et relire.

Assez bizarrement, je n'ai eu guère de goût pour la poésie moderne. Je me suis pourtant intéressée aux poètes « modernes ». Peut-être suis-je trop vieux jeu pour comprendre leurs allusions et le sens caché de leurs œuvres ? Après Rilke, il n'y a pas de poésie qui sonne agréablement à mes oreilles, résonne dans mon âme et demeure dans mon cœur. Si ce n'est celle d'Auden, qui est le poète que je préfère après Rilke.

Une fois parvenu au tournant de sa vie, on se souvient des bonheurs de sa jeunesse : ils restent inégalés, sinon par ceux que l'on puise chez les grands écrivains. Je ne parle pas de Dickens, de

Baudelaire ou de Rimbaud, pour citer quelques noms parmi ceux qui m'ont illuminée. Je parle de Hemingway, Faulkner, Caldwell, Hamsun, Böll, Auden — et je parle de *tous* leurs livres, pas seulement de quelques pages par-ci, par-là.

Je ne suis pas vraiment une spécialiste de ce qu'on appelle les « livres faciles », mais je connais John McDonald, Rex Stout, Ed McBain et ces écrivains qui nous font oublier nos soucis quotidiens. Nous en avons tous besoin, et j'admire souvent leurs tournures de phrases, leur talent de conteurs. Dans leur domaine, ils sont des maîtres incontestés. Que de nuits blanches j'ai passées avec eux. Je leur en suis reconnaissante. Avec ou sans somnifères, mes nuits sont longues.

Dick Francis est mon préféré. Comme j'adore les chevaux et les courses de chevaux, il est devenu un ami intime, bien que je ne l'aie jamais rencontré. Je hante les librairies à la recherche de ses derniers livres, et quand j'en trouve un, je me mets tranquillement au lit en compagnie de Dick Francis.

En revanche, les romans d'espionnage ne m'intéressent pas, pas plus que la science-fiction. Mais je lis aussi des best-sellers, bien sûr. Erica Jong, par exemple, même si je hais les descriptions de rapports sexuels. Selon moi, elles sont mauvaises. On peut s'étendre interminablement sur ce que Un tel fit à qui, quand, comment et pourquoi, mais cela n'apporte strictement rien à l'histoire. Les grands écrivains n'ont jamais éprouvé le besoin de décrire ce genre de scène. Ils étaient suffisamment subtils pour nous faire partager leurs nuits d'amour sans parler de « b... », ni insister sur le va-et-vient du phallus.

Je suis strictement opposée à la littérature pornographique, mais il paraît que « ça se vend ». Aujourd'hui, peut-être. Mais ne vendait-on pas de livres avant ? Il est évident que ces livres-là ne dureront pas. Dans dix ans, leurs auteurs seront oubliés. Et tant mieux pour eux. Ils auront amassé une fortune en moins de deux, l'auront mise de côté, sans jamais songer à travailler pour la postérité.

Des gens médiocres. Des écrivains médiocres. Après un livre, deux au maximum, ils sont finis. La source est tarie — s'il y eut jamais la moindre source.

Noel Coward : une « amitié amoureuse [1] »

Nous avions l'un pour l'autre des attentions dignes de deux amants. Chacun était toujours sensible aux moindres changements d'humeur de l'autre, à ses moindres désirs. Pas de querelle, une entente parfaite. Aucune tentative pour couler l'autre dans le moule préfabriqué de ses souhaits. Nous marchions « sur la pointe des pieds » — pour ainsi dire.

J'étais à Hollywood, quand je vis le film intitulé *le Goujat [2]*.

Dès que mes émotions sont en jeu, j'agis incroyablement vite. Je téléphonai à Noel Coward qui se trouvait en Angleterre, dans sa maison de campagne, et m'annonçai. Il raccrocha aussitôt.

L'opératrice répéta mon appel, et je dis brièvement à Noel Coward quelques mots de son film, lui récitant une partie du dialogue. Après quoi il finit par s'expliquer. Ayant horreur de certains farfelus, il avait cru qu'on lui jouait une mauvaise plaisanterie en se servant de mon nom. Notre conversation dura très longtemps et marqua le début de notre amitié.

Nos relations me surprirent toujours, car j'étais aux antipodes de ses goûts : pas très brillante, pas très spirituelle, je n'aimais pas les soirées mondaines, je n'appartenais pas à son milieu, je ne partageais pas ses habitudes, je fuyais la publicité, je ne voyais pas le monde comme lui, et pourtant nous étions inséparables.

Grâce à lui, j'allai à Londres pour chanter au Café de Paris, chose que je n'aurais jamais imaginée possible. Le premier soir, il me présenta, récita le poème qu'il avait écrit pour l'occasion, puis je descendis le fameux escalier, auréolée de gloire, me dirigeant droit vers sa main tendue, après quoi il me laissa seule devant le micro.

Chaque soir, de grands acteurs du théâtre anglais, imitant son exemple, rédigèrent leurs introductions et se relayèrent pour me présenter dans le night-club où je chantais.

Il me fallut pas mal de temps pour y croire.

Quand Alec Guiness me téléphona à l'hôtel Dorchester afin de me demander le feu vert pour le texte qu'il devait prononcer le soir même, je crus à une farce, mais Alec Guiness arriva en chair et en os à l'hôtel, me montra son texte, puis me dit : « Pourriez-vous me trouver un revolver ? » L'arme lui serait utile pour la

---

1. En français dans le texte. (NdT.)
2. *Le Goujat*. Titre original : *The Scoundrel*. Film réalisé par Ben Hecht et Charles McArthur (1935).

parodie de western qu'il entendait réaliser avant mon tour de chant.

Il n'y avait plus une place de libre dans la salle, bien sûr à cause de moi et de mes costumes somptueux (je ne chantais pas très bien à cette époque), mais aussi à cause de la présence de tous ces acteurs.

Le spectacle me plut tant que j'acceptai de revenir sur scène l'année suivante. Cette année-là, les acteurs furent remplacés par de grandes actrices et des personnalités politiques comme Mme Bessie Braddock, qui apparut devant les spectateurs, en smoking et robe du soir, vêtue d'un tailleur de ville, l'emblème de la faucille et du marteau au revers. Dans ce cadre surprenant, elle remporta un immense succès.

Nous devînmes amies. Plus tard, lors d'une tournée en Angletere, elle prit l'habitude de m'emmener visiter des hôpitaux, des maisons de retraite avant de me déposer à l'entrée du théâtre.

Noel Coward supervisait toutes ces péripéties de son regard rieur et triomphant. Alors que je m'apprêtais — c'était bien après l'épisode Braddock — à participer à une émission de télévision à Londres, j'appris brusquement, la veille de l'enregistrement, que les paroles d'une célèbre chanson que j'avais l'intention d'interpréter étaient inacceptables à la télévision. Noel Coward vola à mon secours. Nous avions soumis au producteur l'œuvre de Cole Porter, *I get a kick out of you*, et tout était en règle, du moins le croyions-nous.

Eh bien non. Car le deuxième couplet contenait cette phrase : « *I get no kick from cocaine* [1]. » J'ignore en quelle année Cole Porter écrivit cette chanson, mais je sais pertinemment que toutes les grandes vedettes du show-business l'ont chantée, et telle quelle.

Cole Porter n'était plus là quand les autorités de la télévision me signifièrent qu'il était hors de question de conserver le mot « cocaïne ». Ma devise étant : « Ne pas poser de problème », j'essayai de trouver un mot ayant autant de syllabes et la même rime, mais je ne suis pas poète.

A bout d'inspiration, j'appelai la Suisse, exposai mon cas à Noel Coward qui me dit : « Attends que je rappelle. » J'attendis donc, et informai la direction de la télévision que de nouvelles paroles allaient remplacer les anciennes. Sur ce, on me dit qu'il fallait que les « héritiers » de Cole Porter approuvent cette modification.

Que d'obstacles je rencontrai dans la préparation de mon pre-

1. Littéralement : « Je ne prends pas mon pied avec la cocaïne » (NdT).

152

mier spectacle télévisé, tourné dans un théâtre bizarre, splendide, mais encore en pleine construction ! Enfin, les grandes premières se déroulent dans un capharnaüm sans nom, et les artistes sont optimistes, ils ont été créés pour être sauvés par un extraordinaire miracle.

Noel Coward me rappela vingt minutes plus tard. « *They say that smoking's insane* [1] » : il avait trouvé la rime et le mètre. Sans problème, comme toujours.

Il me demanda à maintes reprises de venir habiter avec lui dans sa belle maison au-dessus de Montreux. Lors de mes visites, je n'ai jamais eu le temps d'y séjourner plus que quelques jours.

En m'y rendant, j'achetais du tabac au village ; son maître d'hôtel et moi roulions nos cigarettes, mais leur goût faisait horreur à Noel. « Je parie que tu ne peux pas t'arrêter de fumer », me dit-il un jour. « Bien sûr que si », lui répondis-je en éteignant ma cigarette. Il fit de même. C'était facile pour moi, car je n'avais aucune raison de fumer. Mais c'était plus difficile pour lui.

Je tins ma promesse : je n'ai plus jamais fumé, nouvelle preuve de ma stupidité. Lui a continué jusqu'à la fin de sa vie.

A l'époque où je fumais, je dormais comme une bienheureuse. Du jour où j'ai arrêté, pendant cette discussion avec Noel Coward, je n'ai plus jamais bien dormi.

Je suis rentrée à Paris. Nuits d'insomnie. J'ai écouté tous les conseils possibles et imaginables. Je m'allongeais dans mon lit les pieds tournés vers le nord, vers le sud, vers l'ouest, jamais vers l'est, pour me retrouver à chaque fois avec les nerfs en pelote.

Mais je voulais tenir ma promesse à tout prix.

A mon grand regret, je dus finalement prendre des somnifères, car j'avais à travailler, et pour cela le sommeil est indispensable.

Je ne crois absolument pas aux histoires que racontent les chercheurs des centres de recherche contre le cancer, selon lesquelles le tabac serait responsable du cancer des poumons. Ce sont des fariboles. Mon très cher ami, le grand ténor Richard Tauber, qui n'avait jamais fumé une cigarette de sa vie, est mort d'un cancer des poumons, au Guy's Hospital de Londres. Je m'en souviens parfaitement, car j'avais essayé de payer ses opérations pendant la guerre, à une époque où tous les fonds étrangers étaient bloqués, y compris les miens.

Vous pouvez mourir d'un excès d'aspirine, d'un excès d'alcool,

1. « On dit que fumer, c'est de la folie » (NdT).

d'un excès de somnifères ; n'importe quelle substance peut vous faire mourir si vous dépassez la dose. Alors, pourquoi ne pas écrire : « Suivant arrêté du... , vous devez savoir que cette boisson risque de provoquer une cirrhose », sur les bouteilles de whisky et de bourbon ? La réponse est simple : cette phrase entraînerait la perte de millions de dollars.

Il me semble que les fabricants de cigarettes furent très mal conseillés lorsqu'ils acceptèrent de s'incliner devant le verdict de la Faculté et d'imprimer la phrase fatale sur les paquets de cigarettes.

Quand on cesse de fumer, on a besoin d'un produit de remplacement. Je ne buvais jamais à l'époque où je fumais. Seulement au dîner, avec des amis, un point c'est tout.

Aussi bizarre que cela puisse paraître, les gens qui arrêtent de fumer croient signer un pacte avec le diable, et croient qu'*ils ne mourront jamais*. En fait, ils mourront d'autres maux — cancer de l'intestin, cancer de l'estomac, du pancréas, etc. Le cancer ne s'arrête pas. Rendre les cigarettes coupables de tous nos malheurs est une grande injustice.

Étant donné que j'ai dépensé une énergie considérable pour ne plus fumer, je ne vais certainement pas recommencer, mais il n'y a que cela qui m'en empêche. Fumer ne cause aucun mal... J'aimerais pouvoir retrouver le goût de la cigarette.

La mort est inévitable, alors pourquoi faire tant de cas de la façon dont on meurt ?

Certes, dans tous les domaines, l'excès est nuisible. Mais cela s'arrête là.

Noel Coward décida de recommencer à fumer, et il eut bien raison.

Sa mère était morte, il n'avait pas d'enfant, il n'était responsable que de lui-même, il avait le droit de choisir le genre de vie qu'il désirait mener pendant ses dernières années. Il détestait son « infirmité », comme il l'appelait, et nous inventions sans cesse des jeux nouveaux pour lui faire oublier qu'il marchait avec beaucoup de difficultés.

Un jour, à New York, nous nous rendîmes à un spectacle intitulé *Oh, Coward*, et Noel devait gravir plusieurs marches, devant tous les spectateurs ; comme à l'accoutumée, il tourna cela en dérision, mais son rire me brisa le cœur.

Quand il s'éteignit à la Jamaïque, j'étais en tournée, à Chicago. Je me produisais alors dans le genre de salle qu'il m'avait bien dit d'éviter. J'appris la nouvelle par téléphone, aux côtés de Joe Davis, le grand maître de l'éclairage, qui avait préparé mon premier spectacle au Café de Paris, et je fondis en larmes.

La douleur est égoïste, et elle brouille notre vision des choses. C'est un fait, l'égocentrisme fragile de Noel Coward, qui m'était si familier, ne m'empêcha jamais de l'aimer avec une sorte de détachement.

Je ne lui étais pas indispensable, je pouvais vivre sans lui. Du moins le prétendions-nous. Aujourd'hui, après tant d'années, il me manque plus que jamais. Plus personne, ici-bas, ne recharge mes batteries. Un vide absolu dans un monde désert.

Mais ce monde n'était pas à sa convenance. Il le quitta sans regret.

PEINTRES ET SCULPTEURS

Il est des peintres que j'adore quand je regarde leurs toiles, et il en est d'autres que j'ai appris à admirer dans ma jeunesse.

Les impressionnistes sont mes préférés.

Cézanne est mon dieu. Il laisse toujours des espaces libres à travers lesquels l'imagination peut s'envoler. D'un léger coup de pinceau, il crée des forêts et des arbres, et vous découvrez brusquement toute la campagne vue par le peintre. Presque pas de couleurs — pourtant, tous ses coups de pinceau sont colorés.

J'ai aussi envie de parler d'un sculpteur : Alberto Giacometti. Il sculpta un jour un chien, que je vis exposé au musée d'Art moderne. Je suis tombée amoureuse de ce chien — alors que, généralement, je n'aime pas beaucoup les chiens.

Un jour que je me trouvais à Paris, un de mes amis, Alex Liberman, arrangea un rendez-vous entre Giacometti et moi. Ni l'un ni l'autre ne recherchions la publicité. Nous nous rencontrâmes dans un bistrot, loin des regards des photographes détestés. Selon ma bonne habitude, je ne pus ouvrir la bouche. Je restais assise, muette ; Giacometti prit mon visage entre ses mains, et me dit : « Vous n'avez pas faim, n'est-ce pas ? Allons donc parler dans mon atelier. »

Il travaillait alors sur des statues de femmes tellement grandes qu'il devait monter sur une échelle pour en atteindre le sommet. L'atelier était froid et nu. Il était là, perché sur son échelle, moi accroupie à ses pieds le regardant, attendant qu'il descende ou qu'il prononce un mot.

Il parla. Mais ce qu'il me dit fut si triste que j'en aurais pleuré si

155

j'avais su pleurer au moment adéquat. Lorsqu'il fut à ma hauteur, nous nous étreignîmes.

Il me fit cadeau d'une magnifique statue de « fille » — ce fut ainsi qu'il la baptisa. Il l'enveloppa dans un journal. « Emmenez-la en Amérique, et donnez-la à votre enfant », me dit-il.

Je suivis ses ordres à la lettre. Transportant la petite statue sur mes genoux à travers l'Atlantique, je savais que je ne reverrais jamais Giacometti. Il mourut d'une cruelle maladie, beaucoup trop tôt. Comme tous les grands artistes, c'était un homme triste. L'admiration que je lui portais parut le toucher, mais malgré toute ma bonne volonté, je ne pouvais rien contre la tragédie qui le hantait.

Nous fréquentions les cafés de Montmartre et les restaurants ; il me regardait manger. Son cœur comme son corps étaient malades.

Je regrette aujourd'hui de ne pas avoir accepté tous les trésors qu'il m'offrit. Comme d'habitude, je fus trop bien élevée pour accepter cette profusion de présents. Mais je ne refusai pas son amour — et que les « professeurs » ne se mêlent pas de cela. Je ne peux pas dire qu'il m'enrichit. Ce fut moi qui essayai de l'enrichir. Mais je ne disposais que de peu de temps. Trop peu de temps.

COMPOSITEURS

Stravinsky

Je l'adorais depuis longtemps et pensais ne jamais le rencontrer. Pourtant, j'eus cette chance, mais sans l'avoir cherchée, car je ne poursuis jamais mes héros.

Lors d'un dîner organisé par Basil Rathbone [1], Stravinsky était assis à côté de moi. Aussi calmement que je le pus, je lui exposai mon admiration, ajoutant : « J'aime beaucoup la partie du *Sacre du printemps* où la jeune fille s'éloigne de l'homme en courant, et s'enfonce dans les bois en criant. »

Il me regarda un moment, puis : « Cette scène n'existe nulle part dans la musique que j'ai écrite, et pas davantage dans mes ballets. »

Sur ce, je lui chantai le passage précis dont je parlais ; il atten-

---

1. Acteur d'origine anglaise. Il se distingua au cinéma dans le rôle de Sherlock Holmes. (NdT.)

dit patiemment que j'eusse terminé. « Si vous croyez que cette musique accompagne la scène que vous mentionnez, remarqua-t-il, alors c'est parfait ; je tiens cependant à vous signaler que cette scène ne figure pas dans *le Sacre du printemps.* »

Il en fallait plus pour me décourager.

J'ai continué à aimer sa musique comme je l'entendais, et refusé de corriger mon interprétation.

Généreux comme il l'était, il me dit beaucoup plus tard qu'il aurait souhaité composer la fameuse scène dont je lui avais parlé.

Chaque fois que nos chemins se sont croisés, et avant qu'il ne nous quittât pour de bon, nous nous sommes revus. Malheureusement, ces occasions ont été très rares.

Harold Arlen

Comme je l'aime ! Comme j'aime sa musique, comme j'aime son talent, son intelligence !

Lui et ses enfants sont de grands amis. Un jour, il écrivit une de ses chansons sur un mur de la nursery de ma fille.

Sa générosité est infinie.

Quand j'eus enfin le courage d'interpréter une de ses chansons, *One for my Baby, One for the Road,* à Londres, il traversa l'Atlantique pour venir m'écouter... J'étais morte de peur, mais j'enregistrai la chanson, et le résultat lui plut.

Et ce n'est pas tout, quand j'en ai besoin, il me prête de l'argent.

Il tomba très malade, et à mon retour d'Europe, j'appris qu'il avait été transporté dans un hôpital new-yorkais. Les chirurgiens, croyant à un ulcère, l'avaient opéré pour découvrir qu'ils ne pouvaient rien faire — et, en bons chirurgiens qu'ils étaient, l'avaient recousu.

Je passai un terrible week-end à son chevet, pendant que les sommités de la Faculté profitaient calmement de leur week-end, hors de New York, sans qu'on pût les joindre.

N'ayant aucun lien de parenté avec Harold Arlen, il m'était difficile de prendre une décision ou de formuler la moindre exigence. Je me sentais terriblement inutile.

Après que la famille, qui attendait que « son état empirât », eut été prévenue, j'appelai d'une cabine de l'hôpital le docteur Blackmore, le grand spécialiste des ulcères, et lui demandai de se tenir à ma disposition, ce qu'il accepta — l'éthique...

« Si nous parvenons à arrêter l'hémorragie en moins d'un quart d'heure, me dit-il, il est sauvé. »

157

Il y réussit et l'hémorragie cessa.

Je ne bougeai pas du chevet d'Harold. « Reviens, Harold, ne t'en va pas, reviens », murmurais-je à son oreille. Il m'écouta et fut bientôt hors de danger.

Je me liai d'amitié avec l'infirmière — une fille merveilleuse — chargée de ses innombrables transfusions. A la fin de la journée, quand il était impossible de trouver un taxi, nous partions toutes les deux, bras dessus bras dessous.

Harold Arlen, qui doit la vie à l'intervention du docteur Blackmore, est toujours de ce monde et en bonne santé.

Un grand homme, un grand compositeur, inégalé et inégalable.

ARTISTES

Sinatra, Nat King Cole, Piaf

Sinatra, le roi incontesté du music-hall, est un homme très aimable, contrairement à ce qu'on pense généralement de lui.

Chacun devrait s'en être aperçu, car pour chanter comme il le fait, il faut être d'une extrême sensibilité, posséder une vraie richesse de cœur. Son image publique, créée par la presse, ne lui convient absolument pas. Je le connais bien. Il n'a pas besoin des journalistes. Il n'a jamais eu besoin de ces types qui fourrent leur nez dans votre vie privée et déforment toutes les informations sur commande.

Sinatra possède un grand avantage sur nous autres, femmes : il peut se battre, se défendre physiquement contre les journalistes. Nous aimerions aussi le faire, mais c'est plus difficile, bien que certaines femmes en aient le courage. Sinatra n'attaque que lorsqu'il y est contraint, mais à cause de son tempérament italien, il a beaucoup de mal à dissimuler sa colère.

Dans les aéroports, en particulier, les photographes se conduisent comme des animaux furieux. Ils cherchent à photographier les gens sous leur jour le plus désavantageux. Je n'oublierai jamais la fois où j'avais demandé une chaise roulante pour accomplir les kilomètres qui me séparaient de mon avion. Souffrant des séquelles d'un grave accident, je n'avais aucune envie de me fatiguer inutilement. Mais après avoir subi l'assaut des photographes et des journalistes agglutinés à l'aéroport, je décidai de marcher pour me débarrasser de cette horde. Mon plan réussit. Ces « messieurs » voulaient me voir dans une chaise roulante. Ne tenant pas à me montrer marchant jusqu'à mon avion, ils partirent, écœurés. Sinatra les traite ainsi qu'ils le méritent ; il y met du génie, comme dans tout ce qu'il entreprend.

Il s'attaque à une chanson comme le poète travaille son texte. Son intonation, sa façon de respirer, ses arrangements sont célèbres, son professionnalisme, sa générosité, sa loyauté aussi — tout en lui est célèbre. Ce génie éclectique n'a que faire des journalistes et autres photographes.

Nat King Cole était à l'opposé de Frank Sinatra. C'était un homme timide, modeste.

Je l'ai rencontré à Las Vegas. A ce moment-là, j'étais encore novice dans la profession où je venais brutalement de m'engager.

Nat King Cole me dit que j'avais mieux à faire que de me produire dans cette ville, que je devais jouer dans des théâtres, aller à l'étranger, et il me conseilla de commencer par l'Amérique du Sud.

Nous nous revîmes alors qu'il chantait au Fairmont Hotel de San Francisco et que j'avais un contrat avec le Geary Theatre. J'arrivais du Texas, ignorant qu'on avait monté d'innombrables comédies musicales en ville, et que tous les bons musiciens étaient déjà engagés.

Nat King Cole vint me voir lors d'une répétition. Il me prit à part pour me donner quelques conseils : « Vous n'avez pas le droit de travailler avec des musiciens de deuxième ordre, car vos arrangements sont difficiles. Vous devez donc suivre deux règles. *Numero uno* : décrocher les meilleurs musiciens dans chaque catégorie. *Numero due* : choisir votre imprésario longtemps à l'avance pour qu'il puisse réserver les meilleurs musiciens en fonction de vos dates de passage dans chaque ville. »

Alors qu'il achevait sa prestation au Fairmont, je me dépêchai de m'y rendre pour l'entendre chanter *Joe Turner Blues*. Il tenait le rideau de scène à la main, et entonnait le dernier chorus en le refermant. Nat King Cole était un homme merveilleux qui manifestait discrètement ses émotions, mais il n'était jamais timide quand il s'agissait pour lui de prodiguer ses conseils.

Sans lui, je ne serais probablement jamais passée du night-club au théâtre. Comme il est injuste qu'il soit mort si jeune !

Je crois que Dieu l'aimait, même s'il me semble impossible que Dieu aime ceux qui meurent jeunes.

Terrifiée de la voir brûler la chandelle par les deux bouts, de la voir prendre jusqu'à trois amants en même temps, j'étais avec elle comme une cousine de province. Elle ne s'en rendait pas compte. Elle était constamment, éternellement préoccupée de ses émotions, de sa profession, de sa croyance en toutes sortes de bizarreries, de sa passion pour l'univers en général et certains êtres en particulier.

A mes yeux, elle était vraiment l'oiseau fragile dont elle portait le nom, mais aussi la Jézabel dont l'insatiable soif d'amour devait compenser un sentiment d'incomplétude, sa « laideur » — ainsi qu'elle l'appelait —, son corps frêle et menu qu'elle envoyait au combat comme Circé, les sirènes et la Lorelei, séductrice promettant tous les délices du monde avec l'intensité sans pareille qui était la sienne. Elle me donnait le vertige avec tous ses amants que je devais conduire de cachette en cachette dans ses appartements.

Je lui rendis les services qu'elle exigea de moi. Sans jamais comprendre son terrible besoin d'amour, je la servis bien. Elle m'appréciait ; peut-être m'aimait-elle. Pourtant, je crois qu'elle ne pouvait aimer que les hommes. L'amitié était un sentiment vague, dont l'ombre traînait parfois dans son esprit et dans son cœur. Elle n'avait jamais le temps de se consacrer exclusivement à l'amitié. Elle avait raison, car ses réserves n'étaient pas inépuisables. Je fus son habilleuse au théâtre et au *Versailles*, le night-club de New York où elle chanta. Quand la tragédie la frappa de plein fouet, je pris en main les problèmes pratiques de sa vie. Nous devions aller chercher Marcel Cerdan à l'aéroport ; elle dormait quand j'appris que son avion s'était écrasé aux Açores et qu'il était mort.

Il fallut la réveiller à l'heure prévue et lui annoncer la nouvelle. Puis arrivèrent médecins et médicaments. J'étais persuadée qu'elle annulerait son spectacle au *Versailles*, mais lorsque j'en discutai avec elle dans l'après-midi, elle tint à honorer son contrat. Je dus lui obéir, mais jugeai absolument nécessaire de demander au chef d'orchestre d'effectuer une coupure dans le spectacle, de supprimer *l'Hymne à l'amour*. Ensuite, j'allai avec l'électricien de l'établissement régler les projecteurs pour adoucir l'éclairage. Je la retrouvai dans sa loge : elle était calme et déterminée. Elle avait décidé de chanter *l'Hymne à l'amour*.

Comme tout le monde, je redoutais surtout un passage de cette chanson : « Si tu meurs, je mourrai aussi. » Pourtant elle tint bon.

Elle exécuta son tour de chant comme s'il ne s'était rien passé. Bien plus, elle ne donna jamais l'impression de se plier malgré elle à la dure loi des gens du show-business : « Le spectacle doit continuer. » Elle se servit de sa douleur, de sa souffrance, de sa tristesse pour chanter encore mieux que d'habitude.

Les soirs suivants, nous restâmes toutes deux assises dans sa chambre d'hôtel plongée dans l'obscurité, nous tenant les mains au-dessus de la table ; elle utilisait tous les moyens connus des désespérés pour ramener Cerdan vers elle. Elle s'écriait soudain : « Il est ici — n'as-tu pas entendu sa voix ? » Je la mettais au lit, sachant que cette folie du désespoir finirait par passer.

Elle passa.

Bien longtemps après ces événements, Edith Piaf annonça qu'elle allait se marier. J'affrontai aussi cet orage. Il fallait que la cérémonie eût lieu dans une église de New York, et que je fusse son témoin ; comme je n'étais pas catholique, Edith Piaf s'arrangea donc pour m'obtenir une dispense spéciale. Elle retourna au pays de ses souvenirs et de ses superstitions enfantines, et par une sombre matinée new-yorkaise, je me retrouvai en train de l'habiller. En entrant dans sa chambre, je la vis assise sur son lit, nue, conformément à la coutume. La « coutume », naturellement, était liée à la croyance qu'ainsi le bonheur ne pourrait plus jamais quitter le couple des jeunes mariés. Autour du cou, elle portait une chaîne avec la petite croix d'émeraudes que je lui avais donnée ; elle semblait désespérée dans cette chambre sinistre, à des milliers de kilomètres de son pays natal.

Dès la fin de cette expérience, elle rentra en France. Notre relation était tendre ; sans doute n'était-ce pas de l'amour. J'ai toujours respecté son attitude et ses décisions.

Beaucoup plus tard, lorsqu'elle se drogua, je cessai de lui être fidèle. C'était là plus que je ne pouvais supporter. Je connaissais mes limites, même si je comprenais son besoin de se droguer. Comprendre, ce n'est pas toujours approuver. Que pouvais-je faire ? Malgré tous mes efforts pour aider Edith, je butais contre un mur inébranlable : la drogue.

J'étais désespérée. Les drogues n'étaient pas aussi dangereuses que celles d'aujourd'hui — il n'y avait pas d'héroïne ni de substance aussi infecte — mais il s'agissait bel et bien de drogue, et je renonçai à l'aider. Mon amour pour elle persista, mais il était devenu inutile. Elle n'était pas seule. Ainsi qu'on pouvait s'y attendre, un jeune homme dévoué se trouvait à ses côtés.

J'abandonnai Edith Piaf comme une enfant perdue — qu'on

regrettera toujours, qu'on pleurera toujours, que je porterai toujours au plus profond de mon cœur.

Rudolf Noureïev

Je n'ai jamais connu un homme aussi vaniteux.

Il a certes de bonnes raisons professionnelles pour l'être, et on tolérerait peut-être son attitude si Noureïev ne se montrait aussi présomptueux dans le privé qu'il l'est sur scène.

Je rencontrai Noureïev grâce à mon amie Margot Fonteyn, et je lui rivai son clou, ainsi qu'à elle, dans les immenses et froides « coulisses » — si l'on peut parler de « coulisses » — du Palais des Sports de Paris.

Noureïev est à la fois un solitaire et un extraverti — un alliage étonnant —, qui surprend tous ceux qui l'approchent. Mais tel est exactement le but de Noureïev.

J'ai souvent vu Noureïev à Londres, car nous y étions voisins. Il se plaignait sans arrêt de ses jambes, qu'il disait « trop courtes », et mon rôle consistait à lui répondre que ce n'était pas le cas, qu'en scène il était parfait. Le grand danseur Eric Bruhn était son gourou.

Bruhn ne bougeait pas de la loge de Noureïev, et seul son hochement de tête approbateur pouvait contenter celui-ci. Comme je n'ai jamais vu Bruhn danser, je ne peux pas juger son talent, et dois m'en remettre au jugement de Noureïev. Il dut être le plus grand, bien qu'il ne ressemblât nullement à un danseur. Il avait l'air très sérieux, mais semblait totalement étranger au théâtre ou à la danse.

Quand je vois Baryshnikov, je pense toujours à Noureïev et à son obsession d'avoir des jambes courtes. Baryshnikov n'a pas à s'inquiéter à ce sujet. Il a de belles et longues jambes, son visage est l'incarnation même de la danse. Il n'éprouve aucun complexe d'infériorité. Je crois que son magnifique équilibre est dû au fait qu'il aime les femmes.

Ce n'est pas un solitaire, même pas dans son art. Il est sain, Dieu merci !

Elisabeth Bergner

Elisabeth Bergner fut l'idole de millions de personnes et, avant l'*Ange Bleu*, celle de ma jeunesse.

162

Ainsi que je l'ai déjà dit, elle était aimable avec les débutantes, mais je la redoutais.

Chaque fois qu'on est confronté à un grand personnage, on ressent de la crainte. C'est du moins mon cas. Cela m'est souvent arrivé. Et quand la personne en question se double d'une grande actrice, alors, la peur est décuplée. Quoi qu'on puisse en dire, durant les dernières années de la décennie 1920, Elisabeth Bergner fit sensation sur toutes les scènes d'Europe. Elle fut la reine des planches, « souvent imitée, jamais égalée ».

Elle était une apparition, ni homme, ni femme. Elle était Bergner. Elle parlait l'allemand de façon très particulière, en accentuant les syllabes de façon inhabituelle. Sa mèche de cheveux sur le front, baptisée « la boucle Bergner », devint le *nec plus ultra* de la mode. Elle lança aussi celle des cheveux très courts, quand les jeunes Allemandes laissaient pousser leurs cheveux jusqu'aux épaules.

Elisabeth Bergner fascinait son public, l'ensorcelait comme une magicienne.

Bien des années plus tard, nous devînmes amies à Hollywood et en Angleterre.

Après « *la Femme et le Pantin* »

Lorsque Josef von Sternberg décida de mettre un terme à notre collaboration — sans doute aidé par les patrons du studio —, commença pour moi une longue série de films médiocres. A mon corps défendant. « Si vous quittez Hollywood maintenant, me dit von Sternberg, tout le monde croira que c'est *moi* qui vous y ai obligée. Vous devez continuer à travailler ici. » Je tournai mes films suivants sans beaucoup de conviction, c'est le moins qu'on puisse dire.

Rouben Mamoulian, qui devint un grand ami, me toléra. D'autres aussi. Le seul film dont je n'ai pas à rougir fut *Désir (Desire)*, mis en scène par Frank Borzage sur un scénario d'Ernst Lubitsch. Je retrouvai un Gary Cooper plus monosyllabique que jamais, mais enfin débarrassé de Lupe Velez [1] qui n'avait pas quitté ses genoux de tout le tournage de *Morocco*.

Désir fut réussi et s'avéra un succès financier, ce que, à l'époque, j'avais appris à apprécier. Le scénario était excellent, les rôles formidables — ce qui prouve une fois de plus qu'ils sont plus importants que les acteurs. Mais avant que *Désir* se fût imposé au box-office (il en est toujours ainsi au cinéma), nous tournâmes un autre film, pas très bon, écrit *et* réalisé par Ernst Lubitsch : *Ange (Angel)*. Quand *Désir* sortit dans les salles du monde, cela nous regonfla le moral.

---

1. Célèbre actrice, surtout connue pour ses amours tapageuses. Sa liaison avec Gary Cooper défraya la chronique d'Hollywood. (NdT.)

164

Le Jardin d'Allah

En 1936, alors que j'étais toujours sous contrat avec la Paramount, David Selznick s'attaquait à un film en couleurs d'après un roman à succès de Robert Hichens. Il entra en pourparlers avec la Paramount et m'« emprunta » pour la durée du tournage.

Sa situation était assez particulière. David Selznick, avec sa connaissance exceptionnelle des rouages du pouvoir, son art d'arriver à ses fins rien qu'en écoutant attentivement ses interlocuteurs, avait bâti un empire personnel où le moindre de ses mots était un ordre. J'aimais beaucoup travailler pour lui, car je savais exactement ce qu'on attendait de moi. Bien sûr, il n'était pas infaillible. Mais il était suffisamment généreux pour réparer ses erreurs et dépensait son argent avec une largesse dont il fit toujours preuve pour ses propres productions.

Selznick et moi partagions les mêmes convictions. Comme moi, il détestait les couleurs criardes, ou trop vives. En sage qu'il était, il engagea Ernst Dryden pour dessiner mes costumes.

Dryden dut assumer une tâche difficile. Mon personnage était celui d'une femme à la fois mystérieuse et réelle. Le film se passant dans le désert, Selznick ne voulait pas d'une amazone caracolant en bottes et pantalon. L'idée de vêtements couleur sable lui plut, et nous commençâmes à tester divers tissus pendant que Dryden dessinait. Malgré toutes les histoires racontées à propos de ce film, et bien que Josh Logan et les anecdotes aient été le point de mire de maintes soirées, le Jardin d'Allah reste à ce jour le plus beau film en couleurs jamais réalisé.

Dans ce film, Charles Boyer incarnait un moine en rupture de couvent, et moi une créature bizarre, aux réactions imprévisibles. Je portais le nom ridicule de Domini Enfilden, et selon toute apparence, je cherchais la « paix de l'âme » dans le désert. Le fait de participer à l'une des premières grosses réalisations en couleurs m'intriguait.

Selznick, qui tenait à la véracité de mon personnage, m'écouta avec une infinie patience quand je lui communiquai mes idées concernant mes costumes : j'avais en effet décidé de choisir uniquement des teintes s'harmonisant avec le sable du désert.

Dryden, très talentueux costumier, tomba d'accord avec moi et nous créâmes des vêtements de toute beauté.

Pour la première fois dans l'histoire du cinéma en couleurs, on n'utilisa que des tons pastel, et la photographie fut superbe, ce qui en dit long, car les grands chefs opérateurs du noir et blanc n'avaient jamais étudié les problèmes spécifiques de la couleur.

Un jeune homme arriva de New York, Josh Logan (à l'époque, il assumait la fonction de « directeur des dialogues »). Depuis, il a écrit un livre dans lequel il évoque nos expériences, et il amuse encore des centaines de personnes dans les dîners où il va avec ses anecdotes relatives au *Jardin d'Allah*. Elles ne sont pas toutes absolument authentiques, mais elles sont certainement cocasses.

Nous nous rendîmes dans le désert de l'Arizona, où nous campâmes sous la tente en compagnie d'innombrables scorpions. La chaleur était atroce. Le maquillage dégoulinait sur nos joues, mais le pire désastre fut le toupet de Charles Boyer.

En début d'après-midi, alors que le soleil encore violent commençait à changer de couleur, nous nous hâtions de terminer les plans en cours, avant que les rayons jaunes ne soient plus photographiables, ou que la lumière ne corresponde plus aux teintes matinales. Moyennant quoi, personne ne prêtait beaucoup d'attention au toupet de Charles Boyer.

Un jour que nous tournions la grande scène d'amour du film, Boyer s'inclina vers moi pour m'embrasser, son toupet se releva brusquement, et la sueur accumulée dessous se déversa sur mon visage. Panique générale : les maquilleuses, les coiffeuses se précipitèrent dans le plus grand désordre, et ce soleil qui continuait à descendre et à jaunir. L'opérateur cria : « Terminé pour aujourd'hui ! »

Mr. Selznick ordonna à toute l'équipe de rentrer à Hollywood pour y attendre de nouvelles consignes, tandis qu'on dressait un gigantesque plateau censé imiter le désert. Des camions transportèrent du sable des plages de l'océan Pacifique, d'énormes ventilateurs furent mis en place pour simuler une légère brise. La production dépensa une véritable fortune.

Et on nous convoqua enfin pour refilmer les plans gâchés par le toupet indiscipliné, ainsi que les scènes suivantes.

A cette époque, il fallait attendre plusieurs jours pour voir à l'écran le résultat de tous ces efforts. Nouvelle catastrophe ; le verdict fut : « Mauvaise couleur du sable. » En effet, le sable de l'océan Pacifique n'avait pas la même couleur que celui de l'Arizona.

Une fois de plus, on nous renvoya dans nos foyers. Pendant que nous attendions, on retira le « mauvais » sable du plateau pour le remplacer par celui, plus approprié, de l'Arizona. (Mr. Selznick était un perfectionniste tel que je n'en ai jamais vu.)

166

Pourtant, malgré toutes les modifications qu'il apporta au scénario, il ne put sauver ce film, qui demeure aujourd'hui encore un des plus beaux films en couleurs... de ces temps héroïques.

Mais, à notre grand regret, *le Jardin d'Allah* n'est rien d'autre que cela. Nous avons tous donné le meilleur de nous-mêmes pour réussir ce film, mais le miracle ne s'est pas produit. Personne ne peut prévoir ce qu'aimeront les critiques. Dans tous les domaines artistiques, un coup de poker reste un coup de poker.

Costumes

Quiconque possède quelques rudiments de photographie sait qu'il existe une immense différence entre l'œil humain et l'objectif d'une caméra. Les grands créateurs qui dessinèrent les costumes des vedettes de cinéma connaissaient à fond la photographie, la valeur des couleurs et le rendu de chaque matériau, avant même que les costumes ne prennent forme dans les ateliers de confection. Pourtant, on effectuait toujours des « essais de costume » et des « essais de maquillage » avant le début du tournage proprement dit.

Ces essais permettaient au chef opérateur de découvrir les problèmes qu'il allait devoir résoudre et de régler la lumière selon ses besoins.

J'ai déjà parlé de Travis Benton, qui, à la Paramount, s'occupa de tous mes costumes. La Metro Goldwyn Mayer avait, elle, Adrian, Irène et Karinska. Leur œil était si exercé qu'il y avait rarement de gros changements à effectuer après les résultats des « essais de costume ». A l'époque du noir et blanc, on jouait parfois la sécurité en testant les matériaux devant la caméra avant même la confection des costumes, parce que la couleur avait malgré tout une importance cruciale. Les teintes pastel remplaçaient les blancs francs, tandis que la couleur thé permettait de donner une impression de blanc.

Le noir (et surtout le velours noir) était absolument proscrit. Josef von Sternberg dut faire appel à tout son savoir-faire pour photographier les robes noires que j'adorais porter.

L'arrivée des pellicules couleurs sur le marché bouleversa ces données. Les studios se retrouvèrent sous la coupe d'une femme nommée Mme Kalmus, qui était alors directrice de Technicolor. Mme Kalmus était si fière du procédé couleur qu'elle exigeait que décors et costumes fussent de couleurs criardes — de même que, lorsque le son s'était imposé dans l'univers du muet, tous les acteurs s'étaient mis à hurler. On me demanda évidemment de faire un test de couleur. Je choisis une robe blanche, mais avant que quiconque ait pu intervenir, Mme Kalmus se glissa sur le plateau pour poser à côté de moi un vase contenant une tulipe rouge.

Les couleurs étaient violentes. Les bleus étaient si intenses qu'ils furent bannis, ainsi que le ciel. Lorsque le procédé de la couleur s'améliora, le ciel fut de nouveau photographiable. Pourtant, la folie de la couleur persista, comme chez un enfant qui découvre un nouveau jouet. Les studios créèrent de nouveaux départements, s'astreignirent à d'interminables essais, et finalement le noir sortit de sa quarantaine.

On inventa de nouveaux maquillages, on les testa, on les mélangea, on les réessaya. Les rouges à lèvres subirent le même élan créateur. Les hommes maquillés ressemblaient à des poupées. Mais rien ne pouvait endiguer la vogue de la couleur, qui renvoyait à la préhistoire toutes les expériences, toutes les connaissances antérieures.

Les meilleurs cameramen ignoraient ce nouveau procédé. Les cameramen de deuxième catégorie qui avaient eu le temps d'étudier la photographie en couleurs à leurs heures de loisirs en profitèrent pour occuper le marché. Une guerre terrible éclata. On finit par trouver une solution : les cameramen spécialisés dans la couleur dirigeraient les caméras et installeraient les lumières, alors que les as de l'ère du noir et blanc se concentreraient sur les angles de prises de vues et régleraient les éclairages, particulièrement sur les visages des vedettes. Ce compromis donna de piètres résultats, mais cela valait mieux que de laisser des cameramen inexpérimentés sur un tournage important uniquement parce qu'ils connaissaient la couleur. Les projecteurs aveuglaient alors les acteurs, à qui l'on déclarait que ce violent éclairage était absolument indispensable. Les premiers films réalisés dans ces conditions furent médiocres ; ils ne durent leur succès commercial qu'à la nouveauté du procédé. Heureusement pour moi, j'échappai à ces épreuves. J'eus la chance de ne jamais tourner un film en couleurs pour la Paramount, ayant seulement été prêtée à David O. Selznick pour *le Jardin d'Allah*.

Les costumes de théâtre posent des problèmes entièrement différents de ceux utilisés au cinéma. Ils sont destinés au seul œil humain. Cela devrait faciliter beaucoup les choses, mais, hélas, il y a de nombreux obstacles à surmonter.

Le fait de se trouver face au public est à la fois un atout appréciable et un risque considérable.

Le premier problème à résoudre est celui de la distance. Seuls quelques heureux élus sont assis au premier rang, lequel, d'ailleurs, est assez loin des acteurs. Par conséquent, tout doit être accentué. Des accessoires comme les bagues et les boucles d'oreilles sont quasiment invisibles, en dépit de toutes les recherches effectuées pour satisfaire à la vraisemblance historique.

L'éclairage de la scène, qui peut modifier les couleurs et les formes, pose aussi un problème. Contrairement au cinéma, il n'y a pas de gros plans. Tout est vu en « plan général ». Par conséquent, la silhouette prend une importance cruciale. Les mouvements des acteurs doivent être harmonieux, car il n'y a pas de « deuxième prise » possible.

Dans chaque grande ville, les bibliothèques et les librairies offrent de nombreux ouvrages sur le sujet. Le meilleur moyen de trouver ce qui convient à telle ou telle pièce est de s'en inspirer.

Les costumes « historiques » sont moins problématiques que les costumes modernes. Les costumes modernes de théâtre ne devraient jamais refléter la mode du jour, car rien ne se démode autant qu'un vêtement. N'ayant jamais joué au théâtre, je me suis fait une opinion en voyant de nombreuses pièces, en Europe, en Angleterre, en Amérique.

A chacune de mes apparitions lors d'un de mes récitals, je portais, ainsi que je l'ai déjà signalé, des costumes qui étaient de véritables œuvres d'art. Puisque je n'avais pas à me dissimuler derrière un personnage imaginaire, Jean Louis [1] et moi pouvions concevoir des costumes de rêve, sans avoir à subir les contraintes imposées au théâtre. Les créations de Jean Louis faisaient de moi un être parfait, éthéré, le plus séduisant qui fût. J'ai conservé certains de ses costumes, plus étourdissants les uns que les autres.

On m'a très souvent demandé pourquoi j'affectionnais le frac et la cravate blancs que j'avais imposés lors d'un spectacle monté dans les années 50. On ignore que cette pratique est fort ancienne. Dès 1900, une actrice nommée Vesta Tilly, suivie en 1910 par Ella Shields (surtout quand elle interprétait la chanson *Burlington Berty*), portait des vêtements d'homme. Les autres artistes du vaudeville britannique les imitèrent rapidement. Mais il n'y a pas que cela. Si je me suis souvent montrée en frac, c'est que les meil-

---

1. Célèbre costumier des stars hollywoodiennes. (NdT.)

leures chansons sont écrites pour des hommes. Par exemple, je tenais absolument à chanter *One for my Baby, One for the Road*, d'Harold Arlen. Or, impossible pour une femme d'être dans un bar à trois heures moins le quart du matin. Aucun problème, par contre, pour un homme. Voilà pourquoi je décidai de tenter un changement de costume ultra-rapide, quittant ma robe pour endosser un smoking. Je ne voulais pas que le public attende plus d'une minute ou deux ; l'idée était on ne peut plus casse-cou, mais nous parvînmes à contourner la difficulté. A dater de ce jour, j'eus un vaste choix de chansons, gaies, drôles, tristes. Je garde précieusement une lettre d'Allan Lerner où il m'affirme que selon lui je chante mieux que quiconque *Accustomed to her Face*.

A la fin de mon spectacle, je dansais en compagnie d'une rangée de girls, mais dans certains théâtres je dus y renoncer, car cette danse faisait passer tout le spectacle de la catégorie « concert » à celle de music-hall, modification qui entraînait des impôts supplémentaires pour les propriétaires de salles. Devant leur insistance, je supprimai la danse. D'ailleurs, cela me facilitait la vie, car se déplacer avec mes musiciens, mes éclairagistes, mes ingénieurs du son, plus douze danseuses et deux habilleuses constituait un surcroît de travail. Mais je regrettais souvent ce numéro. Les girls portaient des culottes noires « sexy », des collants noirs, des gilets blancs et des hauts-de-forme... Elles faisaient un merveilleux pendant à mon smoking noir. Sur scène, tout était noir, même la plupart des décors.

Je voyageais avec mon propre rideau de scène rose, qu'on abaissait juste derrière moi pour certains numéros pendant lesquels on l'éclairait avec des projecteurs colorés. Mes robes de scène, toutes brodées sur un tissu couleur chair, étaient faciles à éclairer, car aucune couleur n'interférait. Que ce soit au cinéma ou sur scène, j'ai toujours préféré les couleurs neutres aux couleurs franches, et les experts avec qui j'ai travaillé m'ont toujours donné raison.

Photographes

Lors du tournage d'un film, une des personnes essentielles est le photographe de plateau. Sa tâche consiste à prendre des clichés publicitaires de l'action et des vedettes. Néanmoins, la plupart des photographies qui circulent parmi le public sont réalisées en studio.

« Marlène Dietrich fut un de mes sujets préférés, a écrit à mon propos Davis Boulton. C'est une technicienne hors pair. Elle connaissait la photographie aussi bien que moi. Elle réclamait un seul projecteur placé au-dessus d'elle de façon à mettre en valeur les méplats de ses joues. Les vedettes n'aiment pas beaucoup être photographiées, vous savez. »

Selon moi, le plus grand talent d'un photographe consiste à savoir mettre à l'aise son sujet, à le rendre euphorique, le faire poser, le faire changer d'expression — bref, à rendre vivante la séance de pose, quitte à introduire un fond musical dans son studio. Le photographe bénéficie d'un immense avantage sur le cinéaste : son modèle est immobile ; il ne respire même pas. Pas d'éclairage compliqué pour couvrir les déplacements des acteurs.

Suivent les subtilités du développement et des retouches. La retouche est un art en soi. Je m'y suis initiée grâce à un jeune Japonais de la Paramount que j'observais pendant des heures à sa table de travail, à l'affût de la moindre imperfection qu'il corrigeait de son pinceau. D'habitude, de jeunes assistants s'occupent de l'exposition et des autres problèmes techniques.

Le grand photographe cherche surtout à obtenir l'image qu'il a en tête, tout en tenant compte des goûts du public. Il a aussi l'énorme avantage de pouvoir prendre des centaines de clichés — ou davantage (« la pellicule ne coûte rien »), de choisir le meilleur, et de l'envoyer dans le monde entier, où il sera reproduit pendant des années, augmentant encore sa gloire. On ne s'étonnera donc pas que tous les photographes soient des modèles de politesse et de charme, et qu'aucun n'ait le moindre scrupule pour arriver à ses fins, si bien que tous sont prêts à vendre leur âme photogénique en échange d'un négatif impeccable.

Mais j'aime tous les photographes sans exception et les envie pour plus d'une raison.

Mes préférés sont Beaton, Steichen, Armstrong-Jones, Avedon et Greene.

Je devais tourner un autre film pour la Paramount. Je m'étais aussi engagée à jouer pour la Columbia dans un film sur George Sand, sous la direction de Frank Capra. Mais soudain, la hache s'abattit.

Un certain Brandt, propriétaire d'une chaîne de salles de cinéma, fit paraître une publicité dans tous les journaux d'Amérique : « Les acteurs et actrices suivants sont déclarés *indésirables au box-office* » : en larges majuscules s'étalaient les noms de Garbo, Hepburn, Crawford, Dietrich, etc. C'était notre arrêt de mort.

Mais il faut expliquer qu'à l'époque les grands studios avaient édicté une règle qui était la suivante : chaque fois qu'un distributeur voulait obtenir un film avec Garbo ou Dietrich, par exemple, il devait acheter six films médiocres (ou carrément mauvais) à la même compagnie.

La publication de cet avis dans les journaux bouleversa l'industrie cinématographique. La M.G.M. demeura loyale à ses vedettes, continua à les payer, mais les studios n'engagèrent plus d'argent pour produire des films avec elles. La Paramount ne se montra pas aussi généreuse : elle me licencia. Et la Columbia annula le projet concernant George Sand.

A quoi bon prendre un risque avec une vedette « indésirable au box-office » ?

Je ne connaissais aucune des grandes actrices figurant sur la liste noire, je ne sus pas comment réagir à ces mesures.

Je pliai donc bagage en deux temps trois mouvements pour aller retrouver mon mari et mes amis en Europe. Dire que j'étais désespérée serait exagéré. En fait, je me moquais totalement d'Hollywood. J'étais déboussolée, j'avais besoin de conseils, de quelqu'un pour me guider. J'eus la chance de trouver ce que je cherchais.

Je me rendis d'abord à Paris rejoindre mon mari qui y travaillait, et passai deux semaines à l'hôtel Plaza Athénée. Nous réglâmes tous nos problèmes, fîmes largement honneur à la cuisine française, puis décidâmes de partir vers le sud dès que mon époux serait en vacances.

Nous nous réfugiâmes à Antibes. Là, plus de soucis. C'étaient les bains de soleil avec les amis, les Chris-Craft, les bains de mer, les rires fusant pour un rien, la fin des tracas, des migraines, une liberté totale. Nous avions déjà passé plusieurs étés dans ce havre de paix. Mais l'été 1939 ne ressembla pas aux précédents.

Entourée de mon mari, de ma fille, d'Erich Maria Remarque, de Josef von Sternberg et de quelques amis, je ne cessais de me demander : « A quel monde appartiens-je ? Suis-je une " star nulle ", une " star finie ", ou tout simplement une " nullité " ? » « Indésirable au box-office », tel avait été le verdict de ces messieurs d'Hollywood. En fait, je me moquais de cette sanction. Mais je ressentais la même impression qu'à mes débuts : et si j'allais décevoir ?

Depuis longtemps déjà, von Sternberg avait renoncé à diriger ma « carrière ». J'étais entièrement livrée à moi-même.

Nous passions donc des vacances merveilleuses. La famille Kennedy était là, et nous étions vraiment au paradis. Ma fille Maria nageait avec Jack Kennedy jusqu'à l'île proche, tous deux tenant leurs vêtements au-dessus de l'eau, afin de pouvoir s'habiller pour le déjeuner sur l'île.

Du rivage, je surveillais ces nageurs accomplis (ce que je n'ai jamais été) tout en priant le Ciel pour qu'ils ne se noient pas. Ils sont toujours arrivés sains et saufs. Ils revenaient à l'heure du dîner, heureux, trempés, débordant de joie. Quel été ce fut ! Nous ne savions pas que ce serait le dernier. Nous ne savions pas qu'il s'achèverait brusquement, dans les larmes et les menaces. Nous dansions ; il y avait deux tables, une pour les jeunes et l'autre pour nous, les parents. Nous changions parfois de place ; un soir, Jack Kennedy m'invita à danser. J'aimais tous les enfants Kennedy, et cet amour ne s'est jamais démenti.

Au cours de cet été 1939, contre toute attente, je reçus un coup de téléphone du producteur Joe Pasternak, d'Hollywood : « Je prends le risque de tourner un film avec vous, me dit-il. J'ai déjà l'accord de Jimmy Stewart et je tiens à ce que vous soyez sa partenaire dans un western [1]. » Je répondis : « Non, pour rien au monde. » Mais Josef von Sternberg me conseilla pourtant d'accepter. Je quittai donc Antibes pour Hollywood.

JE CHANGE DE STUDIO

Le film fut agréable à tourner, et l'immense succès qu'il remporta nous ravit tous. Joe Pasternak surtout en fut heureux, car il avait défié l'industrie du cinéma et il se trouvait récompensé de ses efforts.

Après *Femme ou démon*, il tourna plusieurs autres films avec moi. *La Maison des sept péchés* (1940), puis *les Écumeurs* (1942) et *la Fièvre de l'or noir* (1942) rapportèrent beaucoup d'argent à la Universal.

Joe Pasternak avait le talent de rendre tout le monde heureux. Il était bien assisté par des metteurs en scène tels que George Marshall et Tay Garnett. En revanche, les acteurs ne le secondaient pas beaucoup.

Gens désagréables, les acteurs.

D'abord, John Wayne. Inconnu, sans le sou, il me supplia de l'aider. Je le fis. Je téléphonai à mon agent, Charlie Feldman, qui

---

1. *Destry Rides Again* (en français : *Femme ou démon*). (NdT.)

173

me répondit que les débutants ne l'intéressaient pas. Il finit pourtant par céder à mes arguments.

A cette époque, John Wayne gagnait dans les quatre cents dollars par semaine, avec lesquels il devait faire vivre sa femme et ses deux enfants. Je fis de mon mieux pour impressionner Charlie Feldman, inventant à mon protégé toutes sortes de « talents » plus incroyables les uns que les autres. John Wayne n'était pas vraiment brillant, mais il était correct et il avait besoin d'argent. Grâce à Charlie Feldman, il décrocha un contrat avec la Universal et je tournai quelques films avec lui. Je ne peux pas dire qu'il fut réellement mon « partenaire », car son jeu était en fait très limité — il se contentait de débiter ses répliques, un point c'est tout. Je l'aidais de mon mieux. Wayne n'était pas un type très brillant, ni très excitant. Il m'avoua qu'il ne lisait jamais un livre. Ce qui ne l'a pas empêché d'amasser un joli magot au fil des ans. Cela prouve qu'il n'est pas nécessaire d'être très intelligent pour devenir une grande vedette de cinéma.

Quand nous nous retrouvâmes à nouveau, dans *les Écumeurs*, en 1942, il était un peu plus sûr de lui, mais il n'avait pas davantage de talent. Randolph Scott, qui participait au film, s'occupait de la « direction d'acteurs ». Même chose dans *la Fièvre de l'or noir*, que nous tournâmes peu après. Plus tard, John Wayne est devenu riche comme Crésus, a joui d'une influence énorme à Hollywood. Il s'est passé de mon aide. Il a réussi, sans ouvrir le moindre livre.

Malgré tout, ne suivez pas son exemple ! Lisez !

Ainsi que je l'ai déjà signalé, tous nos amis réfugiés avaient trop d'amour-propre pour rester en Amérique sans avoir un travail. Nous les aidions à en trouver un, dans la mesure de nos moyens, et M. Pasternak n'était pas en reste.

Ce fut lui qui eut l'idée de me faire tourner mon film suivant sous la direction de M. René Clair. Je renâclai, mais finis par accepter, l'important étant toujours de faire son devoir en toutes circonstances. J'inscrivis donc sur mon agenda : *la Belle Ensorceleuse*, mis en scène par René Clair, avec Bruce Cabot.

Voilà un acteur parfaitement stupide, incapable de se souvenir de son texte. René Clair, qui ne parlait pas un mot d'anglais, ne put le tirer de ce mauvais pas. De toute façon, Bruce Cabot, contrairement à John Wayne, était un acteur vaniteux. Il refusait de se faire aider. Je me résignai à lui payer des cours, pour qu'au moins il se présente sur le plateau en connaissant ses répliques. Une belle réussite !

L'équipe détestait René Clair (sûrement à cause de la barrière linguistique), au point que les techniciens me poussaient presque hors du plateau dès qu'ils entendaient le signal : « Remballez vos affaires. » *La Belle Ensorceleuse* fut un échec. Comme d'habitude, j'y portais des costumes somptueux, je jouais un double rôle (deux sœurs), mais cela ne suffit pas.

Je n'aimais pas René Clair, mais je ne le haïssais pas autant que le reste de l'équipe.

Le metteur en scène que j'ai le plus détesté fut Fritz Lang. J'eus la révélation de mes sentiments à son égard, en 1952, lors du tournage de *l'Ange des maudits*. Pour pouvoir travailler avec Fritz Lang, il me fallut refréner toute la haine et la révolte qu'il faisait naître en moi. Si Mel Ferrer n'avait pas été là, je crois que je serais partie au beau milieu du tournage. Mais Mel était toujours à mes côtés : il m'aida tout au long de ces fastidieuses journées. Fritz Lang appartenait à la « confrérie des sadiques ». Méprisant férocement la dévotion que je témoignais à Josef von Sternberg, il tenta de remplacer ce génie dans mon cœur et dans mon corps. Je le sais parce qu'il me l'a avoué.

L'arrogance teutonne qu'il affectionnait me dégoûtait profondément. Seule ma conscience professionnelle m'empêcha de rompre mon contrat et de suspendre le tournage. Avant que retentît l'appel : « Tout le monde sur le plateau ! », Fritz Lang passait des heures à tracer des marques sur le sol où nous devions nous placer toujours sans regarder à terre. Il agissait ainsi dans l'unique but d'empêcher les acteurs d'aller plus vite que lui et semblait prendre un malin plaisir à leur faire répéter inlassablement leurs mouvements.

Fritz Lang « balisait » chaque pas, chaque respiration, « tout », avec un soin sadique que n'eût pas désavoué Hitler, à une exception près : Fritz Lang, juif allemand, avait fui le nazisme pour se réfugier en Amérique. Il se comportait en tyran. Il n'aurait pas hésité — nous pûmes le constater — à enjamber des cadavres. Sa haute taille lui permettait de faire de larges pas et nous, nous avions beaucoup de mal à le suivre. Mel Ferrer, homme élégant mais nettement moins grand que Fritz Lang, déployait d'incroyables efforts pour respecter les marques et ne pas s'en écarter. En dépit de ma taille, j'étais incapable d'en faire autant. Mais Fritz Lang n'en tenait nullement compte. « Ne vous arrêtez pas », me criait-il en m'obligeant à répéter cent fois le même geste.

Je l'aurais volontiers étranglé sur-le-champ : ses ordres n'avaient ni rime ni raison. Il fit l'impossible pour me rendre res-

175

ponsable du temps perdu à régler les projecteurs en fonction de mes nouvelles positions, mais je me défendis comme une lionne. Pour avoir travaillé avec des réalisateurs importants, je savais que ce désir de diriger les mouvements d'un acteur avant que celui-ci ait pu répéter son rôle relevait du pur amateurisme, plus exactement, dans le cas de M. Fritz Lang, du sadisme.

Fritz Lang avait réalisé certains films à succès en Allemagne et aux États-Unis, sans pour autant atteindre à cette notoriété internationale qu'il recherchait. Je ne verserai pas une larme sur lui. Je n'ai rien perdu ; je n'éprouvais aucune amitié pour cet homme, donc pas de larmes. *L'Ange des maudits*, le film que je tournai avec lui, reste une œuvre fort médiocre.

Après cette expérience, je tournai *l'Entraîneuse fatale* avec George Raft et Edward G. Robinson. Raft se montra absolument merveilleux pendant tout le tournage. Raoul Walsh nous aimait tous et toutes, et nous le lui rendions bien. Ce film fut un succès. Coup de chance pour nous.

Depuis longtemps, j'avais réfléchi à ce que je ferais au cas où l'Amérique entrerait en guerre. Bien informée, je connaissais mon devoir. Naturellement, comme toujours, j'avais besoin d'argent, de plus d'argent que d'habitude. Je pensais avoir le temps de tourner encore un film. Ce que je fis, tout en préparant mon départ en vue d'un long séjour à l'étranger — tant que la guerre durerait.

Le jour de la mobilisation, le « Comité Hollywood », fondé dès l'accession des nazis au pouvoir, était opérationnel. Les principaux organisateurs en étaient Ernst Lubitsch et Billy Wilder.

Nous avions un contact en Suisse, un certain « Engel », à qui l'on envoyait des capitaux destinés à libérer des centaines de prisonniers des camps de concentration allemands et à les amener en Amérique. Je n'ai jamais rencontré ce M. Engel, mais ce dut être un homme magnifique. Il prit sur lui de rendre ce service à l'humanité, sans tenir compte des risques de l'entreprise. Au début de la création des camps de concentration, il était encore possible de faire évader les prisonniers, qui étaient ensuite acheminés vers la Suisse dans le plus grand secret, déguisés en moines ou en religieuses, et ce grâce à un réseau clandestin qui fonctionnait parfaitement. Une fois arrivés à bon port, on les habillait, on les nourrissait. Dès qu'ils allaient mieux, ils partaient en avion pour Los Angeles.

Je me souviens d'un grand compositeur populaire, Rudolf Katcher, déjà gravement malade à sa libération, et qui mourut peu de temps après. Il est l'auteur de la chanson *Madonna*, célèbre dans le monde entier.

Mais la plupart de nos pensionnaires se rétablissaient rapidement. Notre devoir commun était de leur apprendre l'anglais, puis de leur trouver un emploi. Lubitsch et Wilder essayaient de donner à ces hommes et à ces femmes une nouvelle chance en Amérique, et ils réussirent souvent.

Les plus difficiles à satisfaire étaient les gens de théâtre. Ils étaient encore imbus de leur ancienne importance. Ils ne nous aimaient pas, nous les Américains. Mais ils s'installèrent quand même aux États-Unis et nous nous efforçâmes de leur procurer des emplois.

Je me rappelle le jour où un certain Rudolf Forster fut convoqué pour passer un test (arrangé par Lubitsch) aux studios de la Warner, dans lequel il était censé incarner un roi. Il vint me trouver pour me dire que le trône n'était pas à son goût, qu'il se refusait à se soumettre au test.

Lubitsch était d'une patience infinie. Mais Forster finit quand même par décider de nous quitter pour retourner en Allemagne nazie. Son départ nous démoralisa, car nous avions essayé de lui rendre son exil moins douloureux. Nous avions fait l'impossible pour lui trouver des rôles, mais ce personnage égocentrique désirait rester la vedette qu'il était en Allemagne.

J'ignore ce qu'il advint de lui après son retour dans son pays. N'étant pas juif, il surmonta peut-être là-bas sa déception de ne pas avoir trouvé de trône à son goût en Amérique.

Grâce au Ciel; nous n'eûmes pas beaucoup de déconvenues de ce genre. Nous avions créé un fonds nous permettant de secourir les victimes de guerre pendant des années, car certaines avaient trop souffert, dans leur âme et leur corps, pour s'adapter à une langue et à un pays étrangers. Ces réfugiés-là ne pouvaient pas travailler comme les autres. Malgré tout, ils méritaient de vivre agréablement.

A la longue le nombre des réfugiés diminua. Le renforcement des mesures de sécurité dans les camps de concentration rendit toute évasion quasiment impossible. Seuls des hommes très résistants, habitués à décharger les trains qui amenaient de nouvelles victimes, purent s'évader s'ils travaillaient à l'extérieur des camps, pas trop loin de la frontière suisse. Ils la rejoignaient à pied, se dissimulant pendant la journée, marchant la nuit.

Dès leur arrestation les Suisses plaçaient les évadés démunis de papiers d'identité dans des « camps ». Mais ceux-ci ne ressemblaient pas aux camps de l'horreur que les prisonniers avaient laissés derrière eux. Ensuite, M. Engel les libérait un par un avant de les envoyer en Amérique. C'était une procédure longue et fastidieuse.

Sauver quelques-uns de ces malheureux devint notre but et nous donna le sentiment d'être utiles. La même organisation poursuivit son action quand, en 1941, les États-Unis entrèrent en guerre. On construisit rapidement des camps d'entraînement pour les soldats américains. Tous les artistes susceptibles de les distraire et de soulager leur tension y furent envoyés en tournée. Nous voyagions surtout en car, les spectacles étaient montés à la va-vite, mais l'enthousiasme des artistes permit de surmonter de nombreuses difficultés. De grands comédiens comme Jack Benny ou George Jessel dirigeaient les groupes et participaient eux-mêmes aux spectacles, le fait d'être sur leur terre natale leur donnant une impression de sécurité. Pendant la guerre, ces attitudes se modifièrent. L'étape suivante consista à vendre des bons pour aider à financer l'effort de guerre, et nous fûmes accompagnés dans nos déplacements par une équipe de fonctionnaires déléguée par le Département du Trésor. Nos tournées s'avérèrent épuisantes. Entre six et huit spectacles par jour, et parfois le soir. Je devais me rendre dans les usines pour inciter les ouvriers à donner à l'État un certain pourcentage de leur salaire, et je prononçais des discours conformes aux instructions reçues, allant même jusqu'à dresser deux usines l'une contre l'autre. Cette stratégie s'avéra fructueuse. A moi seule, je récoltai un million de dollars, à verser dans les caisses du Trésor américain.

Tout cela — du moins, à mes yeux — devait contribuer à terminer la guerre aussi rapidement que possible.

Je travaillais aussi le soir, dans des clubs, où je m'adressais à un public à moitié ivre, avec la fougue d'un représentant de commerce, encouragée par mes gardes du corps du Département du Trésor. Je satisfaisais à tous les caprices des acheteurs potentiels de bons.

Le Département du Trésor avait conclu un accord avec les banques d'Amérique, qui permettait d'accéder à tous les comptes courants, même au milieu de la nuit, afin de vérifier si les chèques qu'on me remettait étaient valables ou en bois. Pendant le déroulement de cette opération, je devais m'asseoir sur les genoux des donateurs des night-clubs en attendant que les inspecteurs du Trésor reviennent et, d'un signe de tête, me disent que tout était en règle — ou que nous étions refaits.

Un soir, à Washington, on me demanda de me rendre à la Maison Blanche. J'y arrivai aux alentours de deux heures du matin. Les employés du Trésor restèrent dans la voiture.

Le président Roosevelt était debout — oui, il était debout [1] — quand on me fit entrer dans la pièce. Il s'assit dans son fauteuil, ses yeux clairs se posèrent sur moi, et il me dit : « On m'a raconté ce que vous faites pour vendre des bons. Nous vous en sommes reconnaissants. Mais je vous interdis formellement de confondre le démarchage et la prostitution. A partir de maintenant, vous ne donnerez plus le moindre spectacle dans ces lieux nocturnes. Cela est un ordre.

— Bien, monsieur le Président », dis-je, regrettant de ne pouvoir rester davantage, quitte à dormir sur le plancher.

On me ramena à mon hôtel, et désormais je ne travaillai plus que pendant la journée, n'hésitant pas malgré tout à me produire dans la rue. La « fièvre de la vente » persista longtemps.

J'étais alors trop épuisée pour me rappeler ce qui arriva ensuite. Je reçus une médaille avec les remerciements du Département du Trésor, un certificat magnifiquement imprimé, et l'affaire fut entendue.

Mon zèle n'empêcha pas ledit Département de me réclamer à la fin de la guerre des arriérés d'impôts. Une loi avait pourtant interdit de taxer un membre des forces armées.

Mais à peine « libérée », dès que j'atterris à l'aéroport de La Guardia, ces messieurs du fisc me tombèrent dessus.

Il me fallut des années pour acquitter mes dettes. Je n'avais plus d'argent, mais ce détail importait peu. Les services des impôts représentent une formidable puissance contre laquelle il est inutile de lutter.

On vous saigne à blanc, et vous êtes sans défense devant ces vampires. Je le sais, je suis passée par là.

Kismet

Avant de rejoindre l'armée, je tournai *Kismet*. Mon rôle dans ce film ne mérite pas qu'on s'y attarde, mais je savais que j'aurais besoin d'argent pour ma famille pendant mon absence.

La grande costumière Irène et moi passâmes des heures à rêver à mes costumes pour le personnage impossible que je devais camper.

---

1. Franklin Roosevelt avait été victime d'une attaque de poliomyélite. (NdT.)

179

Ce fut là mon premier séjour dans les studios de la Metro Gold-wyn Mayer. Nous enviions depuis longtemps les actrices travaillant pour cette compagnie, car elles y bénéficiaient de conditions exceptionnelles ; cajolées et chouchoutées par leurs patrons. Je pris des cours pour la danse « exotique » que j'avais à exécuter, à demi assise sur mes talons, ce qui me faisait tellement rire que j'en perdais le rythme. Irène et moi eûmes une idée qui n'aboutit pas totalement, mais qui sur le moment nous parut extraordinaire.

Il s'agissait d'un pantalon constitué de centaines de chaînettes d'or censées cliqueter légèrement à chacun de mes mouvements, qui scintilleraient sous les projecteurs du studio. Cela nous parut absolument *inédit*. Je passai des heures debout tandis que deux hommes ajustaient des centaines de petites chaînes d'or autour de mes cuisses, rampaient entre mes jambes avec leurs pincettes pour attacher les maillons les uns aux autres. Ils adoraient leur travail ! Quant à moi, j'étais tout bonnement fatiguée, les jambes écartées.

Le studio ne parlait plus que de cette extraordinaire trouvaille, et le jour arriva enfin où, ayant répété tous les pas de la danse, j'apparus sur scène. On joua *le Sacre du printemps*, s'il vous plaît, et, comme prévu, j'exécutai mon premier grand pas. Brusquement, on n'entendit plus que « crac, crac, crac », le bruit des chaînes qui se brisaient une à une, deux par deux, six par six, jusqu'au moment où je me retrouvai sans pantalon...

Panique générale. On me poussa dans une voiture pour me conduire à ma loge. Irène pleurait sur mon épaule.

« Nous devons trouver autre chose, lui dis-je pour la calmer, et oublier ces chaînettes. » Mais Irène se refusait à entendre mes raisons.

On me renvoya chez moi, et cette pauvre Irène fut convoquée par le grand patron, Louis B. Mayer.

J'eus soudain une illumination, qui ne présentait pas le moindre danger, qui ne risquait de provoquer aucun accident. « De l'or, songeai-je, comment obtenir un effet doré à l'écran ? »

Et je trouvai ! Me peindre les jambes avec de la peinture d'ameublement !

Je ne me sentais pas particulièrement fière, j'avais simplement hâte d'appeler Irène pour lui annoncer que j'avais trouvé la solution à notre problème et que nous pourrions y travailler dès le lendemain matin.

Le lendemain, à six heures, elle était dans ma loge. Deux

maquilleuses armées de pinceaux me badigeonnèrent les jambes avec entrain. Toute la pièce sentait la peinture, des taches dorées couvraient le plancher, mais l'effet était absolument miraculeux. Irène se reprit à sourire ; nous devions être sur le plateau à neuf heures. Personne ne pensait que nous réussirions à résoudre le problème en moins de vingt-quatre heures.

A neuf heures précises, je montai sur le plateau. Toute l'équipe poussa des « Ah ! » et des « Oh ! ». Les photographes me bombardèrent d'éclairs de leurs flashes. Le metteur en scène, William Dieterle, arriva, approuva d'un hochement de tête, et la musique commença. J'entamai ma danse, cette fois-ci sans la moindre gêne : la peinture dorée tenait bon. Au bout d'une heure, je commençai à avoir très froid, je tremblais comme un oiseau blessé. On installa des radiateurs pour me réchauffer, sans succès. Je terminai néanmoins ma journée de travail, en bonne fille que j'étais. Le médecin du studio vint m'examiner dans ma loge pendant que j'essayais d'enlever avec de l'alcool la peinture que j'avais sur les jambes. Il m'apprit que les assurances ne couvraient pas le studio « en la circonstance », personne n'ayant songé à ajouter la clause dont ils avaient maintenant besoin, au cas où la peinture aurait gravement bouché les pores de la peau sur la moitié inférieure de mon corps. (Telle était la raison de mon impression de froid.)

Je rassurai le médecin, je ne voulais pas renoncer à la peinture. Nous avions déjà fait une journée de travail, nous devions continuer (car une journée de studio coûte une fortune). Mes jambes avaient alors viré au vert, et je me cachai derrière des chaises et des rideaux jusqu'au départ du médecin.

Mon expérience de la « peinture dorée d'ameublement » remontait à mes débuts à la Paramount. Afin de paraître blonde à l'écran, et comme je refusais de me teindre les cheveux, j'utilisais un pigment doré d'ameublement, mais non dilué, contrairement à celui dont je m'étais servie pour mes jambes-*Kismet* — une simple poudre achetée dans les magasins spécialisés ; je la versais sur mes cheveux quand ils étaient coiffés et elle les éclaircissait, leur donnant aussi un éclat difficile à obtenir autrement.

J'entends encore les exclamations des cameramen : « Cela va se voir ! La peinture tombe sur votre visage. Cela va se voir ! » et Gary Cooper se redressant après un baiser passionné, le nez doré. Eh bien, cela « ne se vit pas » à l'écran, et cet aimable garçon de Gary Cooper dut se faire nettoyer le nez plusieurs fois par jour.

Quand on est une professionnelle et qu'on connaît la photographie, on trouve toujours moyen de contourner les difficultés. La plupart des actrices laissent les autres s'occuper de ce qui ne relève pas explicitement de leurs « compétences ». Pas moi.

Lorsque les « rushes » arrivèrent à la M.G.M., le lendemain de la grande première des « jambes dorées », tout le monde fut rassuré et me complimenta.

Ronald Colman était la vedette de ce chef-d'œuvre intitulé *Kismet*. Je ne l'ai pas vraiment connu. Il était assez froid et renfermé. Et je ne fais pas allusion à la « réserve anglaise », que je connaissais et appréciais. Simplement, nous n'étions pas faits pour nous entendre.

Devant rejoindre l'armée juste après ce film, on me faisait toutes les piqûres nécessaires pour que je puisse partir à l'étranger sans risque. Mes bras enflés étaient douloureux, je les dissimulais à la caméra pour ne pas gâcher la beauté de la créature de cinéma. M. Colman avait une peur bleue du moindre contact physique avec sa partenaire, moi en l'occurrence. Le studio alla jusqu'à changer de metteur en scène en cours de tournage, pour essayer de l'obliger à manifester l'amour censé brûler dans son cœur. Lorsqu'il finit par se jeter à l'eau, il me saisit naturellement par les bras, qui étaient couverts de piqûres. Je hurlai de douleur.

Je ne crois pas que *Kismet* rapporta beaucoup d'argent au studio.

Dès la fin du tournage, je quittai le studio et mon Irène bien-aimée ; je quittai pour de bon l'Hollywood que j'avais connu.

Contrairement à ce que croient les gens, Hollywood ne se réduisait pas à une petite communauté fraternelle où chacun se connaissait. Hollywood était à peine conscient de la guerre. Je coupai les quelques liens que j'y avais.

Je partis le cœur léger : « *Sang und Klanglos* » — « sans tambour ni trompette, sans un mot d'adieu ». Cela me convenait tout à fait.

SECONDE PARTIE

SECONDE PARTIE

La Seconde Guerre mondiale

Une maison banale. J'y vais tous les jours. Je m'y rends comme les gens vont au bureau — en me hâtant pour ne pas être en retard.

J'ai tiré un trait sur tous mes projets personnels, sur tous mes désirs, toutes mes aspirations, toute perspective d'avenir. Je vais là-bas et je reste assise. J'attends. Tout le monde attend. Les gens ont l'air inquiet, certains sont assis, d'autres font les cent pas. Il y a beaucoup de fumée. Des haut-parleurs émettent des annonces.

On appelle des numéros, comme dans une loterie. Des hommes se lèvent, s'éloignent, abandonnent des chewing-gums sur les portes à battants.

Où vont-ils ? Pas de réponse. Ici, on ne répond pas aux questions — mais il est vrai que toute question semble inutile.

Bref, j'attends moi aussi de partir, mais je ne suis pas dans la fournée qui s'éloigne maintenant. La salle à l'air surchauffé se vide. Dehors, le crépuscule tombe. La journée se termine. J'ai pris un bain avant de venir. Je prends toujours un bain avant de me rendre dans cette maison. Au numéro un. Je n'ai jamais connu personne, dans aucune ville, dans aucune rue, habitant le numéro un. Mais ici, je suis au numéro un.

Moi aussi, j'ai un numéro. On ne l'a jamais appelé. Je me trouve dans ces lieux au cas où on l'appellerait. Je ne dois surtout pas manquer cet instant.

Dès qu'on m'appellera, on me prendra en charge, on me transportera là où je dois aller, et tous mes projets et rêves personnels, que j'ai déjà abandonnés, resteront derrière moi. Je n'aurai plus besoin de penser ni de prendre de décisions — ni pour moi, ni pour autrui. On me nourrira, on s'occupera de moi au cas où j'aurais des ennuis. La vie sera facile. Je le sens — assise là, je le sens. Beaucoup de café et de cigarettes. Il y a un distributeur de café dans la salle ; la chaleur fait fondre les gobelets en papier. Aurais-je manqué mon numéro ? Dehors, il fait nuit. « Rentrez chez vous, annonce-t-on, plus rien pour aujourd'hui. Revenez demain. »

La rue ressemble à un autre monde. Je marche. Je m'éloigne du numéro un. Une fois à la maison, on me posera les mêmes questions qu'hier, et je donnerai les mêmes réponses. Je dormirai, je prendrai un bain et je retournerai au numéro un. Tel est mon boulot.

La voix qui m'appelle quotidiennement est sèche. « Présentez-vous au numéro un. » « Au numéro un. » On m'a appris à répéter.

La voix qui prononce ces ordres est calme et sort de derrière un bureau. Elle me fait bondir et traverser la ville en courant. Encore un bain. Le dernier. Je ne me suis jamais baignée aussi souvent. On ne m'a jamais enseigné que dans la vie on ne pouvait pas faire le plein de plaisir. J'essaie constamment de me résoudre à cette règle. Adieux, étreintes, baisers, un autre bain. Une fois encore, serments d'amour au-delà de la mort, de l'éternité. J'ai un boulot à faire. Cela m'inquiète. Je suis l'auteur de cette loi. Rien que moi. Cela explique pourquoi c'est si difficile.

Dépêche-toi et puis attends. Attends. Mais dépêche-toi. Attendre d'être appelée, comme pour un examen. Nous sommes tous redevenus des gosses. Même impression. Même peur. Mais aussi la même détermination à réussir. Pourquoi ai-je envie de pleurer ? Mais je ne pleure pas. Je dis au revoir. Je m'arrache aux étreintes des miens. Un taxi. Au numéro un. J'ai presque le sentiment de me rendre chez moi. Je suis habituée à cet endroit. La fumée, les gens assis, et pas un mot à quiconque. On attend les ordres. Quel sentiment agréable : attendre les ordres. Comme lorsque nous étions enfants, soumis à nos mères, à nos professeurs. L'école du dimanche — en rang, avancez, arrêtez-vous, chantez, en rang, par deux. Pas d'angoisse. Il suffit d'obéir aux ordres. Facile. Soufflez.

Payer le taxi. Compter la monnaie pour la dernière fois. La dernière fois ? Qui pourrait le dire ? Peut-être demain ressemblera-t-il à aujourd'hui ? Mais il faut compter la monnaie. Il fait sombre. Le chauffeur sourit, laisse-lui tout ce que tu as.

Il pleut. Me voici au numéro un ! Prends-moi, numéro un. Je suis venue si souvent, et me revoilà.

« Quand vous serez passés de l'autre côté de la colline, vous serez en sécurité — un de nos gars doit se trouver sur le côté, je crois que c'est près d'une espèce d'étable —, mais attention, tout est camouflé ; si vous vous avancez trop loin, vous tomberez en plein milieu des Boches. Maintenant, baissez la tête, et en avant. »

Le trajet fut pénible — tête sur les genoux, menton ballotté, dents s'entrechoquant. La jeep gravissait la colline à toute vitesse. Les accélérations violentes rejetaient ma tête en arrière. Je sentais mes os craquer. Je voyais le ciel, les nuages bas, la cime des arbres, la terre. Et des casques, une ligne brisée de casques. L'ennemi.

Brusquement, un sifflement, la pointe d'une botte dans mon dos. « Planque-toi, imbécile ! » Nous descendons la colline à tombeau ouvert. Une sorte de « flop », un crissement de freins et comme un mille-pattes bondissant du ciel sur les casques, les épaules, les dos.

« Sortez en rampant ! Ouvrez l'œil, nom de Dieu ! Sortez en rampant, magnez-vous, restez sous le filet, direction l'étable. »

Le tonnerre. L'écho se répercute sur les collines. Nos mains s'enfoncent dans la boue. S'ils nous touchaient ! Quelle mort — à quatre pattes ! La porte de l'étable est entrouverte. A l'intérieur, le silence et l'obscurité. Mais on entend des bruits de respiration, on se sent observé. Au bout d'un moment, on aperçoit des visages sombres, sales, barbus, des regards fixes sous les casques enfoncés. Des fusils, telles des lances verticales, sur lesquels ricoche la lueur d'une allumette.

Près de moi, deux caisses renversées. La scène. Des hommes immobiles. Des hommes inquiets en tenue de combat, écoutant le grondement croissant de la canonnade. Quelqu'un enfonce son doigt dans mon dos. « On commence ? » « Oui », dis-je.

Nous devons commencer. Les ordres sont formels : « Vous commencez dès votre arrivée. Quelque chose de court. L'étable est sous un feu nourri. » Ils refusent ce que nous avons à leur donner. « Quel est le crétin qui t'a donné cet ordre, fillette ? » « Très bien, dis-je, laissons tomber. Nous allons attendre une accalmie pour partir. » Nous chuchotons en fumant. Nos paroles nous localisent dans les ténèbres. Un bref rire fuse sur le côté. Un soldat raconte une histoire. Une note sort doucement de l'accordéon. Je commence à fredonner du bout des lèvres.

Une chanson hardie racontant ce qui se passe dans « l'arrière-salle ». Des têtes se tournent vers moi. Des yeux rencontrent les miens. Je continue à chanter à voix basse. Ils écoutent ; retiens-les maintenant — retiens-les. « Quel est le crétin... ? » Retiens-les, fillette, ronronne, minaude — accroche-les, retiens-les. Une parenthèse de dix minutes, c'est tout, fillette. C'est tout ce qu'on te demande. Peux-tu leur offrir cela ? Crois-tu en être capable ?

« Il ne suffit pas de vouloir réussir, avait indiqué le général. Si vos nerfs lâchent, si vous craquez, alors vos bonnes intentions me nuisent. Mais si vous réussissez — alors, bravo. Votre présence au front leur fera du bien. " La situation n'est pas si terrible puisque Dietrich est là, se diront-ils. Le vieux ne la laisserait jamais courir pareil danger, si nous devions tous y rester. "

« Conclusion erronée, trancha-t-il. Mais vous devez soulager leur tension, ils ont besoin de ça.

— Je n'ai pas peur d'être tuée, mon général, mais d'être capturée. J'ai le grade de capitaine. Pourquoi seulement capitaine ? Pourquoi pas général ? Peut-être les Allemands ont-ils appris que j'allais dans le théâtre européen d'opérations ? S'ils me prennent, mon rang ne les impressionnera guère. Ils me raseront, me lapideront, me feront tirer dans les rues par des chevaux. S'ils m'obligent à parler à la radio, mon général, ne croyez surtout pas ce que je dirai. »

Le général sourit et se détourna pour sortir un revolver de la poche de son coupe-vent. « Tenez, tirez quelques balles avant de vous rendre ! Il est petit et efficace. »

« *No love, no nothing, until my Baby comes home* [1]... » La terre tremble. Le tonnerre éclate autour de nous. La prochaine fois, ils vont nous frapper de plein fouet. « *No fun, with no one... Plenty of sleep* [2]. » Que faire, maintenant ? Directives. Je suis une imbécile. Ils ont raison. Assise ici, à chanter ces couplets stupides. « *I'm lonesome Heaven knows* [3]. » Tous les yeux des soldats sont fixés sur moi. Il fait de plus en plus sombre. Les coups de tonnerre semblent s'espacer. J'ai l'impression de guetter un orage qui s'éloigne, comptant entre les éclairs et les coups de tonnerre pour déterminer la distance, avant de sortir en courant pour jouer au cerf-volant.

Des pas sur la paille, des lampes-torches. « Barrez-vous, vite. » Je touche des mains froides, des épaules humides, au revoir, au revoir. Nos voix paraissent enfantines. A bientôt ! Dehors, ce ne sont que jurons étouffés, bourrades destinées à se débarrasser de

1. « Pas d'amour, rien de rien, jusqu'au retour de mon chéri... » (NdT).
2. « Pas de bon temps, avec personne... Une vraie cure de sommeil » (NdT).
3. « Dieu sait à quel point je suis seule » (NdT).

188

nous avant qu'il n'arrive un malheur. Faire démarrer le moteur. Le vacarme soudain emplit les collines, tel un signal de fumée. Peut-être ne gaspilleront-ils pas leurs munitions sur une seule jeep ? L'enfer se déchaîne soudain. Nous sommes leur cible — mais ils nous ont manqués, vite, vite, après le sommet de la colline nous serons en sécurité. Le soldat assis au volant geint sous l'effort, plié en deux, marmonnant des jurons. Maintenant, nous roulons régulièrement, le vent est froid, il sèche la sueur sur nos fronts. La forêt, des feuilles tendres qu'écrasent les pneus de la jeep. Derrière nous, de l'autre côté de la colline, on se bat.

Une voix résonne tout à coup : « *Halte !* » Qui est là ? On ne voit personne. On nous avait avertis avant de partir : infiltrations ennemies, parachutistes largués derrière nos lignes, portant nos uniformes. « *Avancez et annoncez-vous.* » La voix est américaine. Mais cela ne signifie rien. Les Allemands sont très forts à ce jeu-là. « *Que l'un de vous avance et s'annonce.* » Un fusil est pointé sur nous. Des mains me poussent hors de la jeep. « Allez-y, vous. » Pourquoi moi ? Me voilà debout dans la forêt française, près de Pont-à-Mousson — je dis le numéro de mon régiment, notre base, nos noms. Le fusil est toujours pointé sur moi.

« *Quel est le mot de passe ?* »

Que le Ciel me vienne en aide ! Quel est le mot de passe ? Je n'en sais strictement rien. Aucun de nous ne le connaît. Inutile de réfléchir — je ne l'ai jamais su.

« Je ne connais pas le mot de passe », dis-je.

La date de naissance d'Abraham Lincoln ? Combien y a-t-il de présidents des États-Unis ?

La voix aborde maintenant le chapitre des questions ; mes réponses prouveront si je suis bien américaine ou non. Pourtant, si j'étais une espionne, je connaîtrais toutes les réponses. Mais je n'en connais que trois. Le fusil est toujours pointé dans ma direction. Telle une chauve-souris, le doute rôde dans l'esprit de l'homme armé.

« Pourquoi ignorez-vous le mot de passe ?

— Nous avons quitté notre cantonnement avant l'aube ; le mot de passe n'était pas encore divulgué, on ne nous l'a pas transmis. Je vous en prie, laissez-moi approcher, vous verrez bien que nous ne mentons pas ; ou alors marchez jusqu'à la jeep, il y a un type de l'Oklahoma, l'accordéoniste, et une fille du Texas.

— Des gens du spectacle, hein ? Alors dites-moi quelle était la chanson n° 1 au hit-parade pendant l'été et l'automne 1941, juste avant Pearl Harbor ? »

Seigneur, comment répondre à cette question ?

« Quel est l'imbécile qui a rédigé vos ordres de mission ? Des paperassiers en pantoufles ? Des généraux en chaise longue ?

— Demandez donc au comique, lui dis-je, il connaît peut-être la réponse à cette question, *lui* !

— Ne bougez pas », ordonne l'homme.

Deux rangées de dents blanches me sourient brusquement. De bonnes dents blanches américaines. Je me moque désormais du mot de passe. Je suis lasse. Les arbres sentent le pin et l'humidité. Je ne sais pas s'il y a du vent. Les hommes discutent encore. Le comique a-t-il répondu correctement ? Oui, car je remonte dans la jeep, et nous roulons.

Il fait trop froid pour parler. Quand on enfonce le nez dans son écharpe, le rebord du casque touche le col du manteau, et l'on respire un air tiède...

« De retour à la maison. » Mes yeux s'ouvrent. Très drôle, vraiment très drôle...

« Soyez prête à six heures du matin. » Okay, okay !

Nous sommes à Nancy... Il fait plus sombre que dans un tunnel. Des canons transportés sur rails sont dirigés vers nous, chaque nuit. Inutile d'éteindre les lumières. Car les artificiers ajustent leur tir pendant la journée. Malgré tout, c'est la guerre, et nous devons respecter le couvre-feu. Quelle idée, ce canon ! On dirait qu'il sort tout droit d'une autre guerre. Mais sa détonation a de quoi rendre fou. Dans les chambres, des lits de camp pour nos sacs de couchage. Cela sera plus confortable que le sol.

Nous buvons du calvados, je vomis dans les toilettes.

Je m'y habituerai, mais non sans efforts, car c'est le meilleur moyen de se protéger du froid et d'éviter un séjour dans un hôpital militaire. Je continue donc à boire du calvados, malgré mon estomac vide. Je préfère vomir plutôt que de me retrouver dans un hôpital. Autrement, de quoi ai-je peur ? On a peur, un point c'est tout. Drôle de sensation. Peur d'échouer. Peur d'être obligée d'abandonner, d'être incapable de supporter ce mode de vie. Et tout le monde dira en souriant : « Bien sûr, bien sûr, c'était une idée ridicule. » Je ne peux confier ma peur à personne.

Je dois veiller à la bonne humeur de ma petite troupe de spectacle, pour que nous puissions conserver le moral des G.I.'s au beau fixe. Telle est notre mission.

« Hé, vous, nous avons reçu des ordres pour vous : vous devez contacter Forward Six. Le général désire vous voir. »

Je vais me faire passer un savon. Nous ne devons pas entrer

dans Nancy après la tombée de la nuit. Mais ce n'est pas notre faute. J'ai la migraine. Je marche derrière mon guide. Son brassard de MP [1] est humide à cause de la pluie. Il m'indique comment me rendre auprès du général. Dans l'obscurité. Je préfère cela à pas d'instruction du tout. Je me débrouillerai pour rejoindre le général. Mon français m'aide beaucoup quand je croise des gens du pays, telles des ombres plus sombres que la nuit. Par deux fois je me perds, mais finalement je me retrouve assise sur un divan bas, devant le général Patton qui marche de long en large — ses bottes craquent, sa ceinture craque, il ressemble à un char trop gros pour la place du village. Ses remontrances ne sont pas terribles, il fait même preuve d'une certaine indulgence ; il m'autorise à lui expliquer les problèmes que nous rencontrons. Il marche et il pense.

Patton n'exigea jamais que je me rende dans les hôpitaux de l'arrière. Il savait qu'on « avait besoin de moi », comme il disait, sur le front. Cette décision me convenait, car il n'y a pas pire que moi pour remonter le moral de quelqu'un. J'ai le cœur trop sensible. Je retiens difficilement mes larmes, et les blessés s'en aperçoivent immédiatement. « Ce n'est pas que leurs copines ne leur écrivent pas. Simplement, les soldats préposés au service des postes mettent du temps à localiser les blessés. » Tous ces mensonges me restaient en travers de la gorge.

Les hôpitaux de campagne étaient différents. Là, on pouvait faire quelque chose, être utile. Je respecte trop les soldats pour me résoudre à leur dire des fables du style : « La guerre sera bientôt finie », ou : « Vos blessures ne sont pas aussi graves qu'il y paraît. » Je ne supporte pas la douleur qu'on lit dans les yeux des gisants, le désespoir perçant dans leur voix, leurs bras frêles qui m'étreignent. Patton avait peut-être compris tout cela. Tant que j'accompagnai la IIIe armée, je restai au front.

Somnolente, je lève les yeux vers Patton.

« Voici mes conditions : vous regagnerez votre cantonnement avant la nuit. » A demi endormie, j'essaie malgré tout de garder les yeux ouverts. « Je vais m'arranger pour vous faire connaître le mot de passe chaque matin avant votre départ. »

Il marche en craquant sur le plancher qui craque, il me saisit comme une plume, puis me fait reconduire dans mon cantonnement à bord de sa voiture personnelle.

Je dors profondément jusqu'à l'aube. Il faut continuer. Pas de

1. *MP* : membre de la police militaire (NdT).

mot de passe. Pourtant, Patton a promis. Une fois de plus, traverser les forêts, le froid piquant qui mord la peau, le café chaud qui nous attend au bout de la route.

Nous donnons quatre spectacles dans la journée, toujours sous le feu de l'ennemi. Quelques rations K, et du café, encore du café, toujours du café. Le soir tombe. Pas de mot de passe. Qu'allons-nous faire ? Retraverser les forêts vers Nancy. Et nous y revoilà.

« Que l'un de vous s'avance et s'annonce. »

Cette fois nous sommes fichus. Une fois encore, on me pousse hors de la voiture.

Le type au fusil m'examine. « C'est vous, tout va bien », dit-il.

Je n'y comprends rien. Il nous laisse passer. Nous retournons à notre cantonnement.

« Quel est le mot de passe ?

— ...

— Si vous ne le connaissez pas, comment avez-vous réussi à entrer dans Nancy ?

— Et quel est-il, ce mot de passe ?

— Ah oui, au fait, j'ai des nouvelles pour vous : c'est " Tarte au fromage ", " Cheesecake [1] ". »

Le général Patton a tenu sa promesse. Il a un tel sens de l'humour, et il comprend tellement bien celui des G.I.'s. Patton fut un grand homme. Je me trouvais encore à ses côtés quand des milliers de soldats allemands se rendirent et qu'on manqua de fil de fer barbelé pour les parquer tous. Ils s'étaient volontairement constitués prisonniers, mais il fallait bien les mettre quelque part.

Patton avançait tellement vite que personne, aucun ordre venu de l'état-major, ne pouvait l'arrêter. On finit par lui couper le ravitaillement d'essence.

« Il semble, me dit-il, qu'un accord américano-russe ait fixé la frontière où Américains et Russes devraient se rencontrer. »

Le général Patton était parti pour dépasser cette frontière, ce qui se comprend quand on est aux trousses de l'ennemi. Il est difficile de s'arrêter en pleine course quand tout le terrain de manœuvres vous appartient.

Mais il fut obligé de s'arrêter. Plus d'essence. Il m'emmena (comme interprète) dans les camps malodorants. Généraux allemands en uniforme d'apparat, le saluant à vingt pas. Je faisais la navette entre Patton et les Allemands pour transmettre les mes-

---

1. *Cheesecake :* tarte au fromage. Argot américain : pin-up. (NdT.)

Chantant pour les soldats durant la Seconde Guerre mondiale

Kismet *(1944)*

Pendant une tournée près du front

vec Gabin dans Martin Roumagnac *(1946)*

Témoin à charge *(1958)*
(Billy Wilder Régie)

Avec Noël Coward en 1954

Salut au public (195
(© F. Pey

Charles Laughton, Marlè
Tyrone Power et Billy Wil
lors du tournage de Témoin à char
(195

Avec Cocteau et Jean-Pierre Aumont (1959)

Édith Piaf et Marlè.

récital en Suède dans les années soixante

Sur scène, vêtue du célèbre frac
(photo Lionel Lavault)

Bonjour !

LES PHOTOS PRÉSENTÉES DANS CE LIVRE
FONT PARTIE DE LA COLLECTION PRIVÉE DE
MARLÈNE DIETRICH.

sages. Patton désirait tout savoir des mouvements de troupes, du nombre de soldats engagés, des chars, de l'équipement, etc.

Chaque fois que je le quittais, il me saluait très poliment. Sans lui, la IIIᵉ armée n'aurait jamais été ce qu'elle fut.

Je possède toujours le revolver qu'il me donna. Après la guerre, en arrivant à La Guardia, je le cachai. Nous devions remettre tous nos précieux Luger, toutes les armes que nous avions trouvées pendant la guerre, mais nous ne le fîmes qu'à contrecœur, contraints et forcés.

Avant de nous rendre en France, nous avions transité par l'Afrique et l'Italie. En Afrique, nous avions fait la tournée des bases américaines et françaises sans jamais voir la guerre ni entendre le canon.

Nous avions décollé de New York sous un orage de grêle. On nous avait donné nos consignes en cas d'amerrissage, par cette nuit inoubliable, la plus invraisemblable des nuits pour nous envoler, après toute cette attente. Entassés pêle-mêle dans la carlingue humide, nous étions partis pour une destination inconnue ; nos instructions ne devaient être décachetées qu'après le départ. Nous ouvrîmes l'enveloppe, et lûmes : «CASABLANCA».

Ce mot dissipa toutes nos craintes. C'était bel et bien l'Europe, et non le Pacifique. Nous avions beau être quasiment sûrs que ce serait l'Europe, nous fûmes soulagés de lire Casablanca, noir sur blanc. Et nous montâmes à travers les rafales de grêle.

Je prenais l'avion pour la première fois. Je ne sais plus aujourd'hui s'il en était de même pour mes compagnons de voyage. La fatigue nous submergea — nous nous endormîmes. Nous nous réveillions de temps à autre, répétant les consignes de sécurité : « En cas d'amerrissage, voici le radeau en caoutchouc, cherchez la radio, ici, les rations K, ici, les fusées éclairantes, ici... » — et ainsi de suite.

Les soldats entassés dans l'avion ne s'étaient jamais battus — ils étaient frais émoulus de pacifiques camps d'entraînement, s'étaient jusqu'alors restaurés d'une nourriture typiquement américaine, avaient dormi en terre américaine, dans des lits douillets. A la flamme des briquets, leurs visages trahissaient la peur. Personne ne parlait — le vrombissement des moteurs emplissait seul l'avion.

Casablanca. Je ne connaissais cette ville qu'à travers les films. Mystérieuse, fantastique, comme une image dans un livre lu voici très longtemps. Nous [1] ne fîmes pas réellement connaissance les

_____
1. Ce « nous » désigne le groupe auquel j'avais été assignée.

uns avec les autres pendant ce trajet en avion, mais nous devînmes vite une famille. Danny Thomas, un jeune comédien « plein d'avenir », lançait des plaisanteries, le ténor dormait en ronflant légèrement, l'accordéoniste serrait sa bouteille de whisky contre lui et Lynn Mayberry, la Texane, était complètement réveillée après quelques heures de sommeil. A l'époque, il n'y avait pas d'avions à réaction ; le voyage fut donc très long.

Abe Lastfogel, qui dirigeait le théâtre aux armées, s'était occupé tout particulièrement de notre groupe afin de créer « un bon spectacle », comme il aimait à le souligner. Il travaillait nuit et jour ; il était fantastique. « Danny Thomas a fait des débuts remarqués à Chicago, me déclara-t-il, je crois qu'il deviendra une grande vedette. Mais je tiens aussi à ce qu'il fasse partie de votre groupe pour une autre raison : c'est un type bien. Nous sommes, vous et moi, conscients de l'importance de la tâche que vous entreprenez. Par conséquent, pas de comédiens vaseux. Pour vous, mais aussi pour l'armée. Vous devrez vous produire à Camp Meade devant la censure, mais, dès que nous aurons le feu vert, il n'y aura plus rien à revoir ni à réécrire. »

Abe Lastfogel m'apprit également que Danny Thomas, ayant un engagement dans un night-club aux États-Unis, ne resterait parmi nous que six semaines. Quant à moi, j'étais prête à continuer jusqu'à la fin de la guerre. Je ne voyais aucune raison de retourner en Amérique, une fois que je serais « à pied d'œuvre ». Ils ne me crurent pas — du moins, pas beaucoup. Ils pensaient que je ne ferais pas long feu.

Le spectacle était impeccable. Danny exécutait ses numéros, je chantais quelques chansons, nous interprétions plusieurs sketches ensemble, réglés à notre intention par des célébrités comme Garson Kanin et Burgess Meredith ; nous exécutions le numéro de transmission de pensée d'Orson Welles, que j'avais déjà fait avec lui après la mobilisation. La Texane, Lynn Mayberry, faisait son propre numéro. Nous pouvions monter notre spectacle sur des camions, sur des chars, car nous n'avions pas de scène ; tels des « nomades », nous donnions quatre ou cinq représentations par jour, allant en jeep d'une unité à la suivante. C'est pourquoi nous avions un accordéoniste, qui était vraiment un « tzigane ». J'ai toujours aimé le son de l'accordéon, et, contrairement au ténor, le piano ne me manqua pas.

Abe Lastfogel connaissait notre position. Dieu seul sait par quel prodige il parvenait à nous localiser. Il assumait la tâche gigantesque d'organiser des centaines de spectacles pour les forces armées, de combiner les talents disponibles des artistes, de les choisir, de les former, tout en étant responsable de leur moral, et il faisait tout cela avec une immense générosité, consacrant tout son temps et son énergie à la cause. Aujourd'hui encore, je dis : « Bravo, M. Lastfogel ! »

Le spectacle satisfit les services de la censure de Camp Meade. L'attente commença. Nous devions rester à New York. Nous avions les mots de code.

Enfin, nous atterrîmes à Casablanca. Pas la moindre lumière sur la piste. Aujourd'hui que je m'y entends un peu mieux en matière de pilotage d'avion, je serais morte de peur, mais alors, avec mon incroyable innocence, je me contentai de regarder mes compagnons et d'attacher ma ceinture. Nous touchâmes le sol, rebondîmes violemment, les moteurs se turent. Des uniformes envahirent la carlingue. « Qui êtes-vous ?... Quel est le numéro de votre unité ? » Les hommes de la base ne savaient pas quoi faire de nous. Nous les dérangions.

« Attendons calmement ici, dis-je à Danny Thomas et aux autres membres de la troupe. Nous n'avons pas fait tous ces kilomètres pour récriminer dès notre arrivée. » Danny tomba d'accord avec moi. Nous attendîmes. La nuit était froide, ou peut-être nous semblait-elle froide parce que nous étions fatigués.

Un colonel se montra enfin, pour nous prévenir qu'on allait nous trouver un cantonnement, qu'ils n'avaient pas été informés de notre venue, etc.

Nous sortîmes de l'avion, puis montâmes dans des jeeps.

Je voulais voir la côte française. Je voulais voir la France, le pays que j'aimais, le pays occupé par l'ennemi, le pays que nous allions libérer, le moment venu. Le chauffeur de la jeep fit un léger détour et je vis la France. Les autres ne comprirent pas très bien mon émotion, mais ils se tinrent tranquilles pendant que je séchais mes larmes.

Nous fîmes la tournée des bases d'Afrique du Nord, pour finir par Oran. De là, nous partîmes pour l'Italie. Dans la troupe, nous avions appris à nous connaître. Danny jouait du bongo sur son casque, il écrivait des paroles fantaisistes sur de vieilles mélodies, des paroles relatant nos expériences, et nous chantions, riions, dormions, mangions — et nous nous planquions.

Quand on est pris en pleine fusillade, on apprend avant tout à se cacher. Ensuite, tout va bien. Trois choses comptent : « Manger, dormir, se planquer. » Mes mollets sont encore couverts de cicatrices, souvenirs de tous les G.I's qui m'ont plaquée à terre en m'injuriant. Je crus longtemps que les balles sortaient de nos lignes, alors qu'elles étaient tirées des lignes ennemies. J'ai appris. J'avais davantage peur pour mes dents que pour mes jambes. Heureusement, il y avait toujours un G.I. pour vous pousser par-derrière.

De tous les soldats que j'ai croisés, les G.I's furent les plus courageux. La bravoure est facile quand on défend son propre sol ou son foyer. Mais être débarqué en pays inconnu, afin de combattre pour « Dieu sait quoi », perdre ses yeux, ses bras et ses jambes, et retourner chez soi infirme, c'est autre chose, j'ai vu ces hommes, dans la bataille et après la bataille. Je les ai vus, longtemps après la fin de la guerre — revenus chez eux à Queens, un des quartiers de New York, sautillant sur leurs béquilles ou culs-de-jatte, joyeux avec leurs épouses et leurs enfants.

Je les ai tous vus. Je les ai tous aimés, bien après que le monde les eut oubliés. Sur ce point, ma mémoire est excellente, mes souvenirs ineffaçables.

Parce que aujourd'hui je rencontre ces vétérans, ces chauffeurs de taxi qui me parlent, se rappellent et me disent : « En ce temps-là, nous étions plus heureux », et je leur demande de faire encore une fois le tour de Central Park pour que nous puissions continuer à évoquer ces années et nous sentir ensemble comme autrefois.

Je regrette surtout que nous ne connaissions plus aujourd'hui ce sentiment de « camaraderie [1] », cette confiance réciproque que nous éprouvions alors. Mais les meilleures qualités humaines n'apparaissent que dans les grandes occasions.

De nos jours, il n'y a plus de « grandes occasions », nous vivons simplement dans un pays déboussolé, incapable de se remettre du prétendu « déshonneur » de « l'époque Nixon ». La politique est toujours déshonorante. Pour moi, l'énorme « crise de moralité » qui a frappé l'Amérique de plein fouet n'a rien d'exceptionnel. Comme si nous n'avions jamais mal agi auparavant !

Ne parlez jamais aux soldats si vous voulez mener une vie calme et tranquille, sans cauchemars et sans mauvaise conscience. Ne vous adressez pas à nous, car nous ne sommes pas d'humeur à entendre vos doléances dérisoires. Nous pensions que la Seconde Guerre mondiale marquerait la fin de toutes les guerres. Quand nous regagnâmes les États-Unis, la guerre finie, des commentaires stupides nous accueillirent. Nous n'avions pas le droit d'entrer

1. En français dans le texte. (NdT.)

dans un restaurant sans cravate — peu importait le nombre de décorations accrochées sur les uniformes de parachutistes. J'étais là, au El Morocco, dans la salle Champagne, lorsqu'on essaya d'interdire l'entrée à ces hommes qui avaient défendu les civils dans une guerre qui ne les concernait pas. Mais eux, les civils, assis devant leurs gros steaks, eux qui n'avaient jamais contemplé la guerre ni entendu le bruit du canon, restaient de glace, nous considérant comme des parias et je dois ajouter que cela nous plut. En termes bien sentis, nous leur dîmes d'aller se faire voir.

Vinrent ces années de « réinsertion », comme on disait. Pour ma part, je mis longtemps, très longtemps, à me « réinsérer ». Je marchais dans les rues de New York — incapable de croire que les politiciens nous abreuvaient de mensonges, encore de mensonges, toujours de mensonges. Nous nous réunissions dans les rues de New York, je m'occupais des soldats — pardon, des vétérans —, je payais leur chambre d'hôtel, j'essayais de soulager leurs malheurs. Le gouvernement s'en moquait. Contrairement à ce qu'on nous avait demandé de promettre aux soldats après les spectacles outre-mer, il n'y avait pas de travail pour eux. Les vétérans défilaient dans les rues.

La bureaucratie — notre ennemie de toujours dans notre propre pays.

Aucune des promesses ne fut tenue.

Pourquoi me sentais-je responsable ? Pendant la dure époque de la guerre dans les Ardennes, j'avais juré aux soldats que des emplois les attendraient à leur retour. Je leur donnai tous les espoirs que je portais en moi, et je les convainquis, conformément aux ordres.

Sans que je m'en aperçoive — ce qui arrive souvent — le froid terrible des Ardennes gela mes mains et mes pieds. Mes mains enflèrent comme des ballons. On me conseilla de les enduire d'une sorte de gelée ; sous la gelée, mes mains boursouflées ressemblaient aux griffes d'un étrange animal. Cela m'importait peu, car j'étais née optimiste. Je n'imaginais pas les conséquences ultérieures de ces engelures. Mes pieds furent plus difficiles à soigner. Mais nous portions des bottes de combat, vastes, spacieuses, qui contribuèrent beaucoup à soulager la douleur.

Aujourd'hui encore, mes mains prennent une couleur bizarre quand elles se réchauffent ; leur peau est mince comme celle des fesses d'un bébé. Parfois, au cours d'un dîner, je vois des gens m'observer, et je comprends que mes mains sur la table ne consti-

197

tuent pas un spectacle très agréable. Je m'empresse donc de les cacher.

Mais pendant la guerre, tout cela comptait peu. La seule chose importante était de faire son travail — et bien. Lorsque je lis ces ouvrages où des acteurs racontent comment ils travaillaient et faisaient leur tournée aux États-Unis en dépit de la fièvre ou d'un mal de gorge, cela me fait sourire. En quoi un « spectacle » est-il si important ? Enfin, les acteurs sont de drôles de gens.

Mais pas Danny Thomas ! C'est un type bien — clair, brillant ; en plus de son talent, il possède les qualités d'un homme et d'un gentilhomme —, c'est tellement rare ! Il m'enseigna tous les secrets de son art.

Ainsi que je l'ai déjà souligné, nous avions répété le spectacle, et je croyais mes numéros au point. Mais quand je me retrouvai, en Italie, devant des milliers de soldats assis sur des collines, ils m'assaillirent de propositions et d'apostrophes qui ne figuraient pas dans le scénario. Je fus complètement déroutée, et ne sus comment répondre.

Danny m'apprit à me ressaisir, à ménager des silences. Il m'apprit aussi le sens du rythme, comment déclencher le rire et comment l'arrêter, comment réagir devant tous ces gars désespérés qui veulent vous humilier parce que vous ne vous battez pas. Cette animosité était la chose la plus difficile à vaincre. Danny, lui, réussissait magnifiquement.

Il sauva même notre ténor de quolibets menaçants. C'était un magnifique garçon, qui interprétait *Besame Mucho* superbement, mais que les G.I.'s conspuaient dès qu'il montait sur scène. Pour une raison que nous ignorions, Danny avait échappé à la mobilisation.

Danny soutenait le moral de tout le monde, moi y comprise. Quand il nous quitta, nous attendîmes son remplaçant, mais celui qui rejoignit notre groupe ne lui arrivait pas à la cheville. Ce n'était pas sa faute. Car qui pouvait remplacer Danny Thomas ? Dans mon âme et dans mon cœur — personne.

Il nous laissa toutes ses consignes que nous respectâmes fidèlement. Longtemps après son départ, nous nous rappelâmes ses paroles ainsi que ses instructions. Sa façon de chanter et de jouer du bongo sur son casque nous manqua, mais nous continuâmes, nous disant souvent : « Tiens, Danny aurait dit ci ou ça », mais le cœur n'y était pas et nous pleurions son absence. Je ne crois pas qu'il l'ait jamais su.

J'ai essayé une fois de lui en parler, mais il y avait trop de gens autour de nous, et il ne pouvait pas m'écouter. M'écouterait-il maintenant ? Je me le demande. Le temps modifie les choses et les gens. C'est un homme heureux, avec une belle famille — que Dieu le bénisse.

Danny était irremplaçable, mais nous survécûmes à ce terrible hiver, jusqu'à la fin de la guerre dans le théâtre européen des opérations.

Nous étions quelque part, endormis dans une étable ; soudain, je sentis des mains qui me secouaient, je perçus des éclats de voix : « Ce sont des 88. » Cela ne signifiait rien pour moi, mais je devinai que quelque chose n'allait pas.

« Ils sont tout près, les 88 sont sur nous — filez, filez. » Nous sortîmes de nos sacs de couchage, nous étions tout habillés heureusement, et partîmes au pas de course. Mais où aller ? On nous criait de courir. Et nous courions. Une jeep, monter dedans, casques s'entrechoquant, dépêchez-vous, pour l'amour du Ciel, les 88 sont sur nous, que s'est-il passé, comment les lignes ont-elles pu céder ? Le front de la 1re armée était solide. Dépêchez-vous, foncez. Direction Reims.

« A Reims ? dis-je. Mais c'est loin derrière.

— On vous a demandé votre avis ? Non ? Alors filez. »

Nous nous mîmes donc en mouvement, non sans que j'eusse réuni mes affaires dans l'étable, tous mes costumes de scène. Si j'avais su qu'il s'agissait d'une percée, je n'aurais jamais songé à prendre mes robes, mais nous ne comprenions pas ce qui nous arrivait, nous croyions à une simple alerte, comme nous en avions déjà tant connu.

Nous réussîmes à passer. La 77e division, constituée de gamins à peine débarqués d'Amérique, fut écrasée, mais alors se présenta McAuliffe qui prononça son mot historique « Foutaises », réussit à repousser les Allemands et à nous sauver — quand je dis « nous », je ne parle pas seulement des individus, mais aussi des nations, de tous les Alliés.

La 82e division aéroportée, commandée par le général Gavin, était là, et tout se passa bien. Mais beaucoup de pertes, beaucoup de blessés et d'amputations, et un flot de lettres envoyées outre-Atlantique aux familles.

A Reims, nous n'obtînmes aucune instruction, nous nous rendîmes donc au quartier général, à Paris ; au bout de quelques jours, on nous envoya à nouveau en tournée.

La guerre continuait. Je ne me souviens plus des endroits et des villes que nous traversâmes. Mais je me rappelle que, brusquement, on me dit de me présenter devant Forward Ten — nom de code du général en chef. Un soldat déteste reculer. Je commençai par discuter, mais la seule réponse que j'obtins fut : « Obéissez aux ordres. »

La rencontre eut lieu dans la forêt de Hoertgens. Le général Omar Bradley était assis dans une caravane installée dans les bois, comme s'il m'attendait. Des cartes étaient épinglées à toutes les cloisons ; le général, très pâle, semblait fatigué.

« Je peux vous faire confiance, me dit-il.

— Merci, mon général, répondis-je.

— Nous allons entrer demain en Allemagne, et vous êtes actuellement attachée à l'unité qui pénétrera la première en territoire allemand. J'ai parlé de ce problème avec Eisenhower, et nous avons conclu qu'il valait mieux que vous restiez à l'arrière, pour faire la tournée des hôpitaux par exemple. Nous ne voulons pas que vous vous montriez en Allemagne ; nous ne pourrions répondre aux critiques qui ne manqueraient pas de s'élever au cas où il vous arriverait quelque chose. »

J'étais stupéfaite. « Est-ce pour cette raison que vous m'avez demandé de venir jusqu'ici ? demandai-je.

— Oui, dit-il, c'est extrêmement sérieux. Les Allemands rêvent de s'emparer de vous ; ce serait catastrophique. »

Je plaidai ma cause, je le suppliai, je fis l'impossible pour attendrir son cœur.

Je dois maintenant évoquer un point très important : tous les généraux sont des solitaires. Les G.I.'s peuvent batifoler dans les fourrés avec les filles du cru, pas les généraux. Vingt-quatre heures sur vingt-quatre, ils sont protégés, suivis dans tous leurs déplacements. Jamais, au grand jamais, ils ne peuvent « embrasser ni renverser » quiconque dans une meule de foin, ou ailleurs. Ils sont donc désespérément seuls.

Le général Bradley finit par m'autoriser à entrer en Allemagne. La seule condition qu'il m'imposa fut la présence de deux gardes du corps de l'armée qui me surveilleraient nuit et jour. Les deux types qui décrochèrent ce boulot furent ravis. Quelle joie pour eux ! Ils croyaient qu'ils allaient risquer leur vie, eh bien, ils allaient finir la guerre sur mes talons.

Nous nous enfonçâmes en Allemagne et, à notre grande surprise, nous ne sentîmes aucune menace, n'éprouvâmes aucune peur. Dans la rue, les habitants ne pensaient qu'à m'embrasser, ils me demandaient d'intercéder auprès des Américains, ils n'auraient pu se montrer plus gentils. Tous me souhaitaient la bienvenue dans mon pays, bien que je fusse dans le camp opposé.

L'armée américaine était soumise à des règlements différents de ceux des armées française et britannique. Ainsi, les Américains interdisaient la présence d'Allemands à proximité de leurs cantonnements. Les Français, eux, autorisaient la cohabitation, ainsi que les Britanniques.

Nous nous retrouvâmes dans une petite maison allemande, où les habitants venaient chercher mon aide. Ils ne pouvaient déplacer leur vache ailleurs : les autoriserait-on à venir la nourrir ? Ils croyaient que j'avais le pouvoir miraculeux de résoudre tous leurs problèmes. Nous progressions très rapidement, nous n'avions pas le temps de nous occuper des vaches de chaque paysan.

On exigea souvent de moi de prendre la parole sur des places de village pour dire aux gens de rentrer chez eux, de fermer leurs volets et de ne pas encombrer les rues, afin de permettre à nos chars de passer facilement ; les troupes de l'arrière n'ayant pas réussi à suivre notre percée, aucun traducteur n'était en effet disponible. A chaque fois, on m'interrogeait ensuite pour savoir ce que j'avais dit, car au bout de quelques minutes les rues étaient vides. Je répondais : « Ne vous occupez pas de cela ; ils ont obéi à vos ordres, non ? »

Mais durant toute notre traversée de l'Allemagne, en commençant par Aix-la-Chapelle, ville partiellement détruite (et c'étaient les quartiers où nous habitions), nous ne rencontrâmes aucun problème, et mes deux gardes du corps connurent une période merveilleuse.

Mais à Aix-la-Chapelle, nous attrapâmes des morpions.

Que personne ne vous raconte que seul quelqu'un d'autre peut vous transmettre des morpions. De plus, ne croyez pas qu'ils sont incapables de marcher. Je les ai vus marcher.

Un beau jour, on nous annonça que des douches allaient être installées, et que les femmes pourraient y avoir droit en échange de « quelques faveurs ». Les faveurs en question étaient les suivantes : deux seaux d'eau contre un coup d'œil ; trois seaux d'eau : deux coups d'œil ; quatre seaux d'eau (indispensables si l'on voulait se laver les cheveux) : quelques baisers et coups d'œil à volonté.

Nous étions prêtes à tout. La perspective de profiter enfin d'eau et de savon suffisait à nous faire oublier toute timidité, toute vertu.

Ce fut à cette occasion que nous découvrîmes nos morpions. Ils ne provoquaient chez nous aucune démangeaison. Ils restaient là, apparemment contents de leur sort, sans nous déranger. Nous les repérions. Des points noirs. Faciles à voir. Lynn Mayberry, notre brune Texane, courut s'examiner dans sa tente, puis revint en hurlant qu'elle aussi en avait.

Notre problème était donc le suivant : comment s'en débarrasser ? Nous n'avions pas de médecin sous la main ! Notre avance avait été trop rapide. Au bout de quelques jours, j'eus une « idée de génie ».

Je crois que j'ai rarement eu idée aussi stupide.

« Quand je ferai mon numéro de transmission de pensée et que je demanderai à un type de monter avec moi sur le camion, je lui ordonnerai de venir me retrouver dans ma tente après le spectacle, et là nous lui demanderons conseil », proposai-je.

Rien de plus logique que d'interroger un soldat, non ?

Je dois ajouter qu'afin de reconnaître un bon sujet pour un tour de magie, il faut se fier à quelques signes. Ainsi, comme je m'approchais assez près des spectateurs pendant ce numéro de transmission de pensée, je choisissais autant que possible un gars à lunettes. Les gens à lunettes ne sont pas aussi intrépides que les hommes qui n'en portent pas. Je veux dire par là que, lorsque je tournais autour d'eux, les types sans lunettes me saisissaient carrément, sans me laisser le temps de terminer correctement mon numéro, alors que les « lunetteux » se montraient moins agressifs, plus coopératifs, m'aidaient à bien terminer le spectacle.

Lors de l'une de nos quatre représentations quotidiennes arriva le moment de choisir un « lunetteux ». Mais pas une paire de lunettes brillant dans la lumière du soleil couchant.

Je pris mon mal en patience. Trois jours passèrent.

Enfin, le quatrième jour, je distinguai vaguement, très loin à flanc de colline, quelque chose qui ressemblait à des lunettes. Le soleil descendait régulièrement, et je dis : « Vous, là-bas — non, pas vous —, vous, oui, vous, voudriez-vous venir jusqu'ici pour m'aider à exécuter ce tour de magie ? »

L'homme qui se leva était très grand. Il sauta sur la plate-forme du camion comme s'il eût enjambé une marche de dix centimètres. Tout en m'adressant à lui à voix haute, je réussis à lui chuchoter discrètement : « Rejoignez-moi dans la tente, derrière le camion, après le spectacle. » Il ne broncha pas.

Je retournai sous ma tente, prévins mes anges gardiens que j'espérais une visite, et attendis. La tente était plongée dans l'obscurité. Seul un rai de lumière filtrait entre les rabats de la toile. Je

202

restai debout, observant les dessins fantaisistes projetés sur l'étoffe sale par les sequins de ma robe attrapant la lumière, dessins qui se modifiaient au rythme de ma respiration.

Brusquement, une silhouette massive se campa entre les rabats de l'entrée.

« Madame », fit une voix.

L'homme avait retiré ses lunettes.

« Bonjour, dis-je. Je vous remercie d'être venu. »

Il restait silencieux ; je pris mon courage à deux mains : « Je ne sais comment vous dire cela », dis-je. Puis j'attendis.

« Vous vous demandez où nous pourrions aller ? » laissa-t-il enfin tomber.

« Non, fis-je. Je tenais simplement à vous dire que j'ai des morpions. »

Sans perdre une seconde, il rétorqua : « Cela ne me dérange pas.
— Vous n'y êtes pas.
— Alors de quoi s'agit-il ?
— Que faire pour s'en débarrasser ?
— C'est tout ce que vous désirez, vraiment ?
— Oui. »

Alors il s'avança vers moi. De près, il paraissait encore plus grand. C'était un Texan. Les Texans forment une sorte de race privilégiée. Les reflets des sequins jouaient sur son visage. Il semblait furieux.

« On ne vous a pas donné de poudre contre les poux ? C'est facile de s'en procurer.
— Je le sais, mais je croyais qu'elle protégeait uniquement des poux. »

Et lui, de plus en plus furieux : « Mettez-en et ne vous lavez pas. »

Silence.

« Et si vous tenez à savoir comment ils meurent, je vais vous le dire, éructa-t-il, la poudre leur paralyse les mâchoires, et ils meurent de faim ! »

Je restai figée sur place ; il fit volte-face et se baissa pour écarter les pans de la tente. Je devais donner un autre spectacle au même endroit, et j'espérais le revoir, mais il disparut à jamais. Il avait sûrement été écœuré ; étant texan, il n'était certainement pas habitué à ce genre de conversation avec une femme, surtout pas en pleine forêt d'Europe, avec tous ses copains qui l'attendaient pour qu'il leur décrive par le menu une conquête tellement irréelle, quoique si proche.

Nous restâmes assez longtemps à Aix-la-Chapelle. Nous habitions un bâtiment éventré par les bombes ; des baignoires pendaient au-dessus du vide, mais il y avait un toit sous lequel dérouler nos sacs de couchage. Et un toit, c'est rassurant.

La guerre en Europe fut marquée par d'interminables pluies. Il y avait toujours de la boue, toujours cette humidité qui imprégnait les vêtements — et puis, il y avait les rats.

Les rats ont des pattes glacées. On est allongé à même le sol, dans son sac de couchage, l'unique couverture remontée jusqu'au menton, et ces salopards passent à toute vitesse sur votre visage, leurs pattes froides comme la mort vous collent une trouille bleue.

Comme, par-dessus le marché, les bombes — sont-ce des V1, des V2 ? — vous effraient aussi, vous ne savez plus à quel saint vous vouer.

Les rats d'Aix-la-Chapelle étaient infatigables. Ils nous envahissaient toutes les nuits. J'entourai mon sac de couchage d'une sorte de barrière de poudre contre les poux, en vain... si ce n'est que je me débarrassai des morpions — et de mon ami Texan.

Nous avions une division de Texans dans l'armée. Dieu qu'ils étaient fiers de leurs origines ! Quand ils investissaient une ville, ils apprenaient aux enfants que les États-Unis étaient une partie du Texas. Fiers et outrecuidants, ils accomplirent néanmoins un sacré boulot pendant la guerre. Nulle part on ne trouve des hommes comparables. Et que personne n'essaie de me dire le contraire.

Un jour, j'ai dit à un soldat texan : « Vous êtes beau », et il m'a répondu : « Madame, ne dites jamais cela à un homme. » « Mais alors, que dire à un homme ? » rétorquai-je. « Au Texas, me répondit-il, on peut simplement dire d'un homme que son pantalon lui va bien. » Et c'est bien vrai : leurs pantalons leur vont bien.

Ce sont des gens rassurants, dynamiques. Le Texas est un État immense. Cela explique pourquoi il y avait tant de soldats dans la division texane. Gloire, gloire à tous ! Je les embrasse et leur envoie tout mon amour, de loin, dans le temps et dans l'espace. (Je crois qu'il existe une photo de moi, prise quelque part en Europe, où je suis en compagnie de cette division texane.)

Mais revenons à nos rats. Notre séjour à Aix-la-Chapelle s'éternisait. Les filles de la Croix-Rouge nous aidaient dans la mesure de leurs moyens. Elles avaient des beignets ; nous leur donnions

un coup de main pour les distribuer aux soldats libérés et aux res-
capés des camps de concentration.

Partout des rats. Nous apprîmes à poser un tissu humide sur
notre visage avant d'essayer de nous endormir, pour que ces salopards aillent courir ailleurs. Ils n'aimaient pas le froid, ils n'appréciaient que le froid de leurs pattes dans leur environnement glacé.

A propos de rats... Un jour, nous nous produisions dans une
vraie salle de cinéma d'Aix-la-Chapelle. Il faisait aussi froid que
d'habitude, et le propriétaire du local vint me demander si je désirais une tasse de café chaud.

Mes camarades me dirent tous : « N'accepte pas, le café peut
être empoisonné. »

« Non, ils n'oseraient jamais faire cela » répondis-je, et je bus le
café.

Je demandai ensuite à l'homme : « Pourquoi m'avez-vous pro-
posé cette tasse de café ? Vous savez que je suis de l'autre bord.

— Bien sûr, répondit-il, je sais que vous êtes de l'autre bord,
mais — et il soupira —, mais il y a *l'Ange Bleu*. »

Tout cela à cause d'un film !

Partout en Allemagne, je constatai la même réaction. Les Allemands ne m'avaient peut-être pas pardonné, mais ils me connaissaient, ils me demandaient de résoudre leurs problèmes, ce qu'on
ne peut vraiment pas leur reprocher.

Je suis allemande de naissance, et je resterai toujours allemande, quoi qu'on ait pu dire. Je fus obligée de changer de nationalité quand Hitler arriva au pouvoir. Sinon, je m'y serais toujours refusée. L'Amérique me reçut dans son sein alors que je
n'avais plus de patrie digne de ce nom, et je lui en suis reconnaissante. J'ai vécu dans ce pays, j'ai accepté ses lois. Je suis restée
une bonne citoyenne, mais au fond de mon cœur, je suis allemande.

Allemande dans l'âme ? Où donc est l'âme ? Allemande par mon
éducation. Cela, je ne saurais le nier, j'en porte la trace. La philosophie, la poésie allemandes constituent mes racines.

Je n'avais jamais songé que les racines fussent importantes. Je
sais aujourd'hui qu'elles le sont. On peut aimer son pays d'adop-
tion, parce qu'on lui est reconnaissant — et parce qu'on apprend à
se pénétrer de ses racines et des valeurs de ses habitants, de leurs
buts sincères, de leur sens de l'humour, de leurs sentiments. Ainsi
de nouvelles racines se développent, parallèlement aux anciennes.

Nous finîmes notre tournée à Aix-la-Chapelle comme prévu,
puis regagnâmes notre caserne pour signaler que tout avait été

exécuté selon les ordres. Mais la guerre était loin d'être terminée. Étant la cinquième roue du carrosse, on nous fit voyager comme tous les autres gens « à la dérive », qu'ils fussent civils ou soldats.

Roosevelt mourut, et nous dûmes consoler des soldats tristes, des Américains accablés par l'événement comme nous l'étions alors.

Il me revint d'annoncer la nouvelle en plein milieu d'un spectacle. J'étais habituée aux tâches difficiles. Quand on voit de nombreux hommes mourir, on se durcit, aussi bien intérieurement qu'extérieurement. Nous n'achevâmes pas le spectacle. Je me dirigeai vers les soldats, silencieusement assis devant moi à flanc de colline. Nous discutâmes longtemps, jusqu'à la tombée de la nuit, et nous nous dispersâmes pour aller vaquer aux tâches qui nous attendaient.

Nous montâmes jusqu'en Hollande, où nous eûmes à affronter encore plus de V1 et de V2 qu'auparavant. Ces fusées différaient des bombes ordinaires : elles frappaient sans se faire annoncer. Il était impossible de prévoir leur point de chute. Il n'y avait aucun abri contre elles. Seul notre optimisme nous permit de persévérer. Seul l'espoir nous soutint — l'espoir et le calvados. Il nous faisait voir la vie en rose ; il nous faisait dormir, aussi.

Dans le Nord, nous nous produisîmes devant des troupes britanniques. Nous modifiâmes légèrement nos plaisanteries, car les Britanniques, contrairement aux Américains, sont « plus lents à la détente », comme on dit. En revanche, ils ne l'étaient certainement pas sur un champ de bataille.

Les Canadiens étaient les plus rapides de tous. Nous les rencontrâmes surtout en Italie. Chaque fois qu'il y avait du grabuge et qu'on nous annonçait que les Canadiens arrivaient à la rescousse, tout le monde se réjouissait (y compris l'état-major du général). On pouvait leur faire confiance. Ils possédaient les meilleures qualités des Américains alliées aux meilleures qualités des Britanniques. Ils affichaient le stoïcisme britannique, quand ils devaient accomplir une mission impossible. Et ils ne juraient pas comme le faisaient les Américains.

En 1944, nous connûmes un triste Noël, ainsi que le retour des morpions. Mais nous étions désormais accoutumés à eux, et nous savions comment nous en débarrasser. Mais nous étions tristes. A cause de Noël *et* des morpions. Tout le monde se sentait découragé, exténué. Nous avions bien du mal à assurer les spectacles avec l'enthousiasme d'antan. Malgré tout ce que j'avais appris, je

206

n'avais toujours pas autant de talent que Danny Thomas. Mais il fallait rendre les soldats heureux. Les rendre heureux.

La contre-offensive allemande était enrayée, de nouveau nous avancions. Mais combien de temps durerait encore cette guerre ?

Dès ma prime enfance, j'avais appris que Dieu ne se battait dans les rangs d'aucune armée. Ainsi, toute prière était inutile. Mais avant chaque bataille, il y avait des prières, toutes sortes d'incantations orchestrées par toutes sortes de prêcheurs.

Pendant ces cérémonies, nous marchions parmi les troupes, et je voyais les soldats figés sur place, n'en croyant pas leurs oreilles. « Vous allez vous battre. » Moi non plus, je ne parvenais pas à y croire, mais je comptais pour rien.

Les sermons juifs étaient les plus convaincants, car l'Ancien Testament dit : « Œil pour œil, dent pour dent. » C'est un discours d'adieu efficace, pour le type qui part à la boucherie. Je me suis toujours demandé comment les chrétiens parvenaient à concilier des impératifs contradictoires (« tendre l'autre joue ») avec la guerre.

Mais tous y allaient, avec ou sans sermon.

Depuis lors, j'ai renoncé à croire à l'existence de Dieu, ou à celle d'une « lumière » qui nous guiderait, ou à n'importe quoi de cet ordre. Goethe disait déjà : « Si Dieu a créé ce monde, alors il ferait bien de revoir ses plans. » Il s'agit probablement d'un plan bâclé.

Le gâchis se poursuivit jusqu'au jour où nous gagnâmes la guerre. Tout était terminé ; nous séjournâmes dans des étables, traversâmes des villages. Nous guettions des consignes qui ne venaient jamais. Une fois encore, comme au début de tous ces événements, nous attendions. Nous étions épuisés, découragés. Partout autour de nous, des soldats sales, misérables, attendant d'être rapatriés.

Certains étaient renvoyés dans leurs foyers, d'autres dans le Pacifique. Là-bas, la guerre se poursuivait. Et nous, nous restions simplement assis. Nous avions des rations K, du café, des sacs de couchage — et nous attendions les ordres. Nous dormions. On pouvait alors encore dormir. Nous étions certains que quelqu'un veillait au-dehors.

A la fin de la guerre en Europe, il fallut nous rapatrier tous. Une organisation gigantesque se mit en place. Des milliers d'avions pour ramener au pays des milliers de soldats. Une armada aérienne pour rapatrier l'équipement, les dossiers, etc.

Nous attendions notre tour.

Nous écoutions la radio — les nouvelles du Pacifique —, nous parlions de ce sombre avenir qui serait le nôtre. Nous tenions le coup. Le fait d'être livrés à nous-mêmes était difficile à supporter. Aucune plaisanterie ne réussissait à chasser notre malaise. Nous étions en mai, mais notre cantonnement de Chatou était glacé. Conscients de notre insignifiance, nous ne réclamions d' « ordres » à personne.

« En rang par deux. » Le bruit familier retentit, puis, enfin : « Destination, aéroport de La Guardia, New York, groupe numéro tant et tant, préparez-vous. » Dieu sait que nous étions prêts.

Dans l'avion nous ramenant aux États-Unis, nous ne prononçâmes pas un mot. Ces hommes avaient gagné la guerre, mais cela ne leur procurait aucun plaisir. La guerre du Pacifique planait sournoisement dans tous les esprits. L'avion était bondé, nous n'avions de place ni pour nos jambes, ni pour nos pieds. Rien à manger. Pas le moindre rire, aucune des plaisanteries habituelles. Pour la dernière fois, nous étions tous réunis, mais déjà loin les uns des autres, comme les civils.

Le voyage de retour fut long et plus tranquille qu'on ne l'aurait cru. Les vainqueurs rentrant au pays ! Quelle dérision... Nous revenions tout simplement au pays, en espérant qu'il ne nous arriverait rien en cours de route. Mais, au fond d'eux-mêmes, les gars étaient contents, sans parvenir à le montrer. Ils songeaient à leurs camarades qu'ils avaient laissés derrière eux, dans des tombes à fleur de terre ; ils étaient amers. Les Américains sont un peuple innocent. Depuis la guerre de Sécession, ils n'ont jamais vu de guerre sur leur sol. Ils ne la connaissent que par les livres d'histoire. Ils réagissent comme des enfants, en face d'une authentique tragédie. Leur innocence en fait presque des saints.

Nous atterrîmes à La Guardia. Il pleuvait, comme de bien entendu. Personne n'était là pour nous accueillir ; nous traînâmes nos bagages, puis on nous fouilla des pieds à la tête, on nous obligea à abandonner notre précieux butin de guerre. Et nous nous retrouvâmes sans le sou devant la station de taxis, sans savoir où aller.

Celui qui est sans argent aux États-Unis est un moins que rien, la lie de la terre. Nous avions beau dire que nous revenions de la guerre, tout le monde s'en moquait. Personne ne nous écoutait. « Nous sommes occupés, allez vous faire voir ailleurs. »

Je finis par embobiner un chauffeur de taxi, lui promettant le plus gros pourboire de sa carrière s'il acceptait de nous emmener à l'hôtel Saint Regis, où je descendais lorsque je m'arrêtais à New York.

Le chauffeur me crut. Il nous emmena au Saint Regis.

« Bonjour, mademoiselle Dietrich. Bonjour, bonjour.

— Pouvez-vous payer le taxi pour moi ? Je n'ai pas un seul dollar.

— Bien sûr, bien sûr. Signez un chèque en blanc. Un gros pourboire pour le chauffeur ?

— Oui, un gros pourboire.

— Une belle suite, comme d'habitude ?

— Oui. Et puis j'aurais besoin de liquide.

— Naturellement. Signez un chèque en blanc, et je ferai porter l'argent dans votre suite. »

Nous nous tenions là, avec nos bardas crasseux, à la réception luxueuse du Saint Regis. La guerre n'était pas encore terminée, mais ici on avait l'impression que personne n'en avait jamais entendu parler.

Ignorant l'état de mes finances, les gens de l'hôtel acceptèrent un chèque que je signai. J'écrivis : cent dollars. Il me serait impossible de vous dire pourquoi je n'ai pas demandé davantage d'argent. En vérité, je suis incapable d'agir quand on ne me dirige pas, et nous avions quitté l'Amérique depuis si longtemps que cent dollars me faisaient l'effet d'une fortune.

Nous montâmes dans nos chambres et mes camarades prirent un bain à tour de rôle. Je commandai à manger. De la nourriture américaine, absolument délicieuse, qui rassasia mes invités dès leur sortie de la salle de bain. Nous décidâmes de nous quitter avant que le soleil ait disparu. Tous désiraient rentrer chez eux avant la tombée de la nuit.

Nous nous séparâmes avec beaucoup de tristesse. Mais sans larmes ni soupirs — nous avions appris à nous connaître mutuellement.

Je restai seule dans ma suite du Saint Regis, attendant qu'une domestique vienne nettoyer la baignoire pour que je puisse, moi aussi, me laver, mon premier bain depuis de nombreux mois. Dieu que je me sentais solitaire ! Il était trop tôt pour téléphoner à Los Angeles, et l'heure était mal choisie pour appeler des bureaux à New York.

Et, du reste, qu'allais-je bien pouvoir leur raconter ? Que je revenais de la guerre ? Qui s'intéressait à la guerre ?

Le téléphone sonna ; c'était mon agent, Charlie Feldman. J'avais cherché à le joindre pendant que les autres prenaient leur bain.

« Je vous prie de ne signer aucun chèque, me dit-il. Vous n'avez plus la moindre couverture bancaire.

— Je ne suis pas censée le savoir, répondis-je.

— Raccrochez, fit-il. Laissez-moi réfléchir, je vous rappellerai. »

Je pris un bain, puis m'allongeai, les yeux au plafond, attendant quoi ? Je me retrouvais brutalement sans racines. Où étaient mes racines ? Dans la guerre qui avait fait rage en Europe ?

Je ne parvenais pas à y voir clair. Je m'étais déjà adaptée pour devenir une résidente, puis une citoyenne américaine, et il fallait maintenant que je me réadapte, c'est-à-dire que je revienne en Amérique, ce pays qui n'avait pas souffert de la guerre, ce pays qui ignorait ce qu'avaient enduré ses soldats, là-bas, sur une terre inconnue. Ma haine des Américains « bien tranquilles » date de cette époque.

On imagine sans peine que je ne fus pas très populaire pendant l'automne et l'hiver 1945.

Plus nombreux étaient les soldats à rentrer du Pacifique, moins il y avait de travail aux États-Unis. Nous courions dans les rues, tout nous révoltait. Nous n'avions plus de raison de vivre. Je ne parle pas de moi, mais de la sympathie que je ressentais pour ces hommes. Pour nous tous, ce fut une époque difficile. Pour nous qui étions de tout cœur avec eux.

Les hôpitaux (pour y arriver, il fallait traverser New York, s'enfoncer dans la banlieue) étaient pleins de soldats blessés — qu'on touchait, calmait, auxquels on devait faire la lecture, et une fois de plus, comme jadis, la promesse qu'on soignerait leurs blessures. Toujours les mêmes mensonges, les mêmes dialogues du genre « venez donc danser avec moi » ; les pires étaient les amputés ; « nous danserons de nouveau » n'avait aucun sens, mais ils souriaient.

Tristes, tristes expériences de l'après-guerre.

Je mis une année entière à me « réadapter », moi qui étais sortie de la guerre sans la moindre blessure, si ce n'est des mains et des pieds gelés. Une année entière de désespoir et de colère, passée à encaisser les insultes, involontaires pour la plupart, mais si révoltantes car elles venaient de citoyens des États-Unis, bien nourris et totalement ignorants de ce qui se passait en dehors de leur pays.

A l'époque, je croyais naïvement que tout le monde avait entendu parler des bombes, de la destruction et de la mort. Je découvris que ce n'était pas le cas de beaucoup d'Américains. Ils ne voulaient surtout pas qu'on leur rappelle l'existence de la guerre.

Je ne parle pas des familles des soldats qui se battaient au front, mais de celles qui n'ont jamais connu la guerre, celles dont le train-train quotidien n'a jamais été bousculé par elle, qui ont gardé l'esprit en paix.

Cette expression, « l'esprit en paix », me rappelle un événement qui se déroula pendant la guerre alors que je me trouvais en Italie. Plus précisément à Naples, à l'hôtel Parco.

Jean-Pierre Aumont, cet acteur qui est aussi mon ami, me contacta par le truchement de la voix hiérarchique et je reçus l'autorisation de rendre visite aux forces françaises auxquelles il appartenait.

La veille du jour prévu, Jean-Pierre Aumont vint me chercher dans sa jeep. Il dégageait une odeur bizarre.

« J'ai dormi sous un char à côté du cadavre d'un soldat sénégalais, m'expliqua-t-il, je vous prie de m'excuser. »

Nous mîmes de l'eau à chauffer, puis la portâmes jusqu'à ma « chambre avec bains », et il prit son premier bain depuis des semaines.

Jean-Pierre Aumont est un garçon bien élevé, très cultivé et doté d'un rare sens de l'humour.

Avant l'aube, nous partîmes dans sa jeep. Comme c'est un Capricorne et que je suis également Capricorne, nous savions ce que nous faisions, du moins le pensions-nous. Jean-Pierre Aumont avait emporté une carte. Mais bientôt, peut-être au bout de quelques heures, nous nous embourbâmes. Impossible de faire avancer ou reculer la jeep.

En vrai Français et en vrai soldat qu'il était, il dit : « Abandonnons-la. » Au loin, on entendait le roulement du tonnerre.

Nous abandonnâmes donc notre véhicule embourbé et commençâmes à marcher en direction du fleuve que nous devions traverser pour atteindre notre but. Devant nous s'étendait une immense bande de terre. Des rubans blancs ondulaient sous la brise. Détachés de leur hampe, ils s'agitaient dans le vent comme des cordes à linge. Nous savions qu'il s'agissait d'un champ de mines et que c'était le seul chemin menant au fleuve. Aussi loin que portât notre regard, rien que des ponts démolis par les bombardements. Mais comment passer sur l'autre rive ?

« Écoutez, Jean-Pierre, dis-je à mon compagnon, vous êtes jeune, vous avez toute la vie devant vous. Je vais donc vous précéder, et vous mettrez vos pas dans les miens. Ainsi, je serai pulvérisée avant que vous ayez posé le pied sur ces saletés de mines. »

Vous auriez dû nous voir, dans le no man's land, en train de discuter. Car, bien sûr, Jean-Pierre discuta. Il me dit quelque chose du genre : « Je passerai le premier et vous marcherez sur mes traces », et, joignant le geste à la parole, il me montra comment m'y prendre.

Rétrospectivement, cette scène me paraît fort amusante : une Allemande et un Français, perdus en Italie, redoublant de politesse pour savoir qui sauterait en l'air le premier.

Naturellement, il se porta en tête.

Nous traversâmes le champ de mines, puis le fleuve, sautillant de bloc de pierre en bloc de pierre. Nous nous retrouvâmes sur l'autre rive, trempés. Grand vacarme d'artillerie. Nous ne savions pas où nous étions. Encore essoufflés, nous nous regardâmes, et je dis : « Restez derrière moi ; si quelqu'un arrive, je m'en charge. Ami ou ennemi, je m'en charge. »

Le soir tombait lorsque, brusquement, un bruit de moteur. « Restez derrière moi », répétai-je à Jean-Pierre Aumont, mais il refusa d'obéir.

Sur notre gauche, au-delà du virage de la route, toujours ce bruit de moteur. Impossible de savoir qui c'était. Nous attendîmes.

Brusquement, nous vîmes les inscriptions sur la jeep venant vers nous ; elle s'arrêta quand nous levâmes le bras. Deux types de l'armée américaine. « Que voulez-vous ? Qui êtes-vous ? (A moi :) Vous êtes infirmière, ou quoi ?

— Je suis Marlène Dietrich, dis-je. Nous sommes perdus. Pourriez-vous nous indiquer la route de Naples ?

— Eh bien, si vous êtes Marlène Dietrich, répliqua le conducteur, alors moi, je suis le général Eisenhower. Allez, montez ! »

C'est ainsi que nous rejoignîmes Naples et que Jean-Pierre Aumont, les mains vides, retrouva son unité.

Nous n'avons jamais reparlé de cet épisode. Avec son sens de l'humour et le mien, nous ne pourrions pourtant qu'en rire, aujourd'hui. Mais maints drames ont ébréché notre rire.

Jean-Pierre est un homme avant d'être un acteur. Tous les acteurs vivants devraient être aussi bons que lui. La profession d'acteur ne convient à aucun homme. Pourtant, Jean-Pierre l'a ennoblie, maintenant que les grands, Raimu et Gabin, ont disparu.

En dehors de Jean-Pierre Aumont, je n'ai rencontré aucun acteur célèbre pendant la guerre.

Certains acteurs américains s'enrôlèrent et devinrent des « merveilles en quatre-vingt-dix jours », comme nous les appelions, car ils accédaient immédiatement au grade d'officier.

La plupart des acteurs ne se battirent jamais. Certains le firent, mais en de rares occasions. Nous nous demandions souvent ce qu'ils diraient à leurs fils. Puis nous cessâmes de nous interroger à ce propos. Tout partit à vau-l'eau. Tout se termina dans l'amère déception des guerriers. Pas de *Glory, Glory, Glory, Hallelujah!* pour les accueillir.

Mais les noms de ces hommes : Patton, McAuliffe, Taylor, Gavin (les « généraux combattants »), le général Bradley (le cerveau qui gagna la guerre) sont maintenant dans les livres d'histoire.

L'Amérique entreprit de gagner la guerre pour défendre la paix, et elle y réussit — personne n'oserait prétendre le contraire. L'Amérique perdit ses meilleurs hommes, mais parvint à vaincre les nazis. Luttant contre le courant, sans très bien comprendre pour quelle cause ils combattaient, les Américains firent simplement leur devoir. N'oubliez pas que tous étaient des conscrits — qui ne voulaient pas se battre, mais qu'on obligeait à se battre — entraînés de force dans une guerre dont ils ne savaient rien.

Nous traversâmes d'innombrables villes et villages allemands. A la fin de la guerre, nous échouâmes à Pilsen en Tchécoslovaquie.

Partout la même histoire, partout la même misère. La misère des deux côtés. Et aucun salut en perspective, sinon « la fin de la guerre », présente dans tous les esprits.

La guerre s'acheva dans la tristesse générale. Je suis née trop tard pour me souvenir de la fin de la Première Guerre mondiale. Mais j'imagine que ce dut être la même chose. Même désespoir, même abattement, même complainte : « Dites-moi, oh! dites-moi maintenant, pourquoi suis-je parti à la guerre ? »

La même révolution dans l'esprit de tous les guerriers. La même peur de l'avenir, la peur de rentrer chez soi pour retrouver des étrangers qui furent jadis femme et enfants. La peur d'être de nouveau isolé, comme avant, sans copains, sans pouvoir partager ni les chagrins, ni les pleurs. Redevenir chef de famille, en butte aux critiques acerbes d'épouses détestant leur rôle, mais ayant fait autrefois tout le nécessaire, dans ce pays qui a toujours été épargné par la guerre, pour « piéger » le mari, avant de lui reprocher quotidiennement la moindre panne de congélateur ou de chauffage central.

Comment le soldat revenant de guerre va-t-il pouvoir parler à sa femme et à ses enfants, quand ceux-ci passent leurs journées à écouter la radio ou à regarder la télévision ?

Les mariages et les fiançailles rompus à cause de la guerre sont innombrables. L'absence ne rend pas les cœurs plus aimants. Bien au contraire.

Nombre de soldats avec lesquels je me suis entretenue m'ont déclaré avoir épousé la première venue pour que, si jamais ils étaient tués, quelqu'un puisse toucher la pension allouée par le gouvernement. Ainsi comprend-on que, après le retour du mari, il n'y ait plus eu le moindre contact entre époux. Et aucune tristesse. Ce genre de mariage était sans avenir, sans espoir.

Voilà tout ce que j'avais à dire sur la guerre. Rien de très important à côté de ce qui a déjà été écrit. Le point de vue de la fourmi en quelque sorte.

Après mon rapatriement aux États-Unis (j'ai déjà évoqué les conditions douloureuses de ce retour), j'ai recommencé à jouer pour gagner de l'argent. Je n'étais pas la seule à souffrir de la dépression de l'après-guerre, et j'ai réussi à m'en sortir, tant bien que mal, grâce à l'aide de Mitchell Leisen *(les Anneaux d'or)* et de Billy Wilder *(la Scandaleuse de Berlin)*. Je me suis refaite financièrement et, je l'espère, ai tourné quelques films qui ne sont pas trop mauvais. Comme toujours, je fis ce qu'on attendait de moi. Et encore plus, me sembla-t-il à l'époque.

Billy Wilder était venu à Paris pour me convaincre de tenir dans son film le rôle d'une nazie, car j'avais refusé au téléphone. J'ignorais alors qu'on ne peut échapper à Billy Wilder.

L'intrigue de *la Scandaleuse de Berlin* était étroitement liée aux événements de la Seconde Guerre mondiale. Il filma à Berlin tous les plans qui ne nécessitaient pas la présence de ses acteurs principaux, puis il se rendit à Paris, où je me trouvais alors, pour m'expliquer son projet.

Évidemment, je succombai.

Nouvelle aventure

J'étais à New York quand ma fille me demanda de l'aider dans ses œuvres de charité en participant à un gigantesque gala qui aurait lieu au Madison Square Garden.

Les célébrités devaient faire le tour de la piste à dos d'éléphant. Mais cela ne me disait rien qui vaille. Non que j'aie quoi que ce soit contre les éléphants, mais il me sembla que je pourrais peut-être faire autre chose. Je finis par me décider pour le rôle de Monsieur Loyal.

La société Brooks réalisa tous les costumes conformément aux instructions reçues. J'ajoutai un détail par-ci, par-là, inventant la culotte « courte », plus tard baptisée « culotte sexy » ; j'étais absolument formidable, avec mes bottes, mon fouet, et le reste à l'avenant.

Je présentais tous les numéros ; j'appris mon texte et tout se déroula à merveille.

Cette prestation marqua le début d'une aventure nouvelle : je me produisais maintenant « en chair et en os », et non plus sur le celluloïd d'une pellicule. J'adorai cela immédiatement, et je n'ai jamais changé d'avis au cours de ma nouvelle carrière. Ma première proposition arriva de Las Vegas, par le truchement d'un homme extraordinaire, Bill Miller, qui dirigeait à l'époque le Sahara. Bill Miller m'offrit un cachet exorbitant, que je ne pus refuser. Mes costumes de scène étaient conçus par Jean Louis et exécutés par Élisabeth Courtney, la femme aux doigts de fée. Je fis du charme à Harry Cohn, le grand patron de la Columbia, pour qu'il m'autorise à utiliser la garde-robe de son studio.

A dater de ce jour, tous mes costumes furent conçus et exécutés par Jean Louis et Mme Courtney. Je les suivais partout. Je ne sais

215

plus combien de robes nous fîmes. Je les ai toutes conservées, et je transporte celles que je mets encore avec autant de précautions que s'il s'agissait de bébés.

J'y suis très attachée. En tournée, je m'occupe des travaux de couture indispensables. Les aiguilles viennent de France (la qualité des aiguilles françaises est inégalée), comme le fil, mais Élisabeth se servait souvent pour coudre d'un de mes cheveux. Je restais immobile — parfois jusqu'à dix heures d'affilée —, car l'essentiel du travail était fait pendant que je portais la robe. Naturellement, la fermeture Éclair était également fabriquée à Paris. Toutes mes robes ont une fermeture éclair. N'allez surtout pas croire ceux qui vous raconteront que, chaque soir, on me cousait dans ma robe. C'est totalement faux. Quiconque sait comment on fabrique une robe n'accordera aucun crédit à ces racontars ; car, si tel était le cas, la robe se déchirerait en un rien de temps. Le tissu s'appelle, ou plutôt s'appelait, « soufflé » ; Biancini le fabriquait spécialement pour nous et il est aujourd'hui introuvable. Ce tissu était aussi vaporeux que son nom le suggère. Il convenait tout à fait au but recherché : habillée, je paraissais nue.

Les broderies, confiées à une belle Japonaise nommée Mary, étaient une œuvre d'art en elles-mêmes. Nous passions des heures à les dessiner, et beaucoup de temps dans la pièce où des filles brodaient sur de grands cadres. Chaque perle, chaque sequin étaient étudiés.

Il est vrai que Jean Louis et moi (avec Élisabeth, qui donnait ensuite son avis) discutions interminablement à propos de l'emplacement d'un diamant, d'un miroir ou d'une perle en verre. Élisabeth marquait l'endroit choisi avec un minuscule fil rouge.

Durant toutes ces années, aucun de nous ne regretta jamais les efforts et les longues heures consacrés à ces créations. Nous aimions notre travail, nous étions fiers du résultat obtenu. Bien des gens essayèrent de nous imiter, mais, comme toutes les imitations, celles-ci ne faisaient que faire regretter les originaux.

Élisabeth n'est plus avec nous, et c'est là une injustice de plus. Elle était jeune, talentueuse, aimable, tendre ; le sort fut injuste envers elle. Elle m'aimait autant que je l'aimais. Elle s'envola avec moi pour Las Vegas afin de m'habiller pour la première soirée. Elle m'accompagna pour m'aider à coudre, m'apprendre tous les trucs de ce métier qui est aussi un art : au bout de quelques années je devins une excellente couturière. Je travaillais uniquement à la main, sans me servir d'une machine à coudre, appareil mystérieux dont je n'ai, à vrai dire, jamais eu besoin.

216

Mon premier séjour à Las Vegas dura quatre semaines, et je nageai dans le bonheur.

Jusqu'ici, je n'ai parlé que des costumes, voilà pourquoi. A mes yeux, mon physique était d'une importance cruciale, car je ne me faisais aucune illusion sur ma voix. Certes, j'avais déjà chanté dans mes précédents films, mais tout se déroulait dans le calme des studios d'enregistrement, donc, lorsque le tournage proprement dit commençait, l'image comptait bien plus que le son. Le but recherché consistait à respecter ses marques à chaque moment de la chanson, ce qui n'est pas aussi facile qu'il y paraît.

Mais il y a plus difficile encore : on peut vous demander de respecter vos marques, mais aussi de remuer les lèvres en suivant les paroles de la chanson diffusée sur le plateau, chanson enregistrée dans un auditorium quelques jours auparavant. Au début, dans le vacarme qui blesse les oreilles, on ne reconnaît pas sa propre voix ; ensuite, on se dit qu'on a exécuté cette chanson beaucoup mieux que cela ; enfin, on tente de chasser toutes ces pensées pour se concentrer et synchroniser les mouvements de ses lèvres avec les hurlements ambiants.

D'habitude, un homme se tient sur un haut tabouret, tout près de l'endroit où l'on doit marcher, et à la fin de la prise toutes les têtes se tournent vers lui pour voir s'il secoue négativement le chef — auquel cas tout est à recommencer. Il s'agit de l'ingénieur du son chargé d'obtenir une « synchro parfaite ». La moindre erreur étant fatale, il faut repartir de zéro, jusqu'à ce que l'homme perché sur son tabouret fasse un signe d'acquiescement.

Quand vous surveillez vos marques à terre, quand votre regard est rivé sur votre repère, et que vous vous efforcez de synchroniser les mouvements de vos lèvres avec le son (une vraie bouillie au bout de la douzième prise), vous vous demandez pourquoi vous n'êtes pas restée chez vous au lieu de faire du cinéma.

On comprendra que, dans ces conditions, jouer sur scène soit une vraie partie de plaisir. Pas de marques, pas de « tête droite et regard fixé sur le repère numéro 31 », pas de problème de synchronisation des lèvres.

Néanmoins, je restais très attentive aux lumières. Je trouvai Joe Priveteer pour m'aider, et il vint à Las Vegas éclairer tous mes spectacles pendant de nombreuses années. L'intérêt suscité par ma prestation était pourtant secondaire. En effet, on avait exigé de moi de « ne pas rester en scène plus de vingt minutes afin que les clients du cabaret puissent retourner aux tables de jeu » ; je chantais donc environ huit chansons, toutes extraites de mes films, et je m'arrêtais là. Les assistants applaudissaient follement, et, dans mon innocence, je pensais que tout était parfait. C'était parfait. Année après année, je fus réengagée à Las Vegas. Heureuse époque. Pas de soucis. Beaucoup d'argent. Le bonheur.

Puis arriva le jour où un homme entra dans ma vie, qui devait me transporter au septième ciel.

Comme j'ai « l'âme russe » (ce qui signifie que je donne ce que j'ai de plus cher), j'offris mon accompagnateur à Noel Coward, qui venait de signer son premier contrat à Las Vegas, et cherchait à remplacer l'orchestre habituel par un seul piano. Je lui déclarai que son idée était de la folie pure, et l'obligeai à rencontrer Peter Matz, alors mon arrangeur et mon chef d'orchestre. Noel Coward fut ravi de faire sa connaissance, et me l'enleva bel et bien pour se l'attacher.

Peter Matz m'annonça la nouvelle par téléphone. Déglutissant avec peine, je lui demandai : « Et maintenant, que vais-je faire ? Je commence à Las Vegas dans deux semaines.

— Je ne peux pas laisser tomber Noel, me dit-il. Vous devez comprendre cela.

— Je comprends, je comprends.

— Je vous rappelle plus tard », m'annonça-t-il en raccrochant.

C'est toujours à moi de me montrer compréhensive. Tout le monde attend cela de moi. Pourquoi, je l'ignore. La compréhension dont j'ai fait preuve ne m'a jamais aidée à résoudre mes problèmes.

Peter me rappela pour me dire : « Je connais un type qui s'envole pour Los Angeles. C'est bien là que vous allez, n'est-ce pas ?

— Naturellement, puisque j'ai signé mon contrat.

— Si je réussis à contacter ce type à l'aéroport — je ne sais pas où il descend à Los Angeles —, je lui dirai de vous contacter. »

Fin de conversation.

Je montai dans l'avion, m'installai à l'hôtel Beverly Hills, et si j'avais été du genre à me ronger les ongles, ce qui, grâce au Ciel, n'est pas le cas, il n'en serait certainement rien resté. Un beau jour, je vis une silhouette masculine s'arrêter devant ma porte. On frappa. L'homme se présenta : « Je m'appelle Burt Bacharach, Peter Matz m'a dit de venir vous voir. »

Je le fis entrer et dévisageai cet inconnu. Jeune, très jeune, très beau, avec les yeux les plus bleus que j'eusse jamais contemplés. Il alla droit au piano (j'en ai toujours un dans ma suite) et dit : « Quelle est votre première chanson ? »

218

Trébuchant sur un fauteuil, je saisis mon carton à musique, me tournai vers lui d'un air hésitant : « Une chanson que Mitch Miller a écrite pour moi : *Look me over closely.* »

« Donnez-la-moi », dit-il. Il tourna les pages, et dit : « Vous ne voulez pas de ce genre d'arrangement pour commencer, n'est-ce pas ? »

Je me sentis parfaitement idiote, ce que j'étais alors, du moins quand il s'agissait d'arrangements. Je bafouillai : « Comment voyez-vous cette chanson ? »

— Comme ceci », répondit-il.

Et il se mit à jouer, comme s'il avait connu la mélodie depuis toujours, mais sur un rythme qui me surprit.

« Allez, dit-il, essayez. »

J'essayai. Burt Bacharach était d'une patience infinie. Il m'apprit à « me laisser porter », comme il disait. Naturellement, je ne savais pas ce qu'il attendait de moi, mais je m'en sortis correctement, dissimulant mes imperfections de mon mieux. Il passa d'une chanson à l'autre, prenant parfois des notes, puis : « Demain, à dix heures, d'accord ? »

Je hochai la tête et le regardai partir. Je ne lui demandai même pas où il habitait. Je n'aurais pas su où le joindre s'il ne s'était pas représenté le lendemain. Pourtant, j'étais sûre qu'il reviendrait — mais j'ignorais qu'il deviendrait l'homme le plus important de ma vie, dès que j'aurais pris la décision de me consacrer totalement à la scène.

A l'époque, le public ignorait le nom de Burt Bacharach. Seuls les studios d'enregistrement le connaissaient. A Las Vegas, quand je suggérai que son nom apparût à côté du mien en lettres lumineuses, on refusa. Je finis pourtant par convaincre le directeur.

Je finis aussi par plaire à Burt Bacharach... mon objectif numéro un jusqu'au jour où il me quitta. Les applaudissements, les cris et les bis des spectateurs du monde entier m'importaient peu, et pas davantage le nombre de rappels (il y en eut un jour soixante-neuf). Il me suffisait de le regarder, et dans ses yeux je lisais si mon spectacle avait été bon ou médiocre. Je ne fis jamais de mauvais spectacle — on pouvait lui faire confiance pour cela. Mais certains soirs, il me prenait dans ses bras et disait : « Formidable, chérie, formidable. »

A dater de ce jour, je vécus uniquement pour chanter sur scène et lui plaire.

Tel fut le bouleversement le plus marquant de ma vie professionnelle. Après avoir été catapultée dans un univers dont j'ignorais tout, j'avais soudain trouvé un maître. Tel le Vésuve en érup-
tion, Burt Bacharach remodela mon numéro pour en faire un vrai
spectacle. Et plus tard, il parvint à en faire un « one-woman-
show » de premier ordre.

Nous cessâmes de nous produire dans les night-clubs pour
paraître dans les théâtres de tous les États-Unis et de l'Amérique
du Sud. Nous jouâmes au Canada, et enfin à Broadway. A Broadway, mon one-woman-show constitua un vrai défi pour Burt
Bacharach. Il rassembla les meilleurs musiciens de New York.
Mes vieux amis britanniques, White et Lovelle, se joignirent à
nous. Je réussis à obtenir des autorisations pour eux parce qu'ils
nous connaissaient bien et ne risquaient donc pas d'augmenter le
nombre des répétitions nécessaires, point crucial aux États-Unis.
Les patrons veulent toujours un spectacle parfait, mais ils mégo-
tent sur la durée des répétitions.

Roder un orchestre de vingt-cinq musiciens demande du temps.
D'autant que les arrangements de Bacharach sont difficiles. Rien
à voir avec le tout-venant des orchestrations. Nous ouvrîmes le
spectacle au Lunt-Fontaine Theatre. Toutes les places étant réser-
vées pour les deux premières semaines, nous décidâmes une pro-
longation de deux semaines.

Nous fîmes un tabac. Les critiques étaient merveilleuses, toutes
les places assises furent occupées jusqu'au dernier soir. Comme le
théâtre était déjà loué pour le spectacle suivant, nous ne pûmes
prolonger le nôtre.

Après la dernière représentation nous nous retrouvâmes dans
la salle obscure de Lunt-Fontaine Theatre, les camions contenant
les décors du nouveau spectacle garés dehors, pendant que les
chauffeurs prenaient leur repas. Tristes adieux. Seuls les acteurs
savent ce que quitter un théâtre, faire ses bagages et s'en aller
signifie. Ce n'est pas facile.

J'emballai mes robes dans du papier de soie, beaucoup de
papier de soie, emplis les cartons (fabriqués spécialement, eux
aussi), plaçai de larges élastiques autour pour qu'ils ne s'ouvrent
pas — et nous passâmes au théâtre suivant.

Je revins plus tard à Broadway, cette fois au Mark Hellinger
Theatre. Quand on me demande aujourd'hui pourquoi je n'y
retourne pas, je réponds toujours que j'y ai connu des moments
merveilleux, mais qu'il ne faut pas abuser des bonnes choses.

J'ai adoré Broadway. Adoré le public. Je donnais deux matinées par semaine, avec un vif succès, malgré les avertissements de Noel Coward qui m'avait déconseillé de jouer en matinée. J'aime les « femmes qui portent des chapeaux », comme il les appelait. Les spectateurs ne saisissaient peut-être pas ses dialogues sophistiqués, mais ils nous comprenaient parfaitement, moi et mes chansons simples.

Les arrangements de Burt Bacharach transformèrent *Where have all the flowers gone ?* de Pete Seeger en une superbe chanson. J'avais entendu un groupe la chanter, sans être vraiment impressionnée. Mais ma fille insista et s'occupa des arrangements avec Burt Bacharach. Je chantai *Where have all the flowers gone*, pour la première fois à Paris, en 1959, en français ; l'année suivante, je l'enregistrai en français, en anglais et en allemand.

J'écrivis le texte allemand avec l'aide de Max Colpet, à qui j'abandonnai tous mes droits d'auteur. Désormais, j'interprétais cette chanson à la fin de mon spectacle, juste avant les innombrables rappels.

Je ne la chante pas comme Seeger, car je reprends le premier couplet, ce qui, à mon avis, accentue le côté dramatique de la chute.

Dans ma version, le passage sur les « cimetières » est plus dramatique. L'orchestration de Burt Bacharach commence avec une seule guitare, puis réunit les instruments les uns après les autres, pour finir par un solo de guitare accompagnant le dernier couplet. Chaque fois que je lui disais mon admiration pour cette trouvaille, il éclatait de rire et déclarait que Beethoven y avait pensé le premier.

Nous voyageâmes loin et longtemps. Burt Bacharach débordait d'enthousiasme, car il n'avait jamais vu le monde. Je lavais ses chemises et ses chaussettes, faisais sécher son smoking dans la chaufferie des théâtres, entre deux spectacles, bref, je m'occupais de lui comme de mon sauveur. Il acceptait tout avec bonne humeur, mais après chaque représentation, il rendait son verdict en toute objectivité. Il dirigeait les orchestres jouant pour nous avec sa patience habituelle, mais aussi avec fermeté, ce qui lui était facile, car tous les musiciens sentaient immédiatement qu'il connaissait parfaitement sa partition et tous les instruments. L'amour qu'ils lui vouaient se fondait dans le mien.

Burt Bacharach possédait un autre type de savoir qui, je crois, mérite d'être mentionné : sa science admirable du son. Infatigable, il arpentait les immenses salles où nous jouions, écoutait les cordes, revenait en courant vers la scène, réglait les micros, discutait avec les ingénieurs du son (eux aussi l'adoraient) jusqu'à ce qu'il eût obtenu l'effet désiré.

Il possédait également la grande sagesse de savoir s'arrêter à temps. Quand il sentait qu'il ne pouvait plus rien tirer de l'orchestre, il disait : « C'est tout pour aujourd'hui », et nous sentions qu'il était presque satisfait.

Je ne sais combien d'années dura ce rêve. Je sais seulement qu'il aima la Russie et la Pologne, car les violons y étaient « extraordinaires » et le respect qu'on accorde aux artistes très très spécial ; il fut aussi très proche d'Israël, où l'on révère aussi la musique. Il se plut beaucoup à Edimbourg et à Paris, mais il avait un faible pour la Scandinavie. Je crois que cela avait quelque chose à voir avec les belles Scandinaves, je me moquais souvent de lui à ce propos.

Il aima *tous* ces voyages, sans exception. Et l'Amérique du Sud, où il enregistra l'un de mes meilleurs disques, *Dietrich in Rio*. Le soir, il allait dans les collines qui entourent Rio pour écouter les percussions qui montaient de la ville ; il était infatigable quand il regardait, quand il apprenait, digérait, appréciait, rassasiait sa mémoire avec les sons des pays où il séjournait — ne fût-ce qu'un court moment.

Il alla à Berlin-Ouest pour un enregistrement, mais passa toutes ses soirées à l'Opéra de Berlin-Est, pour y écouter ses célèbres musiciens. Il y allait sans la moindre peur. A cette époque, peu d'Américains osaient affronter le Mur.

Burt Bacharach n'avait certainement pas oublié ces jours exceptionnels durant lesquels il descendit la Neva en compagnie de la plus belle des filles de Leningrad, ni la chambre qu'il avait alors : celle-là même où avait dormi Prokofiev.

Il se souvenait certainement de l'amour, de l'adoration que lui témoignaient tous ceux qui nous accompagnaient, des déceptions, surtout en Allemagne, où tout aurait pu être merveilleux, mais où j'ai toujours été gênée par le mélange d'amour et de haine que j'y ai rencontré. En 1960, je fus boycottée en Rhénanie et on me cracha au visage — après quoi je dus malgré tout faire mon spectacle, dont je m'acquittai avec son aide et à cause de mon entêtement d'Allemande.

Pourtant, la plupart du temps, je fus au septième ciel avec Burt Bacharach. Et que celle qui ose prétendre le contraire me jette la première pierre, à moi et à mon amour dévorant.

Jusqu'ici, je n'ai parlé que de l'artiste. Comme homme, il représentait tout ce qu'une femme peut désirer. Il était tendre et affec-

222

tueux, brave et courageux, fort et loyal ; mais surtout, il était adorable, magnifiquement délicat et aimable. Et il était vulnérable. Il était aussi d'une loyauté sans faille.

Combien d'hommes de cette espèce connaissez-vous ? Pour moi, il était unique en son genre.

L'incident qui se produisit à Wiesbaden, en Allemagne, trouve ici sa place. Je chantais *One for my Baby*, assise à cheval sur une chaise, en frac, avec un seul projecteur braqué sur mon visage. A la fin du morceau, pendant les dernières mesures, je me dirigeais vers les coulisses, suivie par le projecteur.

Ce jour-là, je m'en allai comme d'habitude, mais, appréciant mal les dimensions de la scène, j'avançai trop loin sur la gauche et tombai de scène. Drôle d'impression — les planches qui se dérobent brusquement sous vous. Ma main gauche étant enfoncée dans la poche de mon pantalon, ce fut mon épaule qui heurta le sol. Je réussis à remonter sur scène, je vis la chaise sur laquelle l'électricien décontenancé avait braqué son projecteur, je m'assis et j'entendis des petits bruits bizarres (les gouttes de sueur tombant sur le devant de ma chemise amidonnée) ; impossible de me rappeler le début de la chanson que je devais interpréter. Un bruit de gong explosa alors dans mes oreilles. Je m'interrogeai sur l'origine de ce vacarme. Lentement, je compris que c'était Burt Bacharach qui frappait obstinément la même touche du piano pour me rappeler à la réalité. Il sentait d'instinct que j'allais rechanter la même chanson. Ce que je fis, naturellement. Mais je chantai deux chansons supplémentaires, ainsi que le finale, où je dansais avec mes douze filles. Ma main gauche n'avait pas quitté la poche de mon pantalon.

Le même soir, je dînai avec Josef von Sternberg, qui était venu accompagné de son fils, et ce ne fut qu'une fois dans ma chambre que je compris que cette « éraflure » douloureuse était peut-être quelque chose de grave. Je téléphonai à ma fille à New York.

Je dois vous expliquer pourquoi j'appelle toujours ma fille dès que j'ai une difficulté. Ma fille sait tout ce qu'elle désire savoir, ou doit savoir. De plus, c'est une excellente actrice, elle a quatre fils et un mari, elle fait la cuisine, elle s'occupe de sa maison, voyage au loin. Elle est la seule personne que je connaisse qui mérite, selon moi, le titre de « Mère Courage Junior », la bonne Samaritaine de ceux qui souffrent, un cœur aimant où je suis la première de la liste, avec son père sur lequel elle veilla pendant que je travaillais à l'extérieur.

Voilà pourquoi, bien qu'elle se trouvât à New York et moi à Wiesbaden, elle me dit de me rendre à l'hôpital de l'armée de l'air américaine de la ville... Ne me demandez surtout pas comment elle connaissait l'existence de cet hôpital. Je ne m'étonne plus depuis longtemps de son incroyable intuition.

Après une nuit d'insomnie, Burt Bacharach et moi nous rendîmes à l'hôpital. Le verdict tomba : fracture de l'humérus, ce qui nous fit beaucoup rire, bien sûr. Mais Burt riait jaune. Quand il revint de la salle de radiographie en compagnie du médecin, il était pâle. Le médecin, beau comme le sont tous les médecins de l'armée de l'air, déclara qu'il s'agissait d'une « blessure typique de parachutiste ». Je songeai à toutes les fois où j'avais côtoyé des divisions entières de parachutistes, et je me demandai pourquoi je n'en avais jamais vu un plâtré. Moyennant quoi, j'annonçai : « Je n'ai pas besoin de plâtre, n'est-ce pas ?

— Eh bien, dit-il, pendant la guerre, on se contentait d'immobiliser l'épaule brisée contre le torse, et la fracture guérissait toute seule. »

J'avais entendu ce que je désirais entendre. J'attendis que les radios aient séché, puis sortis de la salle de radiographie avec un Burt très réticent. Nous nous installâmes dans la voiture qui devait nous conduire vers une autre ville. Burt était encore à mes côtés lorsque j'entourai mon torse et mon bras de la ceinture de mon imperméable et nous reprîmes une fois de plus la route.

Il fut tout le temps à mes côtés.

Jamais il ne dit : « Annulons la fin de la tournée. » Il savait que je ne voulais pas annuler une seule représentation. D'autres pensées durent lui traverser l'esprit, mais il ne m'en parla jamais.

Il ne fit rien pour me pousser à abandonner ou revenir sur ma décision. Pour moi, il était le maître suprême, qualificatif qui ne lui aurait peut-être pas plu, mais c'était la vérité.

Le premier récital que je donnai avec un seul bras, l'autre étant fermement attaché contre mon corps avec une bande de tissu, dissimulée sous les paillettes et les diamants, fut un vrai désastre scénique. Un seul bras tendu donne une impression dramatique, alors que deux bras tendus expriment un complet abandon, un appel au secours et à la compréhension.

Après ce premier et terrible récital, Burt et moi discutâmes du problème et, avec son aide, je trouvai une solution. J'appris à chanter sans me servir de mes bras, à maîtriser les mouvements d'un seul bras, et croyez-moi, je m'en sortis plutôt bien.

224

Mon épaule se remettait parfaitement. Je pouvais me coiffer, en bougeant les avant-bras et me penchant en avant, car il n'était pas question de remuer l'épaule.

Nous étions évidemment tous assurés. Mon producteur comme moi. Mais je refusai d'annuler la tournée pour toucher la prime d'assurance. Je téléphonai à mon producteur, M. Norman Grantz, alors en Amérique du Sud avec notre bien-aimée Ella Fitzgerald, et il m'autorisa à annuler ma tournée quand je le voudrais, mais sans demander à toucher la prime d'assurance.

Nous continuâmes à jouer, et terminâmes la tournée à Munich (voir le disque intitulé *Wiedersehen with Marlene*) sous un « tonnerre d'applaudissements ».

Je dus partir, mais sans Burt Bacharach qui resta encore quelques jours en Allemagne pour superviser l'enregistrement. Au téléphone, il m'annonça que nous avions eu soixante-quatre rappels, et que les techniciens s'excusaient de ne pas avoir prévu assez de bandes pour les enregistrer tous.

Cela nous fit beaucoup rire, car soixante-quatre rappels, c'était trop long pour le disque, mais nous étions reconnaissants envers le public munichois. A la stupéfaction des meilleurs spécialistes, mon épaule guérit en trois semaines. J'étais toujours handicapée, mais je pouvais maintenant me laver les cheveux, en pliant le coude suffisamment pour atteindre ma tête.

Il faut être un génie de la stature de Burt Bacharach pour rester seul, après le départ des musiciens, et mettre au point un équilibre judicieux entre chaque instrument et la voix enregistrée.

Un jour à Berlin, pendant un enregistrement, alors que les musiciens de l'orchestre étaient déjà partis, nous ramassions les partitions quand, brusquement, nous nous rappelâmes que nous avions oublié d'enregistrer une chanson. Nous n'avions pas emmené les orchestrations avec nous. Burt Bacharach courut hors du studio, trouva quelques musiciens qui traînaient encore dans les couloirs, les ramena avec lui, improvisa une orchestration sur une feuille de papier, répéta sans relâche, puis enregistra le résultat. C'était une chanson de Friedrich Hollander, *Kinder, heut Abend*, pleine d'esprit, d'énergie et de vitalité. Nous travaillâmes bien après minuit, jusqu'à ce que tout le monde fût satisfait.

Après cet épisode, nous nous rendîmes en Israël, où nous rencontrâmes de nouveau la « gloire ». Burt Bacharach apprécia son séjour dans ce pays autant que moi.

Enfin, cette mémorable tournée s'acheva, et nous pleurâmes dans les bras l'un de l'autre.

Israël, les grandes villes, les kibboutz ! Que de souvenirs gravés dans ma mémoire ! Comme je chantais en allemand certaines chansons de mon récital, je décidai ou de les supprimer carrément ou de demander la permission de les interpréter.

L'allemand était alors interdit aux artistes se produisant en Israël, et je m'étais préparée à chanter en français ou en espagnol, accompagnée par Burt Bacharach seul au piano. Je fus donc stupéfaite d'apprendre que, en raison de mon engagement contre le régime hitlérien, le public voulait m'entendre chanter dans ma langue maternelle. J'interprétai de vieux airs de folklore, des succès des années 20, des chansons gaies, des chansons tristes, des chansons sentimentales, et quand je terminai par une chanson en hébreu, l'enthousiasme fut général.

Cette chanson, je l'avais apprise dans l'avion grâce à une hôtesse de l'air qui me l'avait chantée pendant des heures, avant d'atterrir à Tel-Aviv, pendant que Burt Bacharach prenait des notes. L'orchestre israélien dépassa toutes nos espérances, les cordes surtout furent exceptionnelles. Nous jouâmes dans le superbe auditorium Frederick-Mann et dans les plus grandes salles de Jérusalem et d'Haïfa. Dans les kibboutz, nous avions un petit piano droit, une batterie et une guitare ; nous passions de tranchée en tranchée accompagnés de bandes d'enfants qui n'avaient jamais vu de rues. Nous arrivions sur le lieu du spectacle, attendions le soir et la fin des combats.

Dans les grandes villes, nous trouvions toujours un restaurant qui restait ouvert pour que nous puissions dîner après mon tour de chant. Malgré les dures épreuves que traversait le pays, on nous entoura d'une inlassable amitié.

Le mot « amitié » me fait penser à la Russie. Les Russes aiment, chantent et boivent comme aucun autre peuple. Après la Première Guerre mondiale, ma ville natale, Berlin, fut littéralement envahie de Russes qui avaient quitté leur patrie après la révolution. Quand ils eurent dépensé tout leur argent, ils ouvrirent des boutiques ; les femmes confectionnaient des chapeaux, et les jeunes filles que nous étions alors étaient fascinées par leur habileté, par leur vision romantique, excentrique, de la vie quotidienne.

Étant sentimentale de nature, je restai proche des Russes que je connaissais, je chantai leurs chansons, j'appris un peu leur langue, la plus difficile qui soit, et me fis une foule d'amis russes.

Mon mariage conforta mon « obsession russe » (l'expression est de mon époux), mon mari parlant en effet couramment le russe.

Aujourd'hui, grâce à ma nouvelle profession, je voyais les portes de la Russie s'ouvrir devant moi. Ce pays me réserva une extraordinaire et émouvante surprise...

Mes cartons à musique, contenant les partitions de mon spectacle, ainsi que de nombreuses autres chansons que je ne chante pas toujours, ne me quittent jamais, tout comme mes robes. Je les emporte dans l'avion, les glisse sous mon siège, les place sur mes genoux sous une couverture — bref, je ne me sépare jamais de ces partitions. Leur perte représenterait une véritable catastrophe pour nous tous.

J'étais donc la gardienne du trésor. Je veillais à ce que tout fût en ordre, à ce que les partitions fussent posées sur les pupitres. Cela devint mon devoir sacro-saint, ma responsabilité personnelle.

A Moscou, après de nombreuses répétitions, nous fûmes enfin prêts ; j'étais debout dans les coulisses, sur le point d'entrer en scène. Le rideau était toujours baissé. Burt Bacharach se tenait sur scène. Avant le spectacle, il aimait s'entretenir avec les musiciens, et quand il ne connaissait pas leur langue, il s'arrangeait pour communiquer avec eux par le biais de la musique.

Soudain les lumières de la fosse d'orchestre s'éteignirent. Toutes les lumières. Les pupitres des musiciens furent plongés dans une totale obscurité, alors qu'on avait donné le signal de lever le rideau. Burt arriva vers moi en courant, pour me dire de faire baisser le rideau, car les musiciens ne pouvaient plus déchiffrer leurs partitions.

Le premier violon se précipita vers moi. Il s'exprimait en allemand. « Ne baissez pas le rideau, dit-il. Nous connaissons toutes nos partitions par cœur. Nous n'avons pas besoin de lumière. »

Il retourna à sa place à toute vitesse, et je fis signe à Burt que la représentation pouvait commencer.

L'homme n'avait pas menti : les musiciens connaissaient la moindre note, et l'orchestre fut parfait. Burt les embrassa à tour de rôle, et je fis de même après le spectacle, tandis que nous buvions de la vodka et mangions du caviar.

J'offrais toujours des dîners somptueux à mes proches, épouses et parents compris. Comme il est impossible de sortir de l'argent hors de Russie, je dépensai tout sur place, au grand plaisir de nos amis russes.

Ce fut mon premier voyage. D'autres suivirent, tout aussi joyeux.

La scène fut mon paradis...

... Bien sûr, puisque mon métier me permit de recontrer Joe Davis, qui possédait le don de transformer la scène la plus nue et la plus sale en un monde féerique. Même lorsque nous nous produisions dans des hangars, endroits ô combien sinistres, Joe Davis réussissait parfois, avec une simple lampe de poche, à créer un cadre de rêve en s'asseyant par terre, loin de moi. Joe Davis est le maître incontesté et international de l'éclairage de scène. Pour moi, ses désirs sont des ordres. Je satisfais à tous ses caprices, je fais ses quatre volontés. Joe Davis ne renonce jamais, il ne se contente jamais d'approximation. Les techniciens de l'équipe l'adorent. Au moment de se séparer, ils tiennent toujours à organiser pour lui une fête d'adieu. Moi aussi, je l'adore et son amitié m'est précieuse.

J'ai conservé un triste souvenir de la Pologne où nous arrivâmes en plein hiver. Les salles étaient belles, mais les traces de la guerre n'étaient pas encore effacées, villes en ruine, désolation partout...

Nous habitions le seul hôtel encore debout de Varsovie. Dans chaque théâtre où nous nous produisîmes, on nous avait préparé des loges afin que nous puissions nous changer. Il faisait un froid terrible, mais les Polonais étaient tout sauf froids. Ils aimèrent notre spectacle.

Quand je sortais de ma chambre, je découvrais des femmes agenouillées dans le couloir, qui embrassaient mes mains et mon visage, me disaient qu'elles savaient que j'avais lutté à leurs côtés pendant l'hitlérisme, qui me racontaient que mon engagement était même connu des prisonniers des camps de concentration, qu'il leur avait redonné espoir. Elles joignaient des souvenirs à leurs baisers. Mais je ne pouvais m'empêcher de pleurer.

Je me rendis au monument élevé sur l'emplacement du ghetto et pleurai encore. Je débordais de haine depuis si longtemps, et là, debout sur ce qui avait été le ghetto, cette haine obscurcissait le reste du monde et me nouait la gorge. Je ressentis le poids de la culpabilité de toute la race allemande plus fortement que je ne l'avais éprouvé lors de l'avènement du nazisme qui m'avait fait quitter l'Allemagne.

A propos de larmes, ou, mieux, de tristesse, revenons à Burt Bacharach. Lorsqu'il devint célèbre il ne put continuer à m'accompagner dans mes déplacements de par le monde. Je le compris parfaitement et ne lui fis jamais le moindre reproche.

Mais à dater de ce jour funeste, j'ai travaillé comme une atomate, m'efforçant d'imiter la femme merveilleuse qu'il avait faite de moi, et je réussis pendant quelques années, en pensant toujours à lui, en le regrettant toujours, en le cherchant toujours dans les coulisses — et en luttant toujours pour ne pas me plaindre. Dès qu'il avait un peu de temps, il travaillait encore aux orchestrations de mes chansons, mais son rôle de chef d'orchestre et de pianiste était tellement indispensable à mon spectacle que, sans lui, une grande part de mon bonheur de chanter disparut.

Lorsqu'il me quitta, j'eus envie de tout plaquer. J'avais perdu mon guide, mon supporter, mon professeur, mon maître. Je n'étais pas amère, et je ne le suis pas plus aujourd'hui, mais j'étais blessée. Je ne crois pas qu'il ait jamais remarqué à quel point j'avais besoin de lui. Il était trop modeste pour cela. Notre séparation me déchira; j'espère que ce ne fut pas le cas pour lui! Je ne voulais pas que quelque chose lui manquât, maintenant qu'il avait récolté tant de lauriers. Néanmoins, nous constituions une vraie petite famille lorsque nous voyagions ensemble, riant sans arrêt; cela, peut-être, lui aura manqué.

Seule, je me remis à voyager, retournai dans les pays de mon cœur. J'ai souvent chanté à Paris : à l'Olympia et à l'Espace Pierre-Cardin; j'y reçus un accueil tellement extraordinaire que j'acceptai aussitôt un deuxième engagement; en de telles circonstances, je ne sais jamais dire non! Certes, j'aimais Paris (depuis longtemps), mais j'aimais aussi Cardin, son organisation et sa générosité. Il sait prendre soin des gens qui travaillent avec lui.

En 1961, le metteur en scène Stanley Kramer se rendit à Las Vegas où je me produisais pour me demander de tourner dans *Jugement à Nuremberg*. Depuis, je n'ai plus remis les pieds dans un studio. Sans doute parce que Hollywood, estimant que tout film devait reposer sur mes épaules, me refusait des partenaires dignes de ce nom. Le fait que Spencer Tracy figurât au générique de *Jugement à Nuremberg* emporta certainement ma décision. A l'époque, il n'était pas en très bonne santé : nous nous pliâmes donc à ses horaires de travail : entre dix heures du matin et midi, et de deux à trois heures de l'après-midi.

Spencer Tracy était un homme profondément solitaire, du moins en apparence. Je ne comprends pas comment on peut se sentir seul quand Katharine Hepburn partage votre vie sentimentale et amicale, et pourtant... Peut-être Spencer Tracy puisait-il sa force dans sa solitude. Il était l'« homme solitaire » par excellence, et ce bien avant que ce type de personnage ne devînt à la mode.

Je suis aujourd'hui incapable d'émettre le moindre avis sur *Jugement à Nuremberg*, tout comme je le fus durant le tournage, mais si ce film a la moindre classe, il la doit à Spencer Tracy. C'est lui qui lui donna le « label de qualité maison ». Un homme superbe, Tracy, doublé d'un superbe acteur !

Indéniablement, c'était un être torturé, qui dut accueillir la mort comme une bénédiction. Il aurait mérité une existence plus clémente, mais les égocentriques n'ont pas souvent la vie facile. Et l'on ne pouvait imaginer plus égocentrique que Spencer Tracy.

Il me terrifiait. Comparé aux autres hommes que j'ai connus, il avait un sens de l'humour terriblement caustique. D'un coup d'œil, d'un simple mot, il pouvait vous blesser à mort. Je l'aimais à cause de cela et parce qu'il savait commander. Il refusait de se plier aux horaires du studio. Il travaillait quand il le voulait, et tout le monde — y compris moi — attendait patiemment l'heure dite — comme des chevaux de course guettant le starter pour s'élancer. Je trouvais qu'il avait parfaitement le droit de réclamer cela, moyennant quoi je ne me rebellai jamais.

Nous jouâmes une bonne scène ensemble — écrite sans beaucoup de talent — à propos d'une tasse de café, et je tremblais à la perspective de prononcer ma réplique, je tremblais à l'idée de ne pas conserver le ton de la conversation et de provoquer des rires incongrus. Mais Spencer Tracy nous facilita les choses.

Après *Jugement à Nuremberg*, je n'ai donc plus tourné aucun film.

J'étais trop prise par ma carrière de chanteuse et mes contrats dans le monde entier. Mais, surtout, je détestais les contraintes du tournage. Je préférais de beaucoup la scène. Liberté d'expression, absence de caméras, et pas de metteur en scène pour vous casser les oreilles. Pas davantage de producteur, etc. Bref, la scène me plaisait. Et je lui suis restée fidèle.

Autre avantage de la scène par rapport à l'écran — du moins à mes yeux: je peux me passer de déguisements et de faux-semblants ; je n'ai pas à jouer les « femmes de petite vertu », qui ont longtemps été ma spécialité à l'écran. Je choisis moi-même mes chansons, et je chante purement et simplement ce que me suggèrent les paroles.

Quand j'annonçai à Gilbert Bécaud que je voulais chanter *Marie-Marie*, il me regarda en souriant. « C'est une chanson d'homme », me dit-il. « Ce ne sera pas la première fois que je chanterai une " chanson d'homme " », lui rétorquai-je. En dépit de cette réponse, il ne fut jamais totalement convaincu du bien-fondé de ma requête, mais m'autorisa à inscrire *Marie-Marie* à mon répertoire.

Quand j'allai le voir avec Burt Bacharach, et qu'il entendit la bande de l'orchestration de Burt, il fondit en larmes. Je chante cette chanson en français, en allemand et en anglais. C'est une de mes chansons préférées. En guise d'introduction, j'explique, dans la langue du pays où je me trouve, qu'il s'agit d'un prisonnier qui écrit à son amie. Ainsi, tout est clair.

Si je chante tant de chansons d'homme, c'est que les paroles en sont beaucoup plus lourdes de sens et dramatiques que celles écrites pour les femmes. Naturellement, il y a parfois des paroles... unisexes ! Par exemple, je ne chante *Whoopee* qu'en frac. Il serait pour le moins déplacé de porter pour la circonstance une robe. Même chose pour *Let's take it nice and easy*. Une chanson formidable pour un homme — mais ne convenant pas à une femme. Bizarre que certaines paroles semblent inconvenantes dans la bouche d'une femme, et tout bonnement drôles dans celle d'un homme.

Quand je donne un spectacle où je n'exécute pas mon changement de costume utra-rapide (mon record est de trente-deux secondes), je perds beaucoup des plus belles chansons de mon répertoire. Mais endosser un smoking pendant que le public attend, et courir de l'autre côté de la scène pour faire une entrée-surprise, exige beaucoup de travail, et l'aide d'habilleuses entraînées. Ce n'était d'ailleurs pas toujours possible dans certaines salles, car les coulisses étaient parfois trop petites pour que je puisse exécuter ce changement de costume acrobatique.

Néanmoins, le spectacle que je montai sous mes vêtements habituels de femme était bon. Je chantais beaucoup de chansons simples, sentimentales, et cela marchait bien.

Je ne suis pas une « mangeuse de micro », contrairement à la plupart des chanteuses de variétés, dont certaines s'abritent physiquement derrière l'instrument. La position de mon micro sur son pied est toujours soigneusement définie : je la vérifie avant chaque représentation, pour voir s'il est à la bonne distance, à la bonne hauteur par rapport à mon visage. Chaque fois que je retire le micro de son pied pour me promener sur la scène, je prends bien garde qu'il ne me cache pas le visage, et je le tiens toujours relativement bas.

Il est une chanson française que j'aime davantage que toutes les autres, et que j'interprétais près du piano et le micro à la main : *Je tire ma révérence*. C'est une vieille chanson, qui a fait la gloire de Jean Sablon. En Amérique, où le public est réputé réfractaire à ce genre de chanson, elle était écoutée dans un silence quasi religieux. Je ne traduisais même pas les paroles. Je me contentais du texte original et du seul accompagnement du piano, en annonçant : « Voici une chanson d'adieu. »

PREMIERS PAS A LA TÉLÉVISION

J'abandonnai pendant quelque temps ce véritable paradis qu'était pour moi le music-hall. Je finis par me laisser convaincre de tourner une émission spéciale de télévision pour un producteur américain et la firme qui finançait le spectacle.

Tous mes désirs — toutes mes exigences techniques — furent acceptés. La production put obtenir, à Londres, une salle de théâtre encore en travaux, mais qui me plaisait, et que je préférais à un studio new-yorkais.

Comme j'ai toujours beaucoup aimé le public britannique, et qu'il me l'a bien rendu, je pensais que notre enthousiasme mutuel transpirerait à la télévision.

Mais j'ignorais les lois interdisant de filmer ou d'enregistrer des spectateurs payants. Le public doit être « invité » : des centaines de billets furent donc distribués aux employés de différentes sociétés, qui n'éprouvaient pas le moindre intérêt pour mon spectacle. Tel fut le genre de spectateurs que je dus affronter. Il y avait aussi des caméras dans la salle pour filmer le public, ce qui n'avait pas l'air de lui déplaire : les femmes ajustaient les cravates de leurs maris quand elles voyaient les caméras s'approcher, elles se recoiffaient pour faire bonne impression.

Sur scène, j'avais moi aussi quelques problèmes. L'orchestre, dirigé par Stan Freeman, qui est d'ordinaire derrière moi, fut relégué dans les coulisses, interdisant toute communication entre nous. A contrecœur, Stan dut porter des écouteurs pour pouvoir m'entendre — à défaut de me voir. Comme c'est un homme poli, il n'émit aucune objection. Je le regrette. Je me tus également. « Ne fais pas de vagues », m'étais-je dit.

Je chantai mes chansons. Dans toutes les langues de ma connaissance. Sans relâche. Rien ne comptait plus pour moi que d'essayer de sauver les meubles. Non que la télévision américaine soit d'un niveau tellement extraordinaire. Le plus souvent, c'est la plus infecte du monde. Mais ce n'était pas mon problème ; je désirais simplement donner un bon spectacle, aussi bon que celui que j'avais présenté à Broadway et dans le monde entier. En vain. Mais ce ne fut pas entièrement ma faute. Mon sens de l'équité est assez développé pour me permettre de déterminer les responsabilités de chacun. J'assume les miennes.

Je n'ai pas oublié ce spectacle. Ils le rediffuseront probablement après ma mort. Gros succès en perspective !

Durant toutes ces années où j'ai chanté sur scène, je n'ai jamais annulé un spectacle — pas de mal de gorge, pas de maladie, aucune excuse. J'ai toujours été là, une heure ou deux avant la représentation. Jusqu'au soir fatal où, dans l'obscurité des coulisses, je trébuchai sur un câble et me cassai le fémur.

Cela se passa à Sydney, pendant la dernière semaine de ma tournée en Australie, en 1976. Mon producteur me porta, appuyée contre son épaule, à ma loge. Il annula le spectacle. Je réussis à rejoindre ma chambre d'hôtel où j'attendis jusqu'au lendemain matin qu'on me fît des radios. Moi, l'optimiste de toujours, je ne pouvais me croire gravement blessée.

Le lendemain, après une nuit d'angoisse, je compris que je m'étais cassé le fémur gauche. Une fois plâtrée, on m'expédia en Californie, à l'hôpital de l'UCLA. Mon mari se trouvant alors en Californie, je voulus le voir. De là, je fus embarquée pour New York.

Je dis « embarquée », car il s'agit bien de cela. Allongée sur une civière, je ne pouvais pas bouger. J'avais l'impression d'être un meuble qu'on transportait. Mais le prix du transport était sensiblement plus élevé. Contrairement à ce qu'ont dit les journaux et certains ouvrages, je n'ai subi aucune « chirurgie de la hanche ». On me mit en traction.

On vous visse une pièce métallique dans votre tibia, juste sous le genou, puis on attache quelques kilos à la broche dont les extrémités dépassent de part et d'autre de la jambe. Voilà ce qu'on appelle « traction ». Un enfer ! Vous êtes condamnée à l'immobilité, allongée sur le dos. Vous êtes entièrement à la merci des infirmières que vous devez payer, et par-dessus le marché, vous payez un tarif astronomique pour une chambre minable dans un hôpital new-yorkais.

Je suis certaine que d'autres hôpitaux sont propres. Mais celui où je me trouvais était tellement crasseux que, incapable de le faire moi-même, je devais faire venir des amis fidèles pour nettoyer ma chambre. La nourriture était détestable ; je me faisais du souci pour les malades qui, sans famille à New York, étaient réduits à manger les plats qu'on leur servait : des blocs de nourriture surgelée, insipide, portant chaque jour un nom différent, dont l'intérieur était encore glacé.

Les gens qui m'entouraient, et qui avaient faim, me dirent tous la même chose. Ils m'envoyaient des petits mots par l'intermédiaire des infirmières, dont certaines, originaires des Philippines, étaient merveilleuses. Elles s'occupaient vraiment de nous, mais les Américaines se moquaient de leur travail comme de l'an quarante. Elles ne connaissaient que deux choses : leurs « droits » et leur salaire. J'ai passé plusieurs mois dans cet hôpital.

Quand les médecins décidèrent de mettre un terme à la traction, ils me plâtrèrent de la cage thoracique jusqu'à ma jambe blessée. La fin de l'année me trouva encore en ces lieux, abandonnée par des infirmières dont aucune n'était jamais disponible. Je me demandais si le corps d'une malade savait que c'était Noël ou le Nouvel An.

Je devais faire des exercices quotidiens avec ma jambe valide, et la prétendue « thérapeute », une fille si jeune qu'on doutait qu'elle ait eu le temps de passer tous ses examens, venait me voir chaque jour. Mais en période de vacances, elle disparaissait de la circulation.

Je passai un moment horrible, mais ce fut ma faute ! J'aurais dû me « dresser dans mon lit », comme on dit en Amérique — ou bien rester en Australie, où le docteur Roarty était formidable, et les infirmières d'un rare dévouement. Mais j'avais préféré me rapprocher de ma famille et insisté pour quitter l'Australie.

J'eus tort, ainsi que je m'en aperçus plus tard. Mais ce n'était pas la première fois que je me trompais... Je me souviens de mon passage à Washington, quand mon chef d'orchestre, M. Stan Freeman, m'avait extirpé de la fosse des musiciens... Cette chute ne provoqua aucune fracture, sinon une déchirure de la moitié de la jambe, mais elle marqua le début d'une longue série d'infortunes. Seule à Washington, je mesurai mal la gravité de ma blessure et attendis douze heures avant d'appeler un médecin qui ne me fut d'aucun secours. Pourquoi ne me suis-je pas rendue à l'hôpital

Walter Reed [1], comme mon statut d'ex-militaire m'y donnait droit ? Mystère...

Je poursuivis ma tournée dans d'autres villes américaines, puis au Canada, etc., la jambe bandée, ma plaie refusant, en dépit de soins quotidiens, de se refermer. Alors que je chantais à Dallas, au Texas, je téléphonai à mon ami, le docteur DeBakey, pour lui demander si je pouvais lui rendre visite le dimanche, jour de relâche. Le dimanche matin, j'étais à Houston. DeBakey m'attendait à la porte de son hôpital.

Il fut très aimable, examina ma plaie, puis déclara qu'il faudrait me faire une greffe pour refermer la blessure. Je lui dis que j'avais encore trois spectacles à Dallas, et que je serais à Houston immédiatement après. « N'attendez pas trop », me dit-il.

Contrairement au désordre régnant dans les hôpitaux que j'avais connus, l'organisation de l'hôpital de DeBakey était irréprochable. Des chambres ravissantes, des gens délicieux. DeBakey, qui travaillait vingt-quatre heures sur vingt-quatre, venait me voir deux fois par jour, parfois même à onze heures du soir, pour s'assurer que tout allait bien et qu'on s'occupait correctement des patients. DeBakey est certainement l'un des plus grands médecins de son temps. Ainsi que ces milliers de personnes qu'il a soignées, je lui voue une admiration éternelle, une reconnaissance qui salue aussi le soin avec lequel il dirige son hôpital en accord avec ses principes.

A propos d'hôpitaux, et si vous ne pouvez vous rendre à Houston, je vous recommande celui de l'UCLA, à Los Angeles, en Californie. Il est excellent. Les médecins qui y travaillent sont des cracks. Je n'y ai passé que trois jours, dans mon plâtre gigantesque, mais l'on m'y a magnifiquement soignée. Des infirmières belles comme le jour, des Californiennes — non seulement souriantes, mais efficaces et gentilles —, s'occupèrent de moi. Lorsqu'on me rapatria à New York, une infirmière m'accompagna. On m'attacha de nouveau à une civière, mais ma compagne resta éveillée toute la nuit, au cas où j'aurais eu besoin de quelque chose. Une brave et belle fille.

Mais revenons à Houston. Avant mon opération, on ne m'enleva même pas mon vernis à ongles. « Ne touchez pas à ses belles mains », avait ordonné le docteur DeBakey. Le chirurgien qui procéda à la greffe (je ne devais l'apprendre qu'ensuite) souffrit d'un

1. Etablissement réservé aux membres de l'armée américaine, en exercice ou non.

décollement de la rétine deux jours après m'avoir opérée, mais le Dr. Michael DeBakey veillait sur moi.

Je me réveillai après l'opération, la jambe prise dans un plâtre. Les chirurgiens avaient prélevé une large bande de peau sur ma hanche gauche. Elle me faisait mal. Une lampe l'éclairait pour faire sécher la pommade « rouge écarlate » qu'on y avait appliquée. La surface de peau prélevée était vaste, beaucoup plus vaste, me sembla-t-il, que celle de ma plaie, au bas de ma jambe.

Quand je demandai pourquoi on m'avait prélevé un morceau de peau aussi important, on me répondit : « Si la greffe ne prend pas, alors nous aurons un autre morceau pour recommencer, lequel est maintenant dans une chambre froide. » Naturellement, je m'attendais à ce que la greffe ne prenne pas. Tout optimisme m'avait quittée après les nombreux mois que j'avais passés la jambe ouverte. Des tas de médecins, jeunes, vieux, m'examinaient deux fois par jour.

Trois semaines plus tard, on me dit que je pouvais marcher, arpenter lentement les couloirs de l'hôpital, une, deux, puis trois fois par jour. Enfin, et après moult embrassades, le Dr. DeBakey m'accompagna jusqu'à la voiture avec de telles précautions et une telle prévenance que j'en fus émue aux larmes.

Je lui téléphonai de Sydney quand je me cassai cette même jambe. Il demanda à s'entretenir avec les médecins locaux, s'assura que c'était « seulement » le fémur, que la greffe était intacte, et me donna les noms des meilleurs chirurgiens orthopédistes d'Amérique. Une fois encore ses mains me protégeaient, m'évitaient toutes les erreurs que j'aurais pu commettre — il prenait les décisions pour moi — mon héros, Michael DeBakey. Son bras droit, Sonia Farell, fut mon ange salvateur.

Après que mon fémur fut totalement guéri, je passai encore deux mois chez moi, dans un plâtre qui pesait fort lourd. Quand on me l'enleva, je commençai enfin à réapprendre à marcher. Je suis restée raide, mais j'ai réussi à remarcher, maladroitement, à force de volonté.

Aujourd'hui encore, à cause de cette traction, ma cheville gauche est raide comme une barre d'acier, mais je marche.

Depuis, j'ai lu des dizaines de témoignages de gens ayant connu les mêmes tourments, et qui me parlent de leur « immense affliction ». C'est fort triste, mais moi je ne me sens pas particulièrement « affligée ».

Je marche en boitant, ce qui n'est pas une calamité, et m'en tire plutôt bien. Je ne boite que très légèrement, et *si* vous m'aimez, ma démarche vous semblera très intrigante. Ce boitillement disparaîtra en son temps et je serai « comme neuve ». C'est ce qu'ils disent. Que Dieu les entende !

Je vis maintenant à Paris.

Konstantin Paustovsky a écrit : « Un homme peut mourir sans avoir vu Paris — pourtant il y est allé, l'a aperçu dans ses rêves et dans son imagination. »

Personne ne saurait mieux décrire le charme de Paris. Mes propres mots semblent inadéquats, mais, conformément à ses vœux (il m'a incitée à écrire), je vais essayer de décrire la magie et la fascination intangibles que Paris exerce sur moi.

Sa lumière suffit à enchanter les cœurs les plus endurcis. La lumière de Paris est bleue. Je ne veux pas dire par là que le ciel est bleu. Il ne l'est pas ! Mais la lumière est bleue. On ne saurait la comparer à aucune autre lumière du monde occidental. On a l'impression de porter des verres teintés en bleu, ce qui est beaucoup mieux que de tout voir en rose.

Dans cette lumière, la Seine aussi semble magique, même si nous savons tous qu'elle est parfois boueuse. Elle possède une magie qui lui est propre. Les petites rues mystérieuses, les boulevards majestueux, gigantesques, d'un goût à jamais disparu de notre univers, sont bien conservés à Paris et, assez bizarrement, à Buenos Aires, une ville qui resssemble tant à Paris que j'ai fondu en larmes la première fois que je l'ai vue.

La fascination exercée par Paris est tout aussi difficile à décrire que l'amour entre un homme et une femme. L'hiver, le printemps, l'été et l'automne — ainsi que le dit Allan Lerner — sont à Paris et dans toute la France les plus belles des saisons, d'une beauté et d'une quiétude incomparables. On peut se reposer à Paris, laisser le monde poursuivre sa course effrénée. On dit qu'« à votre mort, les anges vous emportent ». Et voici un poème (allemand) qui décrit mieux que je ne saurais le faire cette cité, ce pays que j'aime.

Rêve au Crépuscule

Prairies à la tombée de la nuit
quand le soleil s'est couché
les étoiles commencent à briller
je marche
vers ma

237

femme sublime
par les longues prairies
tandis que le crépuscule éclaire
mon chemin
dans les profonds buissons de jasmin.
Je ne marche pas vite
je ne me presse pas
un tendre ruban
m'attire vers le pays de l'amour
vers une douce lumière bleue.

Épilogue

En ce qui concerne ce livre, tout est bien. Même si tout n'est pas parfait, même si certaines choses ne sont pas exprimées. La souffrance est une affaire privée.

J'ai fait mon devoir. J'ai assumé toutes mes responsabilités. Cela seul compte pour moi.

On le sait, j'ai toujours éprouvé la plus grande méfiance pour les journalistes et pour ceux qui ont essayé de me raconter. Moi seule connais ma vérité, celle de ces années passées sur les scènes du monde entier. Celle que quelques écrivains, dont certains furent mes amis, ont aussi voulu exprimer.

Hemingway. « Elle est courageuse, belle, fidèle, bonne, généreuse, et l'on ne s'ennuie jamais en sa compagnie. Elle est aussi ravissante le matin en uniforme de GI que le soir en robe, ou sur l'écran. Son sens de la vie, à la fois honnête, comique et tragique, lui interdit d'être vraiment heureuse, à moins qu'elle n'aime. Quand elle aime, elle peut en plaisanter, mais c'est avec un humour macabre.

« Si elle ne possédait que sa voix, elle aurait déjà de quoi vous briser le cœur. Mais elle possède en plus un corps magnifique et un visage d'une beauté éternelle. Qu'importe qu'elle vous brise le cœur, si elle est là pour le raccommoder ! Incapable de cruauté ou d'injustice, elle sait pourtant se mettre en colère. Les sots l'ennuient et elle le leur montre bien, sauf s'ils ont besoin d'aide. Car elle n'est jamais à court de compassion pour ceux qui ont de graves ennuis. Marlène se donne ses propres règles dans la vie, mais les critères de conduite et de bienséance qu'elle s'impose dans ses rapports avec autrui ne sont pas moins stricts que les dix commandements. C'est sans doute ce qui la rend si mystérieuse : qu'un être de beauté et de talent qui pourrait n'en faire qu'à sa tête ne se permette que ce qu'il croit profondément juste, et qu'il ait l'intelligence et le courage de se donner des règles et de les suivre.

« Je sais que chaque fois que j'ai vu Marlène Dietrich, elle m'a fait quelque chose au cœur, elle m'a rendu heureux. Si c'est cela qui la rend mystérieuse, c'est un beau mystère, un mystère dont nous savions depuis longtemps qu'il existait. »

André Malraux. « Marlène Dietrich n'est pas une actrice, comme Sarah Bernhardt ; elle est un mythe, comme Phryné. »

Jean Cocteau. « Marlène Dietrich... Votre nom débute par une caresse et s'achève par un coup de cravache. Vous portez des plumes et des fourrures qui semblent appartenir à votre corps comme les fourrures des fauves et les plumes des oiseaux. Votre voix, votre regard sont ceux de la Lorelei, mais Lorelei était dangereuse ; vous ne l'êtes pas car votre secret de beauté consiste à prendre soin de votre ligne de cœur. C'est votre ligne de cœur qui vous place au-dessus de l'élégance, au-dessus des modes, au-dessus des styles, au-dessus même de votre prestige, de votre courage, de votre démarche, de vos films et de vos chansons.

« Votre beauté s'impose. Il est inutile qu'on en parle. C'est donc votre bonté que je salue. Elle illumine par l'intérieur cette longue vague de gloire que vous êtes, une vague transparente qui arrive de loin et daigne se dérouler généreusement jusqu'à nous.

« Des paillettes de *l'Ange Bleu* au frac de *Morocco*, de la pauvre robe noire de *X-27* aux plumes de coq de *Shanghai Express* ; des diamants de *Desire* à l'uniforme américain ; de port en port, d'écueil en écueil, de houle en houle, de digue en digue, il nous arrive (toutes voiles dehors) une frégate, une figure de proue, un poisson chinois, un oiseau-lyre, une incroyable, une merveilleuse : Marlène Dietrich ! » (Présentation de Marlène Dietrich lors du Bal de la Mer à Monte-Carlo, le 17-8-1954.)

Jean Cau. « Dans un monde de Lolitas, poupées rondelettes en jupettes et lèvres en cul de poule, dont les voix stridentes nous affirment qu'elles veulent " vivre leur vie " en se tortillant à se démettre les vertèbres, je vous tire mon chapeau emplumé, madame Dietrich, et je vous salue bien bas, jusqu'à terre.

« Beauté entre toutes les femmes, qui remplissez mes rêves de votre légende, je vous salue, Marlène. Je vous salue aux quatre coins de la terre, pour rendre hommage à votre gloire et à votre éternité.

« D'où vient cette voix rauque, qui parle de cœurs brisés, cette voix sombre de cent désirs — et de quelle mer émerge cette sirène éternelle qui ligote à jamais Ulysse au mât de son navire ? A cause de votre gloire et de votre beauté, madame, vous êtes notre reine depuis toujours, sous nos regards innombrables qui, tous, ont caressé les écailles luisantes de votre corps. Et, depuis toujours, vous êtes notre élue lorsque votre chant s'élève hors de la légende et hors de la nuit. »

Christopher Fry. « Il y a des légendes, des îles légendaires, des cités légendaires, des légendes de courage, d'intégrité, de beauté. Elles vivront toujours dans l'ombre de nos esprits, non parce qu'elles sont légendaires, mais parce qu'elles recèlent une vérité, profonde comme toute vérité. La légende dorée du rossignol, de la Lorelei, du lumineux Apollon dont les cheveux tissaient les cordes de son luth, du rêve des femmes blondes : ces légendes feront toujours partie du monde, indépendamment de ses changements : comme si Ève en personne, quittant le jardin d'Éden, créait un nouveau paradis de son propre mystère. Et avec ce mystère, une chaleur, une sagesse, une humanité, une vérité et une légende vivante. »

Kenneth Tynan. « Une ou deux choses que je sais d'elle... Voici quelques aspects de cette dame, tels qu'ils me reviennent en mémoire, sans doute faussés par quinze années d'amitié et quelque trente années d'admiration tout simplement luxurieuse.

« D'abord, il y a mon amie l'infirmière — la pourvoyeuse des pilules appropriées, la spécialiste de traitements non orthodoxes, la dépositaire de la panacée magique. J'ai souvent été reconnaissant envers cette Marlène, guérisseuse des blessures du monde. Ses chansons aussi apaisent la douleur. Sa voix vous dit que, quel que soit votre enfer personnel, elle l'a elle-même traversé, et qu'elle a survécu. Une sorte d'antique sagesse traditionnelle teutonne — de la sorcellerie, diront certains — ne la quitte jamais. Ainsi, elle est capable de prédire le sexe d'un enfant avant sa naissance. Il doit s'agir, bien sûr, de divination inspirée ou d'une psychologie appliquée à bon escient. Elle-même, comme n'importe quelle sorcière, nomme cela science.

« Ensuite vient la travailleuse toujours insatisfaite, fille d'un père allemand exigeant, éduquée à considérer le plaisir comme un privilège donné de surcroît, non comme un droit. C'est la Marlène qui adore la perfection — l'artiste supérieure qui chaque jour sur le métier remet son ouvrage. Un petit appétit, qui s'en tient aux steaks et aux légumes verts, mais une grande dévoreuse d'applaudissements. Pour certains — dit Jean Cocteau —, le style est une façon très compliquée de dire des choses très simples ; pour d'autres, il s'agit d'une façon très simple de dire des choses très compliquées. Marlène appartient à cette deuxième catégorie. Son style paraît absurdement simple — acte naturel de projection, lasso serpentin par lequel sa voix s'enroule spontanément autour de nos fantasmes les plus vulnérables. Mais c'est le résultat de beaucoup de travail. Son style est ce qui reste quand on a impitoyablement éliminé les flatteries, la sentimentalité et toute la panoplie des trucs censés réchauffer le cœur. Seuls demeurent l'acier et la soie, brillants et durables.

« Ainsi que je l'ai écrit avant de la rencontrer, elle est excitante, mais d'aucun sexe précis. Elle vénère de nombreux types d'hommes — les grands bienfaiteurs de notre espèce comme Sir Alexander Fleming, qui découvrit la pénicilline ; les grands acteurs qui nous enchantent, tels Jean Gabin et Orson Welles ; les grands écrivains comme Ernest Hemingway et Konstantin Paustovsky ; les grands maîtres du rythme et de la nuance, comme Noel Coward ; et les grands hommes politiques comme le général Patton, John Fitzgerald Kennedy et — dernière recrue du clan — Moshé Dayan. Marlène adore le goût du pouvoir. Elle est farouchement contre la guerre, mais elle est tout aussi farouchement pro-israélienne. Ce paradoxe de sa nature m'inquiète parfois.

« Distante, impérieuse, froide, sarcastique et calculatrice : autant d'épithètes qui ne s'appliquent pas à elle. Fière, engagée, âpre, ironique et ne mâchant pas ses mots : voilà des qualificatifs plus adéquats. Sur scène, dans le numéro solitaire auquel elle a consacré la dernière décennie ou presque, elle se dresse comme étonnée d'être là, telle une statue dévoilée chaque soir à son immense stupéfaction. Elle se produit devant son public comme une hostie devant les croyants. Puis elle accomplit tous les rites. Elle *sait* où sont parties toutes les fleurs — enfouies dans la boue de Passchendale, réduites en cendres à Hiroshima, brûlées par le napalm au Vietnam — et elle exprime son savoir par sa voix. Un jour, elle m'assura qu'elle pourrait jouer *Mère Courage* de Bertolt Brecht, et je n'en doute pas une seconde. Je l'imagine parfaitement tirant sa charrette, de champ de bataille en champ de bataille, chantant ces sombres et stoïques chansons brechtiennes, ouvrant boutique dans le feu de l'action, ainsi qu'elle le fit en France pendant l'offensive américaine — cette reine des armées en campagne, l'impératrice Lili Marlène.

« En résumé, nous avons affaire à une femme noble et fière, dont l'unique souci est le perfectionnisme, le seul vice le désir d'aller au bout d'elle-même, et dont le seul danger réside en son don de susciter chez des hommes autrement rationnels une prose aussi délirante que celle-ci. Marlène nous transforme tous en rédacteurs d'annonces publicitaires. Elle est la conseillère des abandonnés, l'inspiratrice des puissants, la muse du sage, l'impératif territorial, la fumée dans vos yeux, le vade-mecum des solitaires, la survie des mieux adaptés, l'ère de l'anxiété, l'imagination libérale, la femme affranchie et la veuve de tous les soldats morts au combat. Par-dessus le marché, elle a certaines limites, et elle les connaît. »

Je suis d'accord avec Tynan — pas complètement, mais en tout cas avec la dernière phrase de son texte. En effet, je connais mes limites que je n'outrepasse jamais, ou presque jamais.

Il est facile de me décourager. Un haussement d'épaules suffit à me faire rentrer dans ma coquille. En revanche, je deviens une lionne s'il s'agit de défendre mes principes ou un ami, qu'il soit ou non dans le besoin. Je me suis battue pour mes amis chaque fois que je les ai crus attaqués, même lorsqu'ils s'en moquaient éperdument, quitte à m'attirer des ennuis, qui m'importaient peu et dont je ne tiens toujours pas compte. Je crois que je ne changerai jamais.

Je n'ai jamais été sûre de moi, ni dans mes films, ni sur scène. Sur scène, l'approbation de Burt Bacharach me procurait l'indispensable sentiment de sécurité. Dans mes films, vous savez qui me donnait ce sentiment. Mais en dehors de ces deux sphères, je suis aussi vulnérable qu'un nouveau-né.

Je ne suis pas réellement forte. Certes, j'ai des convictions déterminées. Mais face à un drame, je suis indécise, perdue. Je parle des drames personnels ; ceux qui frappent mes proches, je les affronte avec plus de courage, car je sens qu'il est de mon devoir d'intervenir — un sentiment qui me procure une certaine force.

J'ai toujours été incapable d'appliquer cette « philosophie » à ma personne. Quand une tragédie me frappe, je sombre dans un désespoir noir. Même mes amis les plus proches ne connaissent pas cette faiblesse, contre laquelle je ne peux rien. Elle me nuit. Et comme j'ai appris depuis longtemps qu'il est formellement interdit de s'apitoyer sur son sort, je dois m'habituer à cette « carence » et n'ennuyer personne avec mes propres soucis.

La mort m'a ravi de nombreux amis, mes meilleurs amis ; j'ai perdu mon mari, perte douloureuse entre toutes. Chaque ami qui s'en va accentue votre solitude. Ne plus pouvoir décrocher le téléphone pour entendre une voix bien-aimée fait mal, et j'avoue que je suis lasse de souffrir.

Hemingway me manque, et aussi les plaisanteries qu'il me lançait du bout du monde, ses conseils dits avec humour, et qu'il concluait par un « Dors bien ». Je n'oublierai jamais son « C'était plus facile à Huertgenwald ». Ces mots me hantent, et ma colère d'antan se réveille : cela ne m'aide pas à passer la nuit. Mais existe-t-il un remède contre les nuits blanches ? Personne n'en connaît. Les « professeurs », comme les appelait Hemingway, ont beau écrire de gros livres érudits sur le sujet, il n'existe pas d'antidote à ces angoisses nocturnes. Mais c'est aussi bien ainsi.

Les femmes qui ont des problèmes (les hommes en ont moins) courent chez leur psychiatre et paient pour qu'il les écoute (j'ai connu un analyste qui avait un écouteur, qu'il pouvait brancher ou débrancher à volonté, tout en faisant semblant d'être passionné par les divagations de sa cliente). Naturellement, la réaliste que je suis n'a jamais compris comment on pouvait payer en espèces sonnantes et trébuchantes un inconnu pour qu'il vous écoute.

En se retournant sur leur passé, beaucoup de gens de ma génération pensent avoir gâché leur jeunesse. Je crois que nous avons traversé cette période sans comprendre que nous perdions notre temps. Nous vivions au jour le jour, sans nous soucier du moment, comme tous les jeunes gens d'aujourd'hui et de toujours. « Après moi, le déluge [1] » est une expression merveilleuse — peut-être une noble attitude. Cela aurait fait un très bon titre pour ce livre, mais cela ne correspond pas vraiment aux sentiments que nous éprouvions à l'époque de ma jeunesse. Nous ne pensions jamais au « déluge ». Maintenant, les jeunes savent qu'un tel déluge est possible.

En ce temps-là, du moins le croyions-nous, tout était plus aisé. Je suis certaine que les jeunes d'aujourd'hui qui ne s'intéressent pas à la politique... vaquent à leurs occupations quotidiennes,

1. En français dans le texte. (NdT.)

comme nous le faisions alors, peuvent dire la même chose. Le merveilleux esprit de la jeunesse triomphe de tout. J'espère qu'il ne s'estompera pas et permettra d'affronter ou de subir les événements terrifiants que le monde menace de déclencher, et que le calme persistera dans leurs esprits.

Je déteste les « marginaux ». J'ai lu tous les livres les concernant, y compris ceux de Kazan. Ces individus devraient trouver un endroit où il n'y aurait pas de lois, où aucune restriction n'entraverait leur vie sans but, où ils pourraient mendier pour manger, atteindre le fond de la dégradation, vendre leurs articles, plus leurs corps, pour finir par se faire assassiner, puis expédier dans de louches cercueils portant la mention : « Famille inconnue. »

Puisque tant de gens se demandent à quoi je consacre aujourd'hui mon temps, je répondrai franchement que je lis sans arrêt. Je reçois presque tous les livres publiés en Amérique — les bons comme les mauvais. Le nouveau dieu de la littérature contemporaine, Peter Handke, que j'ai lu dans le texte original, en allemand, reste pour moi une énigme. Il a déclaré qu'il ne pouvait pas vivre en Allemagne, qu'il préférait habiter Paris. Il me paraît dégoûté de l'Allemagne, et de la vie en général. Il me frappe aussi comme un être profondément masochiste — une des principales raisons pour lesquelles je ne peux m'identifier aux personnages de ses livres.

Mais je ne suis pas une critique, simplement une lectrice. Au bout de son troisième livre, j'ai ressenti une monotonie, une lassitude, et j'ai abandonné. Probablement de ma faute ! Peut-être ses livres sont-ils meilleurs en traduction anglaise. Mais je déteste être déçue. Pour ce qui est des auteurs allemands, je dois donc en rester à Böll et Grass. Je lis plus facilement les auteurs français. Les anglais et les américains sont bien sûr mes préférés, et je passe des nuits entières à lire leurs livres.

Le temps ne guérit pas toutes les blessures. Et je ne cesse de m'étonner de la permanence et du pouvoir de la tristesse sur l'être humain. Peut-être le temps guérit-il les blessures superficielles — mais il ne vient certainement pas à bout des blessures profondes. Au fil des années, les cicatrices font aussi mal que les blessures. « Garde la tête haute », « Le menton en avant », « Cela aussi passera », etc. — tous ces conseils ne servent pas à grand-chose. L'important est de construire un cocon autour de son cœur, de refuser l'emprise du passé. Ne comptez pas sur la sympathie d'autrui. On vit très bien sans, c'est moi qui vous le dis.

Il y a la solitude.

Jean Cocteau disait de *ma* solitude que je l'avais choisie. Il avait raison.

Je ne me suis jamais résignée au « second choix ». Il est facile de s'entourer de gens, surtout quand on est une « célébrité ». Mais je n'ai jamais aimé les produits de remplacement. Je n'ai jamais beaucoup apprécié les « parasites ».

La solitude n'est pas commode. Certains jours, ou certaines nuits, on se dit qu'il n'y a rien de mieux que la solitude. Mais il y a des jours et des nuits où la solitude est presque insupportable.

Le fait d'être seule n'a rien à voir avec la solitude. On remédie facilement au fait d'être seule, pas à la solitude. On peut remplir un vide comme on remplit une maison déserte, mais on ne saurait remplacer la présence de l'être qui marchait dans cette maison, qui vous donnait une raison de vivre, d'aimer. Quoi qu'on fasse, on ne peut pas remplacer ceux qu'on a aimés.

Il faut se faire à la solitude.

Au bout d'un moment, on s'y habitue, mais cela ne signifie pas qu'on soit réconciliée avec elle.

Vous souffrez sans personne pour vous voir pleurer, sans personne pour vraiment compatir à votre peine. Quelle chance ont ceux qui ont la foi et peuvent décharger le fardeau de leurs âmes dans le sein de Dieu. Je ne le peux pas. Je le regrette.

Comme j'ai été élevée dans la croyance que chacun est responsable de ses erreurs et de ses manques, sans rémission, je ne peux blâmer quiconque.

Je ne me suis pas sortie indemne de ces années. Je suis profondément blessée — j'aimerais tant guérir, espérer contre tout espoir que mes cicatrices me feront un jour moins mal.

Il me reste à remercier mes amis fidèles, ainsi que ma fille et sa famille.

Une fois encore, j'estime avoir eu de la chance. Car ceux que j'aime sont là, vivants et présents — une prouesse dans cet univers perpétuellement bouleversé. Ils sont solides, inébranlables en dépit du chaos de leur existence. Je leur suis profondément reconnaissante, car je sais les obstacles qui se dressent sur leur chemin et qu'ils surmontent héroïquement.

Un sage, qui était aussi écrivain, a dit : « La première des règles pour un auteur est de parler de ce qu'il connaît. » Je n'ai pas fait autre chose.

Je désire achever ces souvenirs sur une citation de Goethe :

Connaître quelqu'un ici ou là
avec qui l'on sent une
compréhension mutuelle malgré
la distance ou les pensées
inexprimées —
cela suffit à faire de cette terre
            un jardin.

TABLE

L'impression de ce livre
a été réalisée sur les presses
des Imprimeries Aubin
à Poitiers/Ligugé

pour les Éditions Grasset

Achevé d'imprimer le 12 avril 1984
No d'édition, 6396 — No d'impression, L 16624
Dépôt légal, avril 1984

ISBN : 2-246-28891-6

Imprimé en France